對照記@1963 III

所謂中年 所謂青春

楊照 台灣
馬家輝 香港
胡洪俠 大陸
——合著

知天命推薦（按來稿先後排列）

三種活過不同土地的中年人，再怎麼差異，都有一種坦率面對青春消逝的勇氣。看似可憐可哀，我卻是愈看愈發可愛可敬。

劉克襄 作家

這兩年看著三位一九六三年次的大男孩寫著《對照記》，心裡偶爾就想著，他們到了五十歲時會以何種心情回顧自己的青春時光？因為我大他們兩歲左右，當時剛踏入五十歲。四十多歲與五十歲的差異正如同二十九歲的女孩與三十歲，絕對不只是多吃一次湯圓那麼輕鬆。楊照說得好，五十歲可以理直氣壯地表示：「啊，這種年輕人的事，我不瞭解，也不太想瞭解。」我想過了五十歲即便仍在紅塵世間忙碌，但是我們的心情以及連帶的選擇與價值判斷會在不知不覺或有意識之下改變。從《對照記》中，我們知道，這三個一九六三年次的大男孩，已經有了不同的視野看待人生。

李偉文 牙醫師、作家

巧遇的三個

《對照記@1963》第一集與第二集，我一路讀來，隨著楊照、馬家輝、胡洪俠，回顧他們的青春，對照現在的中年。我好奇什麼樣的巧合，某天三人中有人開了題，這齣戲三人一起演到了第三集，我更好奇同為一九六三年分別在台灣、香港、大陸成長的三人，青春的元素與議題，這麼的相似，又可以相互對照。

在主題詞「家書」中，楊照的父親就這麼給了他二萬元，結果是楊照為了軍中同袍欠下的賭債，一把將債的壓力攬在身上，父親的來信寫著：「郵政匯票很安全，不會有什麼問題，所以不必特別回信，放假回家再說即可。」捎來一封家書，匯上一筆錢外加寬容與對兒子的信任。唸到此處，我只能擱下書稿，反覆讀了父親在我外島服役與美國求學時，給我少數幾封家書。

三人之間，藉由場景的對照，年少說到青年，壯年進入中年。我隨著三人的筆，又回到八〇年代的中華路商場，上下穿梭，買皮鞋訂做學生制服，場景又回到了九〇年代初到美國的那口蹩腳英文。近年來，北京則是我最常去造訪的城市。作為一個讀者，同一個議題，三個同齡作者共同創作，是少有的特殊閱讀感受與回憶，或許因為三位作者長我一歲之故！

印永翔 國立台灣師範大學管理學院優聘教授

目錄

【自序】

追想青春，跨入中年

—楊照

在一般的意義上，「中年」指的就是人走完了「青春」的階段，認命了、死心了，進入一個相對黯淡、背對陽光朝向陰影的階段。不過，換從另一個角度看，「中年」卻也意味著，終於，我們有機會真正明白「青春」是怎麼一回事。

活在青春裡，生命充滿了躁動的變數，我們應接著現實中的種種刺激與誘惑，或自覺或被迫地隨時試驗著自己究竟是個什麼樣的人？喜歡什麼厭惡什麼？愛情、道德與品味的極限何在？我們猶豫游移，我們反省後悔，我們走過了卻又恨不得能夠繞回去，我們明知時移事往前塵難追但總不甘心不接受一切已經來不及了。

那是青春，混亂與疑惑，必定犯錯卻甚至來不及面對錯誤真心一哭的年代。於是中年就代表了：總算，我們認識了自己，願意誠實平靜看看生命之鏡中到底顯現出什麼樣的容顏。而那面突然浮掛在眼前的生命之鏡，就是以對於青春往事的回憶紀錄打造而成的。

那場叫青春的電影，或那本叫青春的書，我們讀完了。我們不需要再隨著情節而焦躁激動，因為結局已經確確實實掌握在我們手裡。於是，我們可以開始重看一遍，可以重讀。所謂中年，對我而言，就是歲月給了我們特殊的資格，可以選一張舒服的躺椅，對著逐漸西斜變紅的太陽，把叫青春的那本書，打開重讀。重讀中，本來的內容有了完全不一樣的分量輕重，在結局揭曉之後，劇情主線變得沒那麼重要、更沒那麼吸引人了；相對地，許多以前認為無關緊要的細節，回頭看，卻如此有趣、如此感人、如此深刻。

這是千真萬確的弔詭，只有到了中年，人才能開放地、全幅地瞭解並享受自己的青春。青春中人永遠不會明白青春是怎麼一回事，不管你有多敏感、有多聰明。換個角度看，進入中年而不整理重讀自己的青春，那就既對不起青春，也對不起中年了。

何其幸運，步入五十歲的前兩年，和馬家輝、胡洪俠開始了「對照記@1963」的專欄寫作計畫。為了兩岸三地的「對照」，三人搬寫了許多回憶懷舊的主題，寫著寫著，竟然各自寫出了近百篇的青春追想曲。一面追想青春，一面正式跨入中年，忽然懂了：時光自有其莊嚴高貴的公平，既不偏袒青春，也不苛待中年。

【自序】

親近顛倒夢想

—馬家輝

關於一九六三年男人的成長書寫，這是我和楊照與胡洪俠的第三本文字結集，第一本叫做《對照記》，第二本叫做《忽然，懂了》，這是最後一本，叫做《所謂中年所謂青春》。三書都由遠流出版公司出版，王榮文先生和他的專業團隊有的不僅是眼光，而更是，嗯，無比的耐性。

跟中年男人打交道，尤其同時跟三個中年男人打交道，必須超有耐性。從書名的選擇到序文的邀約，從題目的篩檢到照片的編輯，從行銷的策略到演講的時間，任何議題，分處兩岸三地的三個男人討論起來，總會想出六個意見八種安排十項建議，電郵來來往往逾百封，見面談談辯辯亦近十次，聒噪不休，各自堅持，難下定論，若非遠流的朋友耐著性子在我們之間負起催促和周旋之責，這三本書恐怕連半本亦不容易現身。想想，這兩三年來，三個男人在創作路上一路走來，原來曾得不少貴人相助，真是福氣。

關於中年與青春的叛逆弔詭，楊照序文已經寫得非常清楚明白，我不多說了，看他寫的便是了。多年以來我都是楊照的忠實讀者，並未因其後認識交往而停止追讀他的文字，其學識之淵博，其心思之熱誠，經常讓我暗暗自慚，如同胡洪俠之幽默之口才之豪爽，經常讓我隱隱嫉妒。有機會跟他們稱兄道弟，只要最後不會淪落到「投名狀」式的悲劇境地，自是我所擁有的另一種福氣。

可是，福氣歸福氣，我畢竟是一個固執的中年男人，對於書名，我一直由於「大志未竟」而心有不忿。打從第一本結集開始，我就建議以「大叔」為名，直指中年情狀，細述叔伯心情。但楊照和胡洪俠否決了。到了第二本結集，再否決。到了第三本，又否決。彷彿打官司三審上訴，統統輸了。我唯有摸一下鼻子，對自己說：沒問題，你們不幹，老子獨行！我決定把「大叔」書名「私有化」，變成我下一本新書的名字！

於是，在二〇一三年五月七日我五十歲生日來臨前的兩小時，我坐在電腦面前，編好了《大叔》稿本，按鍵，傳給香港花千樹出版社。我也替《大叔》寫了序，其中道：

我的長相說好聽是「少年老成」，說不好聽呢則是「少年老殘」，早於十七歲時到某官方單位打工擔任編輯助理，同事們都猜我是二十七歲，只不過不好意思言諸於口，終於在我辭職當天才問一句，為什麼你這麼大年紀了還來做這小職員。

我笑笑，沒答腔。長相天生，毫無辯駁餘地，任何執拗皆屬枉然。

後來呢，二十七歲被視為三十七歲，三十七歲被視為四十七歲，終於到了五十歲，或許在好些人眼裡已有六十歲的模樣，而我同樣不答腔，只因，仍然，毫無辯駁餘地，仍然，任何執拗皆屬枉然。

第一次被正式喚作「阿叔」時的場境倒記得清清楚楚。在羅湖往深圳的海關櫃檯面前，我不小心，站錯隊，被誤會打尖，一位男子大大聲聲地說：「喂，阿叔，唔該排隊！」

我愣住，不確定是否喚我，瞄對方一眼，明明他才貌似阿叔，怎麼變了我是？在那一刻，透過別人的眼睛，我再次肯定了自己的衰老面目。

其後當然變成真真正正的阿叔，甚至開始向阿伯的年齡進軍，許多時候遇見朋友或同事的子女，他們毫無猶豫地喚我「伯伯」，我便知道，歲月已經倒數，終點在望，很快地，我將榮升「公公」或「爺爺」輩，最後，又將變成碑石上的一個名字，什麼都不是了。

於是我變得更加放肆。言談上的，行為上的，思想上的，我把放肆權充自由，努力過自己想過的每一天；如果在傍晚時分發現今天的日子未如己願，我會非常沮喪懊惱，容易憤怒。別人的修行目標是如《心經》所言「遠離顛倒夢想」，我的生活方向卻似剛相反，奔向顛倒夢想，愈發朝著狂野的終點前衝，彷彿黑夜飛車，隱隱期待突生意外，車毀人亡，在刺激裡消失，便是最美滿的結局。

前陣子曾經有人用一種隱密的方式提醒我，「我想說的是，你的少年時代幾乎已形成你後來之所以成為現在的你之原型。即便你後來受損的多麼厲害，後來怎麼樣的被醜化、扭曲，以致如何在應對世界時有著不同的面貌。但那個少年時所隱藏的你，總會悄悄地召喚著甚至守護你。但如果你那時已經損壞，可憐的，你想成為一個更好的人就要加倍的努力。」我能說的只是感激，但在行動上，我走向的顯然是另一極端。

上面不厭其煩地摘錄序文，一來是為了聊以阿Q，好讓自己覺得終於成功迫使一九六三年男人成長書寫作品跟「大叔」二字沾上了邊；二來呢，序文稍稍透露了我成為五十男人的複雜感覺和「鴻圖大計」，跟所謂中年所謂青春有著直接關連。

話說回來，歲月匆匆，所謂中年所謂青春皆是轉眼之事，所以其實根本無所謂中年無所謂青春；有的都只是尋常日子，關鍵是你選擇用什麼心情去面對它、回應它，那麼，青春也是中年，中年亦可青春，誰都沒資格囂張，也誰都沒理由沮喪。

告別青春，也告別中年。無論年歲，只要願意，我們其實都可以活得加倍快樂。不是嗎，楊與胡？

【自序】

歲月流水帳

——胡洪俠

都說歲月如流水，那麼，羅列關於歲月的記憶，就是一本流水帳了。既然書名是《所謂中年所謂青春》，我這篇自序，不妨真就寫成流水帳。

一九七九年，胡官屯：用零花錢去老武城新華書店買了幾本書，記得有《青春與理想》，有《性的知識》，都是一兩毛一本的小冊子。對青春的熱望就從這類小冊子開始了。是年身高一米六二，在衡水師範班級隊列中屬較矮一類。

一九八〇年，衡水：開始寫詩。寫完一首就讓女廣播員在學校廣播站朗讀。國慶節來了，寫詩；元旦來了，寫詩；看了電影《忠誠》，也寫詩。後來才知道，那其實不算詩。

一九八一年，衡水：第一次給人寫情書，遭舉報。某日班主任把我叫到辦公室，遞給我一封信，問道：「這是你寫給誰誰誰的吧？」我說：「是。」是年畢業參加工作，身高已到一米七八。

一九八二年，衡水：當記者之餘申請回師範學校旁聽數學課，獲准，但課堂上經常打瞌睡。想再戰高考，不想那年多了個高考預選考試制度。五月參加預考，被淘汰出局。從此斷了高考念頭。

一九八三年，衡水：看電影《青春萬歲》，長時間為其中的詩句感動。比如：「所有的日子，所有的日子都來吧，讓我們編織你們，用青春的金線，和幸福的瓔珞，編織你們。」

一九八四年，秦皇島：第一次見大海，驚奇世界上竟有這麼多水，甚為驚恐。

一九八五年，衡水：突然想當兵，而且想去西藏當兵。為此徹夜失眠。幾天後此念頭消失。

一九八六年，北京：在王府井大街南側一飯館吃飯時，旅行包被小偷拎走。過數日，地鐵派出所將身分證寄回，說是乘客在垃圾箱撿到。

一九八七年，衡水：換了份工作。老同事告誡說：「來這座樓上班，你要做到『三不』：不許大聲笑，不要穿牛仔褲，不准遲到。」

一九八八年，海口：去《海南經濟報》遞簡歷。此報頭版一條消息的導語哄傳一時。大意是：一位機關幹部對他的兒子說，你要好好讀書，不然將來只能當幹部。

一九八九年，北京：辦完入學手續，在人民大學校園散步，見草地上依偎讀書的對對情侶，首次感嘆自己青春已逝。

一九九〇年，北京：讀周作人，讀徐志摩，讀法拉琪，讀《三國演義》，讀《大眾傳播通論》。給一位企業家寫「有償報告文學」，賺稿費補學費。買書欠帳，寫信給朋友告貸。

一九九一年，石家莊：在新華社河北分社實習，為寫一篇人物通訊，採訪一個多月，三易其稿，仍未獲發稿。和朋友騎自行車在街上亂逛的日子最讓人懷念。

一九九二年，深圳：住黃木崗又一村臨時安置區的鐵皮頂房。夏日最驚人的不是悶熱，而是暴雨擊打鐵皮頂的聲音，猶如千軍萬馬踏你頭頂而過。

一九九三年，深圳：為「外引內聯」版寫評論〈「假洋鬼子」〉，遭撤稿。又寫評論倡議應該為「八．五大爆炸」立座紀念碑，再遭斃稿。

一九九四年，深圳：受命與人合作寫一篇關於深圳的長篇特稿，因沉湎世界盃決賽，遲遲未動筆。眼看交稿「死亡線」逼近，遂連熬三個通宵寫出初稿。

一九九五年，深圳：每星期熬一個通宵為「文化廣場」寫一篇「編讀札記」，率先嘗試見報時用手寫體簽名。後不知何故，被責令停用。

一九九六年，深圳：應邀為一家酒吧寫一首歌詞，記得開頭幾句是：「夜深了你還在門外嗎，門外的你是不是很孤單，孤單的你心中還有沒有夢幻，夢中的人是否還在你身邊……」

一九九七年，深圳：「文化廣場」一百期，請余秋雨先生到場演講。其演講稿發表後引起一場筆墨官司。

一九九八年，廣州：去廣東人民出版社看《老與新叢書》清樣，我們幾個人和責任編輯頻起爭執，最終竟把責任編輯氣哭了。那是我第一次出書。

一九九九年，深圳：過了一段無工作、無工資、無壓力的生活。朋友說你去應聘觀瀾高爾夫公司的一個職務吧。我漫不經心地去了，人家毫不客氣地拒絕了。

二〇〇〇年，深圳：主編報紙的經濟版塊，對制度經濟學發生興趣。曾對人言：我不懂經濟，但懂經濟學。

二〇〇一年，哈爾濱：去太陽島一遊，大失所望。當年喜唱〈太陽島上〉，覺得那真是美妙無比的地方。許多青春夢想開始破碎，這只是其中之一。

二〇〇二年，天涯社區：因了雞毛蒜皮的事，在網上和網友動了真氣，一本正經打筆墨官司，被譏諷為「根本不懂網路生活」。

二〇〇三年，深圳：深夜一酒吧老闆來電話：「你不是想試試大麻的味道嗎？現在過來吧。」

二〇〇四年，深圳：喜歡梅林四村附近一家粥店，常常深夜去，凌晨歸。停在路邊的車後尾箱多次被撬。

二〇〇五年，歐洲：眾朋友結伴遊歷歐洲五國。後來，這幾個人中，有的登上了珠峰，有的患病去世。

二〇〇六年，深圳：呼朋喚友，正式開評深圳讀書月年度十大好書。

二〇〇七年，深圳：頻頻做「驢友」狀，登山，遠足。

二〇〇八年，深圳：搬到「二線關」外居住，渴望生活安靜。

二〇〇九年，深圳：沒有勇氣說「不」，生活變得更加「黑白顛倒」。開始玩微博。

二〇一〇年，深圳：白髮急劇增多。本是「少白頭」，來深圳後竟然全變黑了。好景不長，黑極又生白。

二〇一一年，深圳：開始培養快走習慣。摯友姜威去世。終於到了常常去殯儀館為朋友送行的年齡。

二〇一二年，深圳：成功戒菸。開始喜歡普洱茶。

二〇一三年，深圳：感覺微信也不錯。迷戀深圳五號綠道，希望天天都能「十公里穿越」。

二〇一三年六月三日，深圳：為遠流版新書《所謂中年所謂青春》寫自序〈歲月流水帳〉，想起兩個他人說的話。蘇聯作家阿．巴巴耶娃說：「人應該剛生下來就是中年，然後再漸漸年輕起來，……那樣，他就會珍惜時光，不會把它浪費在無謂的事情上。」果能這樣，當然好，但只能是說說而已。馬上就五十歲，古人說「五十而知天命」。何謂「天命」？不妨聽聽洋人的說法。保羅．科爾賀說：「天命就是你一直期望去做的事。不論你是誰，不論你做什麼，當你渴望某種東西時，最終一定能夠得到，因為這願望來自宇宙的靈魂。完成自己的天命是人類無可推辭的義務。」這話說得氣魄很大。想想也是，都活了五十年，氣魄可以大一些了。所謂青春，勇做加法，膽子要大；所謂中年，善做減法，氣魄要大。

是為序。

一 五十歲

多好，五十歲

——楊照

五十歲，我等這一天已經等了很久了。

五十歲，明明白白不年輕了，而且明明白白和年輕這回事以及年輕人拉開了夠大的距離，大到讓我可以理直氣壯地表示：「啊，這種年輕人的事，我不瞭解，也不太想瞭解。」

幾年前，美國曾經發展過一種特殊的音頻，只有二十歲以下的人才聽得到的音頻。發展的動機是打算拿這種音頻來對付足球場上的暴動，反正會在球場上惹事的，都是二十歲以下的年輕人，把這種音頻放出來，放到讓他們耳朵受不了，頭痛欲裂，那麼其他聽不到這種音頻的人，就能夠安心好好看球賽了。

然後，就有那種聰明的年輕人，把這項發明拿來運用，反過來對付二十歲以上的人。他們拿這種音頻來設計「隱形手機鈴聲」，例如說在高中的課堂上，學生的手機鈴聲堂而皇之地響了，然而站在講台上的老師，必定超過二十歲的人，卻渾然不覺。這很酷吧！

其實，如果就只是要讓老師察覺不出你的手機鈴聲，把手機轉成震動放在口袋裡，也能夠達到同樣的效果。所以「隱形手機鈴聲」的重點不在其功能，而在其分別年輕人和非年輕人的作用，讓可以聽得到這種音頻的人，覺得自己很特別，明確和不年輕的人不一樣。

是的，這是事實，人的耳朵到了二十歲之後，就變了，變得對某種音頻不再敏感，不再能夠接收。不過換個角度看，也有些聲音，尤其是一些聲音的邏輯、道理，是二十歲以後慢慢會聽到，卻在二十歲之前，怎麼聽都聽不出來的。

再換個更大的角度看，人什麼時候真正停留不變呢？我們的感官一直在改變，只是有著不同、相反的變化方向。年幼、年輕的時候，接收到的物理刺激與訊息愈來愈多、愈來愈廣；到了一個年紀之後，接收物理刺激與訊息的能力不進反退，不過也差不多同時，開始愈來愈懂得如何接收自己內在思想與回憶的訊息了。

退化，尤其是對外感官的退化，不見得都是壞事。畢竟，要論聽覺或嗅覺的話，我們身邊的小狗都比我們強好幾百倍啊！我們也沒有因此就時時嫉妒小狗吧？

英國小說家喬治．艾略特（就是那個故意取了男人名字的女作家）有這麼我深感同意的話：「……若是聽得到小草成長的聲音，聽得到松鼠的心跳，我們大概會因為再也無法感受寧靜而被吵死。事實是，只有配備了一定程度的愚蠢，我們才能不顧路上的水窪快步走著。」

我主觀中，設定到了五十歲，就必定安全到達了生活的彼岸。在這裡，不只是天然的生理限制，讓我再也聽不到一些聲音，看不到一些色彩，而且還以後天的選擇，安然放棄許多新鮮的色彩與聲音了。

五十年，夠讓我在身體裡儲存了可供反芻的資料，不受外在環境的影響，隨時自在地搬出來仔細玩味，以記憶的形式挖掘過去有意或疏忽而遺漏的。

並不是說五十歲之後，就停止吸收新知，停止和世界互動；而是五十歲之後，就可以自由選擇要不要停止吸收新知，要不要停止和世界互動，專注摩娑內在儲備的能力與能量，將之磨出一種歲月的光亮來。

尤其是可以選擇磨亮對於親人、對於朋友、乃至對於陌生人的同情理解。這是歲月給我們最大的財富，年輕時只在意自己是誰、自己聽到什麼、看到什麼，年紀大了，放掉這些，才會換來對於別人是誰、別人聽到了什麼看到了什麼，一種體貼的直覺，也就是，取得了一種換成用他人的感官接觸世界的奇幻習慣與能力。

五十歲，也就取得了特權，能夠毫無歉意地講許多年輕人聽不懂的話。不必再殫精竭慮尋找他們聽得進去的說法來說。明知道他們聽不懂什麼是放掉自己，改用別人的感官接觸世界，我還是要這樣說，因為，多好，我五十歲了，在歲月之河的這一岸享受著和剛剛告別的那一岸，很不一樣的陽光。再見了，年輕時光！

淡定地離去

——馬家輝

美國華盛頓大學醫學院教授史蒂芬．奧斯泰德（Steven N. Austad）寫過一段關於老化之謎的提醒：「老化是生物學上的矛盾現象，很少人懂得欣賞它。以美國婦女為例，在其一歲時，死亡率是千分之一，但到十歲時，這個機率降到了四千分之一，然後生命又開始變得危險，死亡率在十二歲時開始增加，而且速度不斷上升，到了三十歲左右，變得跟出生時一樣脆弱，從此以後，持續變壞。所以，若說『老化』應從死亡率最低的那一刻開始算起，是合理的，所以，在美國，老化應該開始於十或十一歲。」

哦，是嗎？真的是這樣？如果真的是這樣，「老化」所予人的心理恐怖重量應是降低而不是增加，「老化人口」的範圍拓大了許多許多，自十歲以上，你老他老我也老，原來人人皆已在老化的軌跡上運行前進，差別只在於急促不急促、自知不自知、承認不承認、敏感不敏感。梁實秋好像說過「四十五歲以上的人都屬於同類，誰會先死都不知道」之類幽默話語，假如他讀過奧斯泰德，或會把四十五之數驟降為十；偶開天眼覷紅塵，可憐身是眼中人，都一樣，都是老國子民，相煎何太急，除非閣下年齡未滿十歲，否則哪來資格嘲笑別人老去？

所以「老」這個字既是形容詞，亦是動詞，打從十歲開始，它已發生，到了五十歲，如果死不了，仍須面對它的挑戰和衝擊，月月的，日日的，時時的，秒秒的，它發生得或轟轟烈烈，或沉靜無聲，但，總在發生。

所以每年生日的「慶生」真正意義，恐怕不在於慶祝某年某月某日某時你有幸降臨人世，而是或無奈或雀躍地慶幸此年此月此日此時你仍能活著，在跟老化搏鬥的這場強迫遊戲裡，至少到了此刻你仍然未被打敗，不管身體和心靈已經有多麼頹敗殘缺，是的，你仍活著，你仍然可以呼吸和感受以至享樂。你撐住了，恭喜，於是你廣邀朋友前來共賀與見證，切一塊蛋糕，拍一張照片，立此存念，證明人間曾經有你。

生日之後，你繼續老去，直至遊戲結束。如果沒有輪迴，game over，到此為止了，非常高興；萬一真有輪迴，I am very sorry，一切還得重來，你出生，你降臨，你成長，你老去，你逝世，然後，重頭再來一遍，如是我聞，萬世流轉生死疲勞，只不過你自己懵然不知。

所以你其實已經過了許許多多的五十歲生日了。又來一個，再來一次，再吃一次蛋糕，再唱一次 happy birthday，再拍一張照片，然而每回都是感覺那麼真實那麼唯一，這或正是生命給你的 bonus，讓你錯覺這是唯一，於是珍惜，於是抓緊機會和耗盡心情去領受去掌握去體會，否則生命實在虛無，毫無意義，唯有當我們有了唯一的錯覺，始可勉強找到活下去的理由。

活有活的技藝。說嚴肅一點吧，活有活的哲學。不管是忍受痛苦或尋找趣味，皆如八仙過海，神通自理。沒法跟別人相比，只能跟自己較量，或應說，只能跟自己相處、溝通、勸慰、和解、勉勵。到了最後，如果不太倒楣，你會有了你的「格」，或，生存之道。村上春樹談及老去時曾說，「我認為要順利上年紀也很難吧。我也才剛上年紀，老實說，沒有自信，不知道會不會順利。所謂『落幕』，我覺得好像也不是自己能決定的事，不過我所能做到的地方，只有確實地繼續保持自己的步調，這是我所能想到的全部。」

村上春樹也說到，老去，頭髮疏落了，性能力低落了，百般不順，但至少有一個好處是不再大驚小怪，因為生命裡的許多悲喜劇皆已見過聽過經歷過，再遇上時，會在心底對自己說，噢，又來了，放心，就是這樣了，沒啥大不了，嚇不倒我的。淡定，是老去的另一種 bonus。

到上海，在許鞍華執導的《黃金時代》裡客串，坐在咖啡館內，演一個三十年代的文人。歲月無聲，唯有長衫如舊。

就是這樣了。淡定地活著，淡定地離開，算是一種美好的生命格調吧，我猜。幾年前我在北京得到止庵送贈《茶店說書》，夜裡在酒店房間裡一口氣讀完，讀至後記，看見其中感言，極為驚訝，因那完完全全是我的生存技藝。止庵談及某小說，謂男主角出門經商：

「中途在巴塞隆納收到女僕來信，告知他的妻子出事了。他沒有讀完信，決定暫不面對妻子的事故及造成事故的原因，他用三天時間飽覽城市和尋歡作樂。之後他繼續讀信，知道兒子不幸溺死，妻子因而自殺。於是他也舉槍自盡。讀罷我想，我們所希望的無非是晚些得到那消息，所努力的無非是晚些看完那消息，所謂人生正在其間展開，此外沒有什麼可說的了。」

所以對老去與死亡，以及五十歲前五十歲後，我就只寫到這裡了。

一轉眼，五十了！

——胡洪俠

《對照記@1963》寫到今天，三個老男人終於把自己從四十八歲寫到了五十歲。楊照是四月五日生日，所以，趁他於我們三人之間率先奪得五十大壽桂冠之際，我們特別把主題訂定為「五十歲」。我們當然不想寫成「五十抒懷」之類的應景文字，可是，於我而言，離五十週歲生日尚有百餘天，生活中還沒有來得及發生與此相關且又需要回憶的故事，不抒懷還真不知寫些什麼。

十六歲讀師範時我的年齡在班上最小，畢業後七、八年間，當老師當記者當科員我也總是單位年紀最輕的一個。坐慣了「末把交椅」，我常得意於自己的年輕，又沮喪於別人總認為我太年輕。那時在我工作的地方，年輕不是優勢，是劣勢。五十歲左右的人當官當權，說你一句「還年輕」，你只好乖乖地在諸如分房、提拔、長工資等事情上給年高資深的人讓路。若他們語重心長拍拍你的肩膀感嘆道：「你太年輕！」你千萬不要傻乎乎地以為他們在誇你青春年少，他們是在批評你「資歷太淺，見世面太少，想法太幼稚」。想當年，望著那幾個髮根漸疏、鬢色漸白、腰圍漸粗、步履漸緩的半百老翁，我常常自我警醒：多好，我距五十歲還遠得很，我將來一定不要像他們這麼老。

可是，似乎就是一轉眼間，我也五十歲了，和當年的半百老翁一樣老了。這五十歲來得非常不是時候：太早，太急不可耐，太讓我措手不及。有些事還沒做完，有些事又還沒想清楚，比如，都說「五十而知天命」，那我的「天命」究竟何所指？我「已知」的是不是我「應知」的？我「未知」的是不是該「早知」的？天意天運天賦天律天條天年天性……我該向哪片「天」裡去推知自己的「命」？

說五十歲「事發突然」，說自己從沒發現過什麼蛛絲馬跡，那也十分矯情。比如說，你猛然發覺，日子竟然過得愈來愈快了，剛迎來的新年還沒怎麼好好過，更新的一年呼地又來了。歲月不再像你年輕時那樣悠閒漫步，而是推推搡搡前擠後擁，因此你常常分不清今夕何夕。你的身體也會誠實洩露你年近半百的消息：忽然頭髮就白了，忽然眼睛又花了，忽然牙齒掉了一顆，忽然天天不亮就再也睡不著了。還有，你原來曾豁達地想，若生活無樂趣，則長壽無價值，活到六十退休已然是驚喜，果然挨到古稀之年那簡直是拍案驚奇。可是不知不覺間你已改變了想法：你想活得更久一些，和一些人相伴時間更長一些；你甚至信了「人生從八十開始」這樣忽悠老年人的話；你戒菸控酒，慢跑暴走，關注體重，關心血壓；你對這世界少了怨懟，多了不捨；你對陽光變得敏感，對春天變得渴望，對花草變得好奇，對疾病變得忌憚，對現在汙染了的空氣和水和食品變得深惡痛絕。

就這樣，一邊懊惱一邊籌劃一邊焦慮，五十歲，就像多年前打賭贏了你的一位老朋友，如期來找你兌現賭注了。你關門，搖頭，閉眼，合嘴，捂耳，塞鼻，裝睡，都無法阻擋它將你輕輕抓住，把屬於它的東西一一取走。然後，你唯一要學會的，是接受五十歲，是和五十歲及以後的歲月和諧相處。接受和享受你的「五十後」歲月，大概就近乎「知天命」了吧。五十歲還有一個說法，叫「知非之年」，典出《淮南子・原道訓》中「伯玉年五十，而知四十九年非」，說是伯玉不斷反省自己，五十歲時知道了前四十九年中的過失。「知非」好像比「知天命」容易些，又或者，能「知非」也才能「知天命」。知己之非，就明白「悔不當初」已經毫無意義，不如趁五十之際跟自己玩一次「歸零」遊戲，從當下出發，順著選定的路，走到哪裡算哪裡。知世之非，該明白太多的事情已經不堪收拾，而且終究也與你無關，不妨一一放下，給自己的心減負，解套。

所以，假如要過五十歲生日，我不會接受這樣的賀聯，什麼「半百光陰人未老；一世風霜志更堅」，什麼「數百歲之桑弧過去五十再來五十；問大年於海屋春華八千秋實八千」。我沒有興趣老當益壯了。我所要接受的，就只是「接受」而已：接受五十歲，並學會享受它。我甚至覺得，「知天命」和「知非」中的「知」字，也不過是「接受」而已，你未必非要知道什麼。五十歲時你還活著，這就是「天命」。既然已知前四十九年之「非」，那五十後的歲月就要為「是」而活。這「是」，說穿了，就是讓靈魂自由一些：愛你所愛的人，說你想說的話，做你想做的事，過你想過的生活。一位ＩＴ領袖最近在演講中說：「四十八歲以前我的工作是我的生活，四十八歲以後我希望我的生活是我的工作。」他真聰明，竟然提前兩年就知了「天命」。

◯二 家書

「不必特別回信……」

——楊照

當時不知道，那竟然是一個奇特的開端。

我在步兵學校戰術教官辦公室裡，從文書二兵手裡接過了一封信，爸爸寄來的掛號信，拆開來，先看到的，是一張綠色的郵政匯票，繞著匯票有薄薄的信紙，爸爸用工整的字寫著：

「明駿（作者本名——編者注）：給你寄兩萬元的匯票，要收好。家裡一切都很正常，不用掛念。郵政匯票很安全，不會有什麼問題，所以不必特別回信，放假回家再說即可。」

信很簡短，字句再平常不過，但我讀著淚水卻在眼眶裡轉著。

事情的前後是這樣的。一九八七年七月，我入伍服預官役，分配在步兵學校班總隊十中隊受訓。前六週入伍訓練，後六週軍官專業訓練，然後抽籤決定到哪個部隊去當排長。

受訓期間，我當上了「實習輔導長」。這是件奇怪的事，因為輔導長屬政戰系統，管思想的，部隊裡的每一個政戰官都必定是國民黨員，絕無例外。我沒入黨，考預官時根本沒資格填寫政戰科，而且隊上太多身分正確、思想純粹的國民黨員，怎麼會輪到我來當「實習輔導長」？

隊上的輔導長就是選了我。宣布後我一頭霧水趕緊向輔導長報告我沒入黨的事實，輔導長笑笑：「這點事我還知道。教你做你就做。」只好掛上這個奇怪的頭銜，經常進出輔導長室幫忙。

沒多久，我知道輔導長為什麼選我了。又被叫進輔導長室，房內桌上堆滿了信件，他指著遠一點的一堆說：「那是進來的信，比較少有狀況，你幫忙看；」再指指近一點的一堆說，「出去的信，我自己檢查就好。」我還錯愕著沒回過神來，他又接著說：「你信寫得真好，要騙多少女生都騙得到。」

原來他是在檢查信件時注意到我的。我的文筆通順，而且一天可以寄出幾封信，顯然也寫得快。這種人最適合當「實習輔導員」，幫忙製造多得不得了的文書報告。

受訓快結束時，準備要去抽籤決定未來兩年命運，整隊要出發時，輔導長突然靠過來在我耳邊悄悄地說：「你絕對不會中『金馬獎』，跟你保證。」「金馬獎」指的是被分配到金門、馬祖離島第一線，每半年才能休假回台一次，是大家最不願去的地方。

整好隊，中隊長出來了，宣布「留校名單」——受訓表現優異，可以留在步兵學校當隊職官或教官，不必參與抽籤。中隊長喊出來的第一個名字，就是我。我舉手答「有」，同時看到輔導長給了我一個燦亮的笑容，我知道我欠了他這份人情。

留校之後，我們便成了同事。他常常騎腳踏車到教官寢室來找我，一起騎腳踏車到鳳山街上吃飯聊天。他對我讀的各種書都很有興趣，很熱中地聽我發表意見。通常都我說得多，他只偶爾插一兩句。

唯獨一次例外。有一個晚上，都他在說，我連一兩句幾乎都插不上。他痛苦地跟我告白他的好賭毛病，以及在外面欠下的賭債問題。最後如我預期的，他開口跟我借五萬元。我心中盤算過了，我可以把郵局帳戶裡所有的存款提出來給他，算是幫助朋友，也算是還他幫我爭取留校的人情。畢竟如果不是留校當教官，我恐怕也沒那麼多空閒可以寫稿攢下這些存款。

可是存款只有三萬元。聽我說了這個數字，他竟然落下淚來，臉上有著真實的感謝與驚恐。我從沒看過這樣的他。一時衝動，我拍了胸膛說：「另外兩萬塊，我一併幫你張羅吧！」

我能到哪裡去張羅？硬著頭皮回家跟爸爸借，硬著頭皮告訴爸爸錢是要拿去轉借給一個好朋友還債。爸爸一生謹慎，尤其在錢財上，而且他自尊心極強，從來沒跟人拜託借錢。聽我說完了，他鐵青著臉，不置可否地只說：「嗯，我知道了。」

沒想到我回步校不久，就收到匯票和信，更沒想到的，是爸爸在信中寫著：「郵政匯票很安全，不會有什麼問題，所以不必特別回信，放假回家再說即可。」這完全不是我瞭解的爸爸的態度，他平常從沒有那麼輕忽錢財，更從沒有那麼信任任何政府機構。

我只能這樣理解：爸爸為了解除我心裡的壓力，刻意這樣說的。

退伍之後，我到美國留學，每次爸爸從台灣匯錢給我，他都一定用航空信或用傳真告訴我：「錢匯去了，不會有什麼問題，所以不必特別回信。」每一次都這樣給我遠距的安慰。

家書＝稿神家族的賠本生意

——馬家輝

父親十六歲到報社擔任記者，五十六歲從香港最暢銷的報紙總編輯任上退休，整整四十年，每天筆不離手，因為要兼寫許多專欄養妻活兒，每寫一粒字（有創意的香港人流行把「一個字」喚「一粒字」，字如米飯，用「粒」做單位！）都有稿費可賺，寫出來的字就是錢，寫滿的稿紙就是鈔票，儘管不算豐厚，聽起來想起來卻頗爽快刺激。

然而父親也寫過一些沒有稿費收入的字，那就是——家書；寫信給子女，用稿紙權充信紙，把字寫在稿紙上，寄出去，寄到子女手上，對子女給予叮囑與提醒。確實用稿紙寫信。反正那年頭的稿紙都是從報社拿的，拿回家，厚厚一疊放在客廳桌子上，寫什麼都用它。

我在一九八三年從香港到台灣留學，後再赴美，在彼邦，曾給父親寫信，但不多；父親也回過信，也不多。我妹妹於一九八九年左右到美國夏威夷讀書，我猜她和父親之間亦有通信，但亦必不多。我暗自猜想的理由是，寫稿賺錢久了，或許父親對於稿子以外的書寫活動已經不感興趣，覺得寫完了字而沒錢可收，有點「吃虧」，不如不寫，索性付費聊長途電話或等到回家見面再一一細說。古人常說「惜字如金」，指的是心意上的虔敬，但對父親和我這類「寫稿佬」來說，卻有別解，我們確是惜字如「金」，因為字等於金，沒有金，便沒有字，一買一賣，道理簡單——家書當然可以是例外，可是也不應「例」得太「外」。

其實遠在放洋留學以前我和父親早已通過家書，儘管兩人生活於同一個屋檐下。那應是高三左右，或高二，總之是我開始因為閱讀李敖作品而變成「憤怒青年」的時候，曾經寫信給父親細談家中財務狀況，建議他和母親別再亂把金錢花在吃喝和賭博之上，要好好儲錢，以備不時之需，諸如此類。寫完，把信放在客廳桌上，待父親於半夜從報社下班後拆讀，而亦一如所料，早上起床，父親仍在熟睡，桌上卻留著另一封信，是他的回覆，道白家中財務狀況並不如我想像中差勁，只要我專心努力讀書，將來出人頭地，雙親老懷安慰，那便夠了，諸如此類。

想來難免覺得莫名其妙：明明可以坐下來好好用言語表達意見和抒發感情，卻不，偏偏依靠用稿紙寫成的家書溝通傳意，彷彿唯有白紙黑字，一切始算踏實，交流也始能精準，然而這對「寫稿佬」父子其實同時「吃虧」了，大家都沒稿費可賺，對我們這個「稿神家族」來說，每一封家書都是一宗「賠本生意」。

天理循環，報應不爽，我女兒也從來不寫家書，但理由跟賠本與否無關，而是在她的年代，電郵就是王道，WhatsApp才是正途，溝通完成於一秒半秒之間，誰還有耐性提筆寫字，而且還要等候三五七天的郵寄時間？我女兒曾於澳洲墨爾本留學兩年，沒寫過半封家書，電郵也不多，短訊也甚少，隨時隨地有話跟父母親說，抓起手機撥個號，接通了，便行了，管它長途電話費每個月至少三千元港幣。或可自我安慰，電話裡的口水就是「聲音家書」吧，更直接，更親切，更有感染力；若再加上Skype的網路視頻溝通，便更有了「視像家書」，超越了文字的想像世界，如睹真人，離開了家門卻又似仍在家裡。兩年以後，畢業了，我真有錯覺她根本從沒離開家門半步。

可是，我皮夾裡至今仍然藏著一頁從筆記簿撕下來的紙，上有我女兒於十一歲時寫下的手跡。短短幾句話，是寫給我看的，那一夜，我忘了因為什麼事情跟她吵架，想必是她又忘記了什麼或做錯了什麼，我把她責備一番之後，跟其母親出門應酬，晚上返家，她已睡了，卻在客廳桌上留下紙頁，那便是留給我的「家書」，她寫的英文如下：

「Sorry Daddy! I did not do it on purpose. I just made a mistake. Nobody is perfect, not even you! Your English is bad enough! Friends, again?」

翻譯為中文便是：

「對不起。老爸！我並非故意的。我只是犯了小錯誤。世上沒有完美的人，你也不是！你的英文便蹩腳極了！和好如初，可以嗎？」

怎樣，看懂了吧？她的意思便是，一來道個小歉，二來調侃我兩句，三來求個和解，連消帶打，盼望父女之間重建和諧。

讀完這封家書，我笑了。人家是「虎父無犬女」，我家版本卻是，囂張的父親無謙遜的女兒。我聳一下肩，把家書放進皮夾，日後當作「遺物」，還給她。

父親給我的四封信

——胡洪俠

很多年沒有收到父親的信了。自他去天堂和母親團聚後，對我在人間的大事小情他再也不管不問。他又不告知他現在的住址，我縱然有千言萬語，也不知寄往何處，說與誰聽。中斷了書信往來，我和父親的交流，就只剩下夢中這一條路了。前幾年倒是常在夢中見面，後來竟也漸漸少了，一年都難得夢到一兩回。看來他總算對我放了心，不再牽腸掛肚了。

父親生前對我一直牽掛。我的生活幾十年間變來變去，只有一個事實沒變，那就是離父母愈來愈遠。父親對我的牽掛因此不斷改變主題，不停調整方向。我和父親的通信是從一九七九年秋天開始的，當時我虛歲十六，初次離家去百里之外的衡水上學。第一次寫家信，我毫無經驗，事無巨細，什麼都寫。我說我們宿舍一共住十四人，我住雙人床上鋪，天天五點五十起床，一天六節課，早晚有自習。我說，我們受到全體師生員工的熱烈歡迎，到處是「歡迎未來的人民教師」大字標語，到處是「祝賀新戰友」的黑板報，到處都能聽見學校廣播站「致新同學」的聲音。我說報到第三天學校搞了迎新電影晚會，放映的片子是《佩克勞》和《早春二月》。我說生活方面不習慣的是「領飯持餐證，還得排隊」。我說衡水鎮也有小偷，前幾天四十一班一位同學去紅旗商場買東西，二十元錢和一個月的餐證讓人掏走了。我說，現在晚上我蓋一條被子覺得冷了，其他同學已經加被子了，家裡能不能讓人給我捎一床被子來？我說，棉襖棉褲也要抓緊做，我還需要一個箱子和一條褥子……這樣的信寫了三封之後，終於盼來父親的第一封信。「你談到你校鬧了一次學潮，這是不應有的事。」父親寫道，「你千萬別參加任何活動，別上他們的當，有問題反映到校委得到和平解決那不更好嗎？」父親最擔心的是我浪費時光：「要注意遵守校規，尊敬老師，團結學友，以和氣的態度對人，以互教互學精神進行課程。這兩年的時光是寶貴的，你的學習要對得起時光……」

當時我們都說「校長」，不說「校委」；我們說「同學」，不說「學友」；我們說「尊師重教」，不說「互教互學」。現在想來，父親信中的用語和對學潮的警惕大有民國味道。聽說父親一九三〇年代上過幾年學，還學過日語。就像父親很少說話，他也懶得寫信。我手頭留存的第二封信，已經是我當了記者之後他寫給我的了。那時我年近二十，已然長大成人，父親信中沒有勸我成家立業，反而是告誡我不要談戀愛。「最好三年之內別搞對象，」父親說，「因為你還小，正在學習期間，過早了會影響學習，精力就不會集中，胡思亂想不影響工作嗎？不影響學習嗎？三年時間是寶貴的，埋頭苦幹，刻苦鑽研，幹出一定的成績來再搞對象也不晚。」父親很少當面和我討論我的事業與婚姻問題，倒是肯在家書中表達他的看法。他對我的期望是執著的，又是模糊不清的，方向卻是又高又遠的，至少不會僅僅是逃離農村去城裡上班拿工資吃「商品糧」那麼簡單。他牽掛我的一切，可是他對這一切又備感有心無力。他希望我平安，希望我爭氣，希望我能攢錢娶個好老婆，希望我能讓全家人驕傲。可是，時代突然變得讓他無法理解，他深知他已經無力管束他最疼愛的這個小兒子了。他無力設計我的道路，無力約束我的戀愛，更無力改變我的選擇。所以後來他對我的牽掛往往都變成無奈和痛苦。

第三封信，是我來深圳後他寫給我的。父親最希望我去石家莊工作，深圳對他而言遙不可及，是做夢都無法到達的地方。在寫於一九九二年九月一日的這封信裡，大病初癒的父親，繼續堅持他的態度。「你來到深圳，」父親說，「對氣候、生活環境各方面適應嗎？如果不適應的話，就別在那裡工作了，到春節就回來。」當然，父親知道這些話我不會聽的，於是只好接著說：「幹工作不要太累了，要以身體為重。咱家雖然缺錢，但也能過得下去。」

父親給我的第四封信我不忍再提。至今信紙上有淚痕斑斑，不知是父親寫信時的縱橫老淚，還是我讀信時的愧疚淚滴。那個大年三十，我和兒子沒有回家，父親那麼難過，一家人團圓飯吃得那麼不開心……其實，也不光這一封，讀父親的信，自第一封起我就總想流淚。在父親身邊長到十六歲，我不記得他摸過我的臉，拍過我的肩膀，或者牽過我的手。他甚至很少喊我的名字。所以，在遠離家鄉的衡水，在一個秋日的午後，我突然收到家信，展開信紙一看，父親稱呼我的，竟然是「俠兒」，我的眼淚就再也止不住了。「你由家分別以來將近兩個月了，」父親寫道，「在這些日子裡，特別是近幾天，我總覺著想你。原因就是你初次離開家，年紀又小，當父母的哪能不想呢……」父親，明天是中秋節，我也特別想您和母親。你們還好吧……

○三 偶像

記起青春時代的偶像

——楊照

二〇〇九年三月，受蔡國強之邀，我去了西班牙畢爾包，參加古根漢美術館為他安排的回顧展開幕活動。到達畢爾包已經是深夜，匆忙入住酒店就休息了。第二天一早，打開酒店大門走出來，遠遠就看到了徹底改變了這座小城面目與風格的著名建築物——由美國建築師蓋瑞（Frank Gehry）所設計的美術館，在初春微弱的陽光下，閃爍著曖昧的金屬光芒。

我花了十多分鐘，繞著畢爾包古根漢美術館繞了一圈，深深被這棟建築物給迷住了。它最迷人的地方，是任何照片或影片都無法傳遞，只有到了現場和建築物直面相見才有辦法感受的——尺度、規模。那些複雜波動的線條，有著如此精確的，和人之間的尺度關係。人走在建築所圈隔及影響的空間中，或近或遠，可以有那麼多美的震懾，那真的是一套完整的「空間詩學」。

時間到了，約好的媒體記者集合了，進美術館前蔡國強先簡單地講了幾句話。他話剛說完，就看到一位個子不高的老者從對街過來，咦，那張看來面熟的臉，不就是蓋瑞嗎？

真的就是建築師蓋瑞，他也被蔡國強請來當貴賓了。他對記者搖搖手，表示等會兒再正式發言，一群人漫步進館時，蓋瑞剛好就走在我旁邊。我客氣地對他稱讚他開創性的作品，談到我去訪問過他另一座知名建築，美國洛杉磯的迪斯尼廳。這種話他一定聽多了，只是敷衍地點頭稱謝。我繼而提起「洛杉磯愛樂」，提起才剛離職的藝術總監，芬蘭指揮家沙隆尼（Esa-Pekka Salonen），談到現場聽沙隆尼指揮演出尼爾森交響曲的印象，蓋瑞有了不一樣的反應，他轉過頭來，提高聲音說：「那一場我也在啊！」結果，記者會開始前，我們熱切地討論了沙隆尼的指揮風格和北歐音樂的特色，相談甚歡。

第二天早上，我在另一家酒店，跟古根漢美術館的東方藝術部主任有個早餐約會，一進門，竟然就看見蓋瑞坐在大堂裡。他認出我來，親切地跟我打招呼，原來他已經要離開畢爾包了，正在等車子來接他到機場去。我對他說：「多巧，昨天夜裡打開電視，CNN上剛好有跟你有關的報導。」他問我是什麼？「你為新澤西籃網隊設計的新球場，好像進行得不太順利，完工遙遙無期。」他聽了，先嘆口氣，接著卻變得興奮起來，從口袋裡拿出iPhone，打開圖片檔案，給我看：「這就是籃網的新球場。」沒等我回應，他手指一劃，說：「這裡都是我設計好了卻沒有蓋起來的傑作。」就著一張一張精巧的仿真圖，他跟我一一解釋那是什麼建築，有什麼樣的設計特點。

輪到我變得興奮，甚至心情激動了。我從來沒有想到自己竟能坐在蓋瑞身邊，跟他頭湊著頭，聽八十歲的大師，特別只對我一個人講解他的作品。這是什麼樣的場景，這是多麼難得的畫面，我何德何能進入畫面裡啊！

瞬間，已經不知多久不曾在心中湧動過的「偶像感」浮現了。是啊，我應該找人幫我跟蓋瑞拍張照片，還應該讓他幫我留個簽名……

我還猶豫著該如何打斷蓋瑞滔滔不絕的介紹，他的車來了，他起身，伸出手來給我一握，說聲：「我們應該會在什麼地方再遇見的吧！」蓋瑞走了，我畢竟沒有把拍照、簽名的要求說出來。

望著蓋瑞的背影，我想著：上一次有這種「偶像感」是什麼時候的事了？又是針對誰呢？記起來了，有一次是在看梅豔芳現場演唱的錄影，看得如痴如醉，平常聽唱片卡帶，看她的照片，從來不知道她有這麼驚人的舞台魅力。又有一次是看電影《豪情四海》（Bugsy），接近結尾時有一場戲，導演大膽用手持攝影機，一路近鏡頭跟拍女主角安奈特·班寧（Annette Bening），超過一分鐘一鏡到底，占滿大銀幕的班寧的臉說盡了無法用其他方式表達的複雜內容，讓我為之震駭。還有一次，看楊德昌導演的《恐怖分子》，戲中繆騫人和李立群的對手戲，繆騫人看來全不費力地便對照揭穿了李立群費力的表演，讓我歎為觀止。

這些，是我青春年代曾經著迷過的偶像。

「牛華」與香港

——馬家輝

年少時代有過幾個明星偶像，略數一下，譚詠麟與鍾鎮濤，秦祥林與鄧光榮，張國榮與陳百強，都是。洋鬼子則有約翰．屈伏塔，他的《週末夜狂熱》和《火爆浪子》我都看了超過五十遍，甚至在走路姿勢和服裝打扮上亦向他亦步亦趨，假如那年頭已經知道他是躲在衣櫃裡的同性戀者（closet gay），我肯定亦會模仿。

哦，對了，還有一位。過了這麼多年，當其餘偶像或退休或消亡或破敗，他卻仍然活躍於台前幕後，一直紅，仍然紅，繼續是我和許許多多香港人的心中偶像。這位先生，姓劉，名德華。

我向來對明星藝人的八卦新聞沒有太大興趣，偶爾瞄瞄瞧瞧，純粹娛樂，不涉感情，聊作跟年輕友輩之間的話題談資，亦是好。但對劉德華例外，關於他的八卦新聞，我都愛看。這位 Andy Lau 先生是根正苗紅的香港品牌，他二十歲出道，我當時十八歲，今年他五十二歲了，我現在五十歲，三十年來他一直努力地在演在唱，三十年來我也一直努力地在寫在講。對我這輩這類香港人來說，劉德華幾乎不再是明星而是「熟人」甚至「朋友」，如同周潤發，他的額上幾乎鑿上了「香港」二字，他是香港，香港是他，大家同甘共苦。

內地朋友有沒有看過劉德華替香港政府拍的公益宣傳短片？是好久以前的事情了，一系列的短片，有幾分似「情境喜劇」，在商店或食肆裡有顧客要求這樣要求那樣，售貨員或服務生臉臭冷淡，完全不知道什麼叫做「顧客至上」，這時候，Andy Lau 先生突然現身，正色對售貨員或服務生教訓一句：「今時今日，這種服務態度已經唔得的了！」對方立感尷尬，低頭無語。然後片段倒流，顧客仍是要求這樣要求那樣，售貨員或服務生卻態度良好，笑臉相迎，和諧萬歲，和氣生財。

短片在香港的電視頻道播放後，多年以來，「今時今日，這種服務態度已經唔得的了！」早已成為香港人的口頭禪，每當購物消費遇上不良服務，我們總會模仿劉德華的語氣教訓對方，效果非常良好，若不相信，下回你來香港可以親自試試。其他藝人或許是「演而優則導」，劉先生則為「演而優則教」，他是香港公民道德的教育導師，甚至可以誇張地說，在許多人眼中，他是「香港良心」。

劉德華剛出道時，人氣其實稍遜於黃日華、苗僑偉、湯鎮業，TVB力捧他們三人，劉先生伴隨於後。陳冠中當時主編最具影響力的《號外》潮流雜誌，就分別讓後面三人做了封面人物，過了一陣子，才輪到劉德華，這便是人氣的高低指針，然而，人稱「劉華」的Andy奮力追上，過不了四、五年，超越前進，終於把三人拋在後頭，成為演藝小生之中的榜首紅人。

才情，是重點；努力，更是。劉德華之毅力與勤力，在演藝圈中稱了第二便無人敢稱第一，因此也成為「香港精神」的特質代表，三十年來，他一直做、一直演、一直唱，並且自設公司投資電影以扶持像陳果導演之類的獨立新人，大家都在問：「劉德華為什麼好似不會覺得疲勞？」但沒有人有答案，恐怕連劉德華自己也說不上來。大家只知道，「劉華」二字於廣東話跟「牛華」音近，正好反映了他那像農牛耕田般的持久耐力，大家都對他折服。

我對Andy Lau的仰慕卻又有著另一種「私人感情」。並不是因為我認識他，而是因為大約四、五年前的一個下午，我到香港電台做節目，在電台門外迎面遇見劉德華，他應是剛剛受訪完畢，出門回府。他是大明星，我是小人物，當然低頭疾走，不想打招呼沾光，豈料他卻主動跟我打招呼，用一聲非常親切的

「喂！」把我喊住。我愕然，停步問他，你認識我？

劉德華笑道：「是呀！我經常看你在電視台的清談節目，很好看！」

Andy指的應是鳳凰衛視的《鏘鏘三人行》。竇文濤是老大是紅花，我偶爾作陪作襯，他於一九八八年起替中國電視界創造了一個史無前例的清談節目，十多年，模仿者眾，接近者少，史無前例地成功，中國電視史應該有他的一章紀錄。

面對親切的劉德華，沒有人能夠裝酷，但我仍有我的幽默本色，於是，把手伸向他，並對他說：「好吧，既然你是節目的粉絲，我就讓你握一下手吧！」

說完，眨一下左眼，吐一下舌頭，裝一下鬼臉。

劉德華哈哈大笑，然後爽快地跟我握手。

正是這段偶遇因緣讓我對劉德華多了「私人感情」，正是這份「私人感情」讓我看見他的八卦新聞而倍覺感動，結婚了，做父親了，五十二歲了，走向生命的另一個境界，「劉華」是「牛華」，但今天的這個「牛」，不僅代表毅力努力耐力，而更是「橫眉冷對千夫指，俯首甘為孺子牛」的牛。

恭喜了，劉先生，以及朱小姐，以及另一位亦是姓劉的那位新生小寶貝。

紅星閃過是小花

——胡洪俠

那一年，她十八歲，我十六歲。

就像歌裡唱的，「一九七九年，那是一個春天」。除了「有位老人在中國的南海邊畫了一個圈」，那年還發生了很多大事，真是少有的大格局、大氣象：廣播裡反覆讀著〈告台灣同胞書〉；中國與美國正式建了交；中越邊境打響了自衛反擊戰；一個叫小澤征爾的日本指揮家，帶著美國波士頓的交響樂團來中國演奏了好多場；中國在國際奧委會的合法席位忽然也恢復了。還有一件大事，就是她出現了。她名叫陳沖。

她長得實在太新鮮，所有的人見了都心裡一動，不商量，不爭論，就喜歡上她。大家說，看她那件碎花斜襟小襖，真合身，一定是洋布做的；或者說，看她那根又黑又長的大辮子，是真的嗎？若是真的，她會自己梳頭編辮子？大家故意不說她的臉。是不好意思說，還是不知怎麼說？多半是不知怎麼說。濃眉大眼？眉毛確是濃的，但眼睛並不大啊。高鼻梁？也算不上吧。櫻桃小口？不是不是。唇紅齒白？那是自然，這不用廢話。瓜子臉？不，不是那種尖尖的瓜子臉，是圓乎乎的，胖乎乎的，而且白白紅紅。她的嘴，好像永遠有話要說。她的眼睛，怎麼看都是笑著的。唉！那張依然有幾分孩子氣的美麗的臉，看起來那麼青春，乾淨，活潑，調皮，惹人憐愛。那個時候，我們無法描述這樣的女孩，口語中也沒有「性感」這樣的詞彙。反正讓人心裡怦怦直跳就是了。可是心裡亂跳這樣的話誰好意思說出口來呢？大家只好默默回想發生在她身上的故事。是電影《小花》裡的故事。是革命故事。是戰爭故事。可是我們就記得是妹妹找哥哥的故事：

她原不叫小花，去了趙家後改名叫小花。趙家原有一個小花，賣給別人家後改叫了何翠姑。這小花以為趙永生是她的親哥哥，到處去找，沒找到，遇到了自己的親媽媽也不知道，還成了親媽媽的乾女兒。那何翠姑游擊戰中救了負傷的趙永生，卻又不知這軍人正是自己的親哥哥……等等，有點亂。後來原叫小花的翠姑為救現叫小花的她，負了重傷，犧牲前一聲一聲喊哥哥。明白了吧，她們倆找的是一個哥哥。我們的小花，接過哥哥手中的槍，發誓要踏著烈士的血跡，上戰場迎接新勝利。可是，那槍可不是鬧著玩的，戰場上可是槍林彈雨，革命不是請客吃飯，小花小花你行嗎？

當年我們真的就是這樣為她瞎操心的。心裡既然有話說不出，那就一遍又一遍地唱〈妹妹找哥淚花流〉。那時候誰不會哼幾句呢——

妹妹找哥淚花流，不見哥哥心憂愁；
望穿雙眼盼親人，花開花落幾春秋……

唱這歌時，我們想的是妹妹，不是哥哥。我們知道電影上的故事是編的，可是演小花的她卻是真的。我們喜歡這個樣子的她。我們不願意她「回村報冤仇」，也不希望她「隨哥腳印走」。我們就喜歡她這樣美麗著，漂亮著，可愛著，最好是不經意間，驀然回首，含淚的眼睛一看，就「迎來家鄉山河秀」了。

報仇的事，讓潘冬子去吧。小花橫空出世的前四、五年，我們是多麼喜歡潘冬子。那是真正的濃眉大眼，英俊少年。《閃閃的紅星》，那部彩色電影，我們看了不知多少遍。大土豪胡漢三，拷打潘冬子，逼他說出他當紅軍的爸爸去了哪裡。危急時刻，紅軍來了，胡漢三倉惶逃命。後來紅軍要轉移，冬子的爸爸給他留下一顆閃閃的紅星。這個時候，那句著名台詞就出現了：「我胡漢三又回來了。」回來又如何？冬子機智又勇敢，送情報，運鹽巴，最終一刀砍死胡漢三。歌聲響起：「小小竹排江中游，巍巍青山兩岸走。雄鷹展翅飛，哪怕風雨驟……」

我們喜歡潘冬子，我們更喜歡小花。她似乎是天邊的人，遙不可及。起碼她不是我們村子和我們小城鎮的人。她不是我們能經常遇到的人。況且，陳沖學的是外語，演完《小花》轉身去了美國。一九八五年她回國一趟，我們都渴望知道小花如今變成什麼模樣。她在春晚上說：「我在美國留學四年了。今年是牛年，我是屬牛的，所以就繫了一根紅腰帶。現在中國有句時髦的話，叫恭喜發財。」我們就不高興了：你稱我們是「中國」，那你還是中國人嗎？再後來，聽說她主演了《大班》，其中有裸露鏡頭。我們不敢相信，羞愧難當：別人裸就裸吧，小花怎麼能裸！

現在我們當然明白了：演員就是演員，該怎麼演怎麼演，我們瞎操什麼心；中國人就不能說「中國有句俗話了」？非得說「我國」才是中國人？認頭吧：說到底，我們的偶像是潘冬子，不是演冬子的祝新運；是那個找哥哥的妹妹，不是陳沖。對，我們喜歡的從來都是小花。

四 功夫

李小龍和狄龍

——楊照

我從來沒有崇拜過李小龍。

我生得稍晚，是一個原因。李小龍去世那年，我才十歲，顯然來不及跟人家到電影街排隊搶看《精武門》或《猛龍過江》。就連因為李小龍猝逝，片商趕緊將他拍過的所有電影重新排檔上映，我都沒趕上看。

不過，還有一項更根本的原因：李小龍的英勇武打，違背了我早早就形成的一種關於功夫的美學判斷。赤裸著上身，臉上露出猙獰的表情，光看照片，就不是我會喜歡的。而且，一部電影還沒看，先知道他的死訊，還傳說他是神祕地死在女星丁佩的床上，更是讓我油然生出不潔之感。

應該是李小龍死後都快五年了吧，國中三年級，我終於在專門放映舊片的青康戲院看到了《猛龍過江》，證實了我原本的印象，也證實了我對某些同輩男生的嗜好，的確是有奇特的排斥潔癖的。電影中讓我無法忍受的，正就是李小龍風靡全球，成為偶像的根本因素——拳拳到肉的功夫，感覺打得結結實實的風格。

靠這個，李小龍不只把自己塑造成偶像，還幾乎隻手在全世界掀起了「功夫熱」，即使他死後五年，我身邊的同學，人人都會學他用大拇指撥鼻子的動作，他出拳進攻時的習慣性怪叫，其中還有不少人家裡藏有雙節棍。

但我就是不喜歡。我喜歡的，不是功夫，而是武俠。在電影院裡，眼前看著李小龍，腦中浮現的卻是楚原電影《流星．蝴蝶．劍》的畫面，快速移動飛行的人影，星閃飛舞的劍光，在空間中畫出一種動態的線條構圖來，如此比對下，我忍不住在心底抱怨著：「李小龍多麼笨拙啊！為什麼有人覺得他出拳出腿有多快呢？」

看了《猛龍過江》一個星期後，我在台北電影街看了新片《天涯．明月．刀》，一樣是楚原導演，古龍原著改編的武俠片。和《流星．蝴蝶．劍》不一樣的，是《天涯．明月．刀》，小說最早在《中國時報．人間副刊》連載，是我讀的第一部古龍小說。一讀立覺不得了，文字風格、說故事的方式，和那個叫傅紅雪的主角的性格，都和原先連載的東方玉小說，大大不同。

所以，《天涯．明月．刀》就成了我第一次耐心天天剪報貼存的物件。看報時看一次，第二天剪報時又看一次，貼好了往往就又把前面的部分重看一遍，這小說，我再熟不過了！

應該說：這小說的前半部，我再熟不過。因為小說沒連載完，有一天就突然腰斬消失了，然後又換回另一部東方玉的小說。多年之後，我才聽說，古龍的寫法太新穎、太不像傳統的武俠小說了，《人間》經不住眾多武俠迷的反覆抱怨、抗議，只好停了《天涯．明月．刀》。

因為有這樣的淵源，看到《天涯．明月．刀》改編成電影，還沒看，我已經覺得對這電影，有特殊的感情。一去看，更不得了，滿心感動。

我不記得我看過比《天涯．明月．刀》裡飾演傅紅雪的狄龍，更帥更迷人的男星。此「龍」比李小龍彼「龍」瀟灑漂亮多了，尤其是眼神眉宇之際，又有著一份掩藏不住的悲劇感，更是遠勝李小龍的單面平板。

幾年前，有一次，人在台北，突然收到馬家輝從香港傳來短信，說：「我正在和林青霞吃飯，羨慕吧？需要幫你求簽名嗎？」沒有唐突美人，對林青霞不敬的意思，但我當下沒多思考，回了簡訊：「只有一個港星跟你吃飯，會讓我羨慕，但不是林青霞。」那邊立即有回應，當然是問：「誰？」還故意加上了一個猜測的名字，現在不記得了，反正是那種鏡頭前面總是衣不蔽體的艷星。我誠實地回訊：「別傻了，狄龍，只有狄龍。」

至今，馬家輝還沒幫我安排跟狄龍吃飯，也沒幫我要狄龍的簽名，沒關係，再等一陣子如果還是等不到，我就告訴他，我崇拜的港星偶像改變了，改成了李小龍，請他無論如何幫我跟李小龍要個親筆簽名來！

保時捷上的功夫小子

——馬家輝

我家書房有個木櫃子，櫃子底層有幾個大抽屜，大抽屜裡面塞滿雜七雜八的東西，女兒的幼兒園、小學、中學的畢業證書，我的中學、大學和碩士、博士文憑，拍拖約會時的甜蜜照片，矛盾吵架時的鬥嘴書信，雜誌採訪的刊登專頁，開始寫文章時所留下的幾篇剪報……都是舊時物，是歲月的痕跡。歲月不見了，卻留下杯盤狼藉，心情好時看了，會更好；心情壞時則睹物神傷，唏噓的更唏噓，所以，不宜開啟。

大抽屜如同月光寶盒，打開它，是需要勇氣的。它是誘惑亦是危險，打開它，你要準備付出代價。

大抽屜裡也有幾本筆記簿，主要是我少年時代的讀書雜感和摘抄，從詩詞到傳記，從小說到評論，都讀，那時候讀書完全不花力氣，坐著，翻呀翻，書頁裡的字詞統統像朋友般跳出來打招呼，然後便住進腦子裡，不走了。可是年紀愈大，字詞朋友便愈少，一個個又都搬走了，因為都漸漸忘記了，看過的猶如從未見過。往好處想，倒是重讀舊書有了第二個層次的閱讀趣味：閱讀自己在書頁裡留下的劃線記號甚至眉批小抄，查看自己的閱讀心靈軌跡，往往驚訝於原來曾作如是思如是想，有時候是少不更事，有時候卻是少年老成，這樣的一個大男孩也真古靈精怪。咳，於是忍不住感慨，其實做他的女朋友也不錯，他確是一個滿有意思的戀愛玩伴，愛他的人有福了，被他愛的人更有福。

讀著讀著，自戀狂又發作了。

某回翻看零零碎碎的讀書筆記，竟然發現有不少段落跟功夫有關，忽記起，真的，少年的我曾經習武，對龍蛇虎豹鶴的五形拳尤有心得，幾乎自覺有如傅聲，是個「功夫小子」。

然而我的功夫經驗有兩大特色：一、純為看書自學，買了兩三本《五形拳入門》和《虎豹雙形拳圖式》之類的坊間小書，翻著，依樣畫葫蘆，趁下午家中無人，在自家客廳裡對著空氣像邪靈附體般拳打腳踢，從未到武館拜師學藝，這有點似透過函授方式學習游泳和跑步，成效如何，不問可知。更糟糕的是，有一回正當我跟自己玩得性起，家人忽然歸家，看見我赤裸上身，橫跨馬步，沖拳踢腿，嘴裡高聲猛喊「殺！殺！殺！」媽媽被嚇得驚問一句：「阿仔搞乜？你係唔係撞邪？」

其實我當時幻想日本兵入侵中國，來到嶺南，殺我村民，我像黃飛鴻般挺身而出保護同胞，赤手空拳，打退敵軍。萬料不到於厮殺血戰的最高潮處被硬生生地拉回現實，我的拳腳頓時停在半空，像凝固的雕像，滿臉通紅，狀甚可笑。

二、儘管自覺習得一身好武藝，卻從未跟人搏鬥過實戰過，只因體弱膽怯，每遇衝突，掉頭即跑，不會讓衝突升級至動手動腳。「我是個深藏不露的人，懶得跟小人計較」，這是我的精神勝利法，如同每個中國男人，我有一個 middle name 叫做「阿Q」。

且慢，我在前面說「自覺有如傅聲」，你竟然不知道誰是傅聲？

好吧，我只好慢慢解釋。

傅聲是少年的我的功夫偶像。出生於一九五四年的香港新界，是地主富二代之後，但熱愛電影，進入邵氏的演員訓練班，其後跟隨張徹拍戲，演的主要是功夫片，代表作包括《洪拳小子》、《功夫小子》、《方世玉與胡惠乾》、《絕代雙驕》等等，大紅特紅，風頭絕不遜於今天之黃曉明。一九八三年七月六日晚上十點半，距離傅聲二十九歲生日僅有個半鐘頭，傅聲和哥哥以及友人分乘兩輛汽車沿著淺水灣山路行走，年少氣盛，竟然鬥賽。傅聲和哥哥坐的是一輛保時捷跑車，駕駛者是他，車行某處，或因路滑，或因彎急，或因速快，總之沒有人能夠確定是啥原因，他的車撞向山邊，他並未配戴安全帶，因為當時未有法例，終於車毀人亡，傅聲被車內音響器材撞斷肋骨，鐵枝直插心臟，一命嗚呼；他的哥哥只是受傷。那輛保時捷是傅聲妻子剛買來送給他的生日禮物，全新。

到底曾是偶像。每回想到功夫，我便想到傅聲。想到他那年輕健碩的身軀和圓滾滾帶點傻氣的大眼睛。青春名氣錢財都有了，卻亡於意外。天意神祕而平等，所以也很冷靜而無情。每回開著我的保時捷駛經淺水灣，我也想起傅聲，也想起死亡，也都對坐在旁邊的大女孩的母親重述一遍傅聲往事。

而她總是回應道：老爺，此事你已經說了超過一百遍了！傅聲好像變成我的弟弟，我對他的身世熟識無比了！

需要力量的年代

——胡洪俠

那時候我真的有夢想，天天想著要改變身邊的現實世界，直奔理想世界而去。我可憐的工資的一半幾乎都用來買書。週末我和幾個朋友把自行車停在路邊就開始大談人生。像很多大人物一樣，我堅持天天寫日記。早上五、六點起床，我莫名其妙地背一些生活中似乎永遠用不到的英文單詞。有天晚上睡不著，我忽然想報名參軍去拉薩。我渴望自己擁有力量。那是大家都需要力量的年代。

我說的是一九八二年。不過三十年前的事，現在想來已如同夢幻。那一年發生了很多大事：我父母在村裡分到了責任田；鄧小平在北京提出了「一國兩制」；〈義勇軍進行曲〉重新成了國歌；新修改的憲法全國人大五屆五次會議上也通過了；中國的男子羽毛球隊第一次捧回了湯姆斯盃；而李寧，闖進世界盃體操比賽，贏了單槓贏跳馬，勝了鞍馬勝吊環，一口氣拿了六項冠軍，從此就成了「體操王子」。真是青春煥發的日子。對我而言，那年也發生了兩件大事，影響迄今未絕：其一，我當了記者；其二，我看了電影《少林寺》。當了記者，我可以為改變現實世界多走幾步；看了《少林寺》，則眼界大開，方知道天外有天，原來有個理想世界叫「江湖」，而江湖的「首都」就是少林寺。

花一毛錢買張票，去紅旗影劇院，把《少林寺》看了一遍又一遍，直看得血脈賁張，手心出汗，摩拳擦掌，春心蕩漾。這樣的感覺，現在無論如何找不到了。電影裡的故事一點都不複雜，說的正是「十三棍僧救唐王」：隋唐年間，「神腿張」抗暴助義，遭壞蛋王仁則陷殺。其幼子小虎由少林武僧曇宗救出。為報父仇，小虎拜曇宗為師，習武少林，法號覺遠。一日，李世民被王仁則兵馬圍困，覺遠等施計解救成功。王仁則大怒，一心滅掉少林。眾僧浴血奮戰，覺遠終於手刃王仁則，大仇得報。到後來，電影看得次數多了，我們就把故事全省略了。我們看的是力量，是美。我們在覺遠身上看到力量，在白無瑕身上看到美。力量和美竟然可以經由功夫合二為一，這可是原來全然想不到的事。功夫就是力量。功夫因此就成了一條路，可以從現實世界通往理想世界。誰沒有在現實中無力前行的時候？原先，再無力也只是忍著，看了《少林寺》，不忍了，自己對自己說：怕什麼，大不了，就出走，投奔少林練功夫。報紙上廣播裡開始有消息，說一些無知青少年看了《少林寺》，想學武術，盲目投奔少林寺。有偷了家裡的錢獨自前往的，有幾個人結伴前行的。家長和學校要重視這一社會現象，做好勸說和堵截工作，云云。

就是這樣，就是在一九八二年，電影《少林寺》不僅開了功夫片的先河，不僅引發了全民武術熱，不僅讓「酒肉穿腸過，佛祖心中留」成了日常用語，還創造了一個「嶄新的世界」。在那個世界裡，個個練拳練棍，人人敢愛敢恨，正義一定伸張，壞人不得好死。在那裡，只要你練成一身功夫，「有多少英雄豪傑都來把你敬仰，有多少神奇故事到處把你傳揚」。在那裡，「精湛的武藝舉世無雙，千年的古寺神祕的地方，嵩山幽谷人人都嚮往，天下馳名萬古流芳」。還有啊，在那裡，有美麗的牧羊女，「日出嵩山坳，晨鐘驚飛鳥。林間小溪水潺潺，坡上青青草」……一時間，忍受不了的是故鄉，嵩山幽谷則是夢鄉，少林寺是夢開始的地方。於是，少林武僧的故事，在那一年，在今後很多年，就變成了出走的故事，投奔的故事，尋夢的故事。

當年我不屬於「無知青少年」，我沒想過「盲目」投奔少林。可是我知道了世上有「出走」這回事。假如你嚮往一個嶄新的世界，假如身邊有人阻攔你，你就選擇出走。我開始從小小的出走練起。星期五的時候，去財務室找會計，編個理由說自己需要預支工資二十元。錢到手後，熬到次日黎明，趁天尚未大亮之

2003 年，在龍門石窟。

時，急急趕往火車站，買硬座火車票一張，奔省會石家莊而去。到達省城，為防不測，先買好回程票，然後開始逛書店，搜購新書和高考復習資料，把身上的錢全花光。高考，那是我另一個出走計畫。如法炮製，我還跑過天津，闖過北京，均神不知鬼不覺，悄悄來去，不留蹤跡。再後來，「出走」步步升級，愈走愈遠，終於把自己走得夢鄉尚未抵達，而故鄉已經回不去。

現在不怎麼用腿出走了，用得多的是眼睛和書。這幾天又出走，去古龍的世界小轉一圈兒，看李尋歡的小刀究竟如何神出鬼沒，例無虛發。剛看到微博上有人引用馬丁·路德·金的話：「人生最痛苦的事，莫過於不斷努力而夢想永遠無法實現，而我們的人生正是如此。令人欣慰的是，我聽見時間長廊另一端有個聲音說：『也許今天無法實現，明天也不能。重要的是，它在你心裡。重要的是，你一直在努力。』」而我的努力，就是面朝夢鄉，不停地出走。

五

領帶

那段天天打領帶的時光

—楊照

領帶的打法是父親教的，有兩種，一種打出來的領結小些薄些，另一種打出來的領結大些扎實些。我喜歡小而扎實的領結，覺得看起來比較漂亮，所以就用後一種打法，再儘量將領結拉到最緊。

父親教的，不管是哪種打法，都應該要對。檢驗對不對，很容易，看拉出來的時候，是不是順著就解開了。如果會纏成一個結，那就是打錯了，打錯的領結很容易歪。

那是高中畢業上大學時爸爸教的。上了大學，有「軍訓服」，外面是卡其外套，裡面是白襯衫，最特別的，襯衫上要打黑領帶，男女都一樣。我知道有些同學就買現成打好的，需要時往領子底下一夾就好了；另外有些同學則是找人好好打一次，之後用完了就小心翼翼維持那個脖子圈不解開，下回要用時再套上去拉緊就好。

爸爸一生打領帶的機會並不多，但要打他就打得整整齊齊，一絲不苟。爸爸說與其費心思省那個事，不如就把打領帶的方法學會了。有道理。就學吧。

一晃眼三十年了，奇怪的是，打領帶對我來說，還是件神祕、難以捉摸的事。第一難以捉摸的，是領帶的長度，不管怎麼拿捏，用各種不同原則預估打出來的領帶會有多長，即便用的是打過了幾十次的舊領帶，打好了一定覺得太短或太長，而且覺得太短的機率遠超過太長。即便心中早有這樣的預期，打領帶時想著該讓領帶長一點，別看起來像吊在半空中，打好了拉直，啊，還是太短。

高中畢業剛把頭髮留長，裝模作樣和外婆合影。

第二難以捉摸的是，我從來只用同樣一種方法打領帶，長邊壓過短邊，後穿一回，繞過來平著包一個結，再從上而下穿一次，永遠都是這樣的步驟，但完全不可理解地，一樣步驟打出來的領帶，有時拉開後，是順順的一條直線，有時硬就是會變成一個結。好怪，同樣的打法，得到的結果，有時是對的，有時卻是錯的，這麼多年，我從來沒有弄懂過這明顯不合邏輯的現象是如何產生的。

這些年，很少打領帶了。所謂「這些年」，大概可以用認識馬家輝的時間來算。幾年前，馬家輝偶然在網路上看到一張我接受蔡康永訪問的照片，驚訝地跟我說：「從來沒看過你打領帶啊！」是啊，他那之前沒看過，大概也無從想像，我竟然還曾經有過一段天天打領帶上班的日子吧！

別說他無法想像，連我自己都快無法想像了。那是一九九六、一九九七年，我擔任過幾個月民進黨的「國際事務部主任」。那是民進黨的慘淡時光，一九九六年台灣總統大選，推出的候選人彭明敏，從頭到尾不曾對國民黨的李登輝構成威脅，投票結果，當然是大輸。新敗之際，許信良承擔起重建政黨的艱難責任，接任黨主席，就找了曾經陪他打過黨內初選的人，一起幫忙。

同時間一起進入這個困苦政黨的，還有擔任文宣部主任的陳文茜。不過大部分時間，文茜並沒有在做文宣工作，而是跟著許信良到處找人募款，他們今晚募到的錢，通常明天一早就轉手支付出去了，募款稍不順利，黨部就要欠薪水、甚至支票要跳票了。

缺錢缺人，但那個時候的民進黨卻不缺鬥志與理想。面對當時國民黨內主持「對外」工作的章孝嚴（後來的蔣孝嚴）先生，我一點也不覺得氣短。他官做得大，有大辦公室有車有司機，他有幾十年的工作經驗，這些都壓不過我。因為我知道在面對歐美日本政壇人士時，民進黨有先天的優勢。我們的民主理念，對應國民黨的威權。我們的開放主張，對應國民黨的保守封閉。我很有把握可以在客人面前侃侃而談，比較這兩個黨的性格與歷史，講得客人們眼睛發亮。我還有另一層把握：我能和外賓聊天的題材範圍，一定贏過章先生。我能聊民主、聊資本主義與社會主義，我也能聊歐洲職業足球聯盟、美國的各種職業運動、商業與藝術電影、文學、拍賣市場……

唯一讓我最沒把握的，是我的穿著。我穿起西裝打起領帶的模樣，怎麼看怎麼彆扭，怎麼看怎麼不像出入高貴人士 gala dinner（正式晚宴）場合的人。我努力天天打領帶穿西裝，扮演稱職的「國際事務部主任」，為時九個月，九個月後辭職了，離職時民進黨黨部還欠我三個月的薪水沒發。

於我，是領呔，不是領帶！

——馬家輝

第一條領呔，打在六歲的我的脖子上，那一年，我念小一，香港的小學生如同英國的小學生，從六歲開始便要打領呔、上學去。

上學用的領呔叫做「校呔」，單色。不知何故，幾乎全香港的校呔顏色都是棗紅，雖亦有或藍或綠，卻是少數；校呔沒有花紋，只有校徽，各校不同，卻又大同小異，有點似歐洲中古王國的城徽總在細微處區分光榮與等級，我校我師我友，小小的一方圖案便是家庭以外的另一個認同中心。

有些學校的校呔沒有校徽，只是簡簡單單的素色，也以棗紅為主流。男同學的校徽跟女同學一樣，縫在白襯衫的胸前口袋位置，女學生當然不必打領呔，只穿裙子，或整件連身，或半截裙而配襯衫，更有穿傳統旗袍者，亦是各校不同，稱為「校裙」。那年頭最能吸引少年男生注目的校裙是某校的「水手裝」，上身是海軍藍，下身全白，兩肩有白領子，活像日本情色片裡的演員制服，誰有本領追到該校女生，誰便可令所有男同學嫉妒得咬牙切齒。我在小一時打的領呔其實是假的，只有前面的筆挺造型，領結處有兩個小夾子，用來夾緊衣領，乍看便很像樣。二年級開始打百分百的真領呔了，此後十年一發不可收拾，直到十八歲高中畢業才結束領呔生涯。在此期間，參加了童軍隊伍，也要打領呔；又參加過紅十字隊，亦要打領呔，領呔之於我，曾有一段好長好長的歲月親近如老友。

既然親近，自有糾纏不清的甜酸苦辣。

領呔結在男孩子的衣領面前，作用和意義跟成年男人很不一樣。對後者來說，領呔是權力的象徵，是

formality（禮節）的結晶，是形式主義的代表，卻亦有助於遮掩肚腩，如同女人之使用披肩，妙不可言；我目前很少打呔，故常用「圍脖」，原理相同。但對年輕學生而言，則剛相反，一條帶子只是束縛與權威的代名詞，脖子纏上校呔等於孫悟空頭上戴著緊箍咒，渾身不自在，必須除之而後快。所以許多男孩子喜歡把校呔放在書包裡，走路回到學校門前，才拿出，才結上，每天下課亦在踏出校門後第一時間把校呔拔走扯走，視之如仇敵；而在學校裡，他們亦常把領結弄鬆弄垮，故作不羈，用小動作對權威挑釁宣戰。

我卻比較怪胎。我喜歡領呔，從升上中學開始，打領呔這個動作便讓我有一種「可以依賴」的滿足感和充實感，每天親手把領呔戴到脖子上，用十根手指頭操弄帶子，仔細地，用心地，纏繞出一個厚厚實實的領結，然後把領結推高，微微頂住喉嚨，毫不苟且，何等正大莊嚴。而當把領呔結於身前，一塊小小長長的布條擋隔於我和紅塵之間，多麼能讓人有安全感；每隔幾分鐘伸手摸一下領結，確認它的整齊端正，又是多麼能讓人感到踏實。史努比漫畫裡的查理．布朗不是整天拿著一條被單嗎？領呔於我就是那條被單，我愛它。

我同樣愛把領帶喚作領呔。這是香港人的慣常喚法，呔就是tie，是洋語音譯，一聽了便親切，或倒過來說，聽見內地和台灣說領帶，便覺陌生，更不期然聯想到「狗帶」和「皮帶」之類，完全失去了舶來貨的洋化味道。

中學畢業後，赴台升學，大學階段幾乎從沒打呔，領呔從我的生命中撤退消失。畢業後做記者，在東南亞亂跑了兩年，更沒機會了。其後赴美讀書，而碩士而博士，而助教而講師，記憶裡除了上台領取碩士證書時打過領呔，其餘日子皆是牛仔褲和T恤，徹底地從「無呔不歡」變成「根本無呔」。我手邊有一張照片，結領呔，穿大衣，長鬍子，站在講台黑板面前指手畫腳像在授課，黑板上亦寫有「identity」和「social movement」等幾個英文字，但那只是我於離美前特地找一位香港學弟替我拍的「造型照」，純屬好玩，用廣東話來說便是「扮嘢」。

一九九七年我回港到《明報》擔任副總編輯，管理三十位下屬，我也才三十三歲，他們不太服我，為了增強威信，我乃重投領呔懷抱，開始每天打呔，藉呔自重，狐假「呔」威，躲在領呔後面過了一陣子的假面人生。

其後返回學院，偶爾亦須打呔，這畢竟是香港，出席各式應酬場合和參加工作會議，領呔總是必需品。但除此以外我已不常打呔，只因我喜歡駕駛跑車到處跑，打領呔而開跑車，太不搭調了，有損瀟灑造型，老子不幹。

從不離不棄到若即若離，領呔與我，情路崎嶇。

一張疏而不漏的恢恢天網

——胡洪俠

某日某女為某活動來送請柬，我打開繁華似錦的信封，掃了一眼花里胡哨硬卡紙上那幾句自欺欺人的客套話，即隨手扔在桌上，嘆了口氣，說：「不去！」「為什麼？」她化妝過濃的臉立刻繃緊，「很重要的活動啊。很時尚的場合啊。」我問：「什麼叫『請著正裝出席』？」她笑了：「嗨，這也問。就是穿西裝繫領帶啊。」「所以嘛，」我說，「我不會打領帶。不去。」

這個理由很荒唐，然而我也確實不會打領帶。不是沒學過，上個世紀八十年代初就試過了。學了忘，忘了學，至今還是不會。可是想當年，我是多麼羨慕電視廣告裡的領帶。

一九八三年，衡水小城裡穿西裝的人多了起來，同宿舍的同事也慫恿我去弄一套。所謂「弄」，不是去商店買，而是自己去選塊布料，找相熟的懂裁縫的大嫂阿姨量體裁衣，附帶縫紉加工。沒有時興的墊肩，沒有綢面的襯裡，新做好的西服穿在身上，輕輕薄薄，皺皺巴巴。但這畢竟是西服啊。然後自己就跑到路邊小攤上花兩塊錢買了條領帶。電視上的廣告天天都在說：「斜紋代表穩重，細花代表溫柔，圓點代表細心……金利來領帶，男人的世界。」我買不起金利來，但也要聽從廣告的指引。我覺得我已經夠溫柔夠細心的了，但靈魂深處檢討自己，不得不承認有時還難免浮躁和衝動。那就挑一款藍底暗紅斜紋的領帶，等套在脖子上，全世界都能一眼看明白：我，年輕，二十歲，可是我很穩重。賣領帶的攤主問：「會繫嗎？要不要教你？」我說會會會，「不就是像繫紅領巾一樣嘛。」攤主一撇嘴：「什麼呀！」然後纏來繞去教半天。

正是夏天，晚飯過後太陽還遲遲不落。沙石街面上塵埃已落定，散步的人漸多。男人大都穿跨帶背心和大褲衩，腳蹬一雙拖鞋，手搖蒲葉扇，啪啦啪啦，晃晃悠悠，邊走邊聊，還時不時縱聲大笑，隨地吐痰。這都什麼「男人的世界」啊。我於是跑回宿舍，抖開西裝，拿出領帶，再從床底下拽出那雙暗紅色皮鞋，將自己上上下下裝扮起來。我想去街上走一走，為那黯淡的「男人的世界」增加點亮色。出得屋門，用手理一理三七開的分頭，感覺頭髮有點黏。也管不了許多了。雙手插在褲兜裡，正要邁開雙腳，低頭發現皮鞋上塵土刺目。掃興。只好麻煩雙腳輪流在褲管上連蹭幾下，皮鞋立刻光亮無比。走！但初著新裝，狐假虎威一般，畢竟有些心虛，只想一步就跨到大街上，唯恐在報社院裡碰見熟人。偏偏就碰上那幾個終日亂開玩笑的女同事。「喲！」她們的眼睛將我全身搜索數遍，「今兒怎麼換行頭了？去相對象啊？哪個單位的？」

好不容易衝出大門，將身來在大街前。也真是巧，前面走來了我大哥和他的同學。大哥正在教師進修學校進修，他們幾個人遛彎兒天天都經過報社大門。大哥見了我一愣，扭頭對他同學說：「看看看看，這傻傢伙穿得什麼衣服啊，跟流氓似的。」他同學故作正經地摸了摸我的領帶，「咦？」他搖搖頭，「你把腰帶繫錯地方了吧。」他們說說笑笑一哄而過，剩我一個人西看斜陽，躊躇滿志，孤獨萬分。

沒過多久，我穿西服打領帶的興頭就沒了，因為實在太麻煩，也太費錢。還是「光夫衫」方便。當時日本連續劇《血疑》正熱，男女老少迷幸子，迷光夫，迷大島茂，街上到處是「光夫衫」、「幸子衫」，一派情深似海的盛景。我穿上「光夫衫」，在大街上故作深沉地遊蕩，但見滿目「幸子衫」飄飄，卻無一真實幸子現身。

那不僅是一個靠發奮讀書尋找「自我」的時代，那也是一段熱中憑穿戴證明「自我」的歲月。那時覺得中山裝是落後的，胸前四個兜怎麼看怎麼囉嗦。多年後我如火如荼看電視連續劇《走向共和》，聽了第五十集的那番講演，才又對中山裝無限敬仰。中山裝哪裡陳舊，中山裝才是求新。「哦！對了，」孫中山站在大廳中間，說道：「我今天穿的這身衣服有點古怪是吧，連裁縫都說是很奇怪的。但是我要說這是，這是為了完善共和，你們還覺得奇怪是嗎？我要說，這就是共和，這就是共和的衣服。」他拍拍胸前的幾個衣兜，一一講解：「這裡裝的是立法權，這兒裝的是行政權，這兒裝的是司法權……」還有一個兜裝的是考試權，另一個藏在衣服裡面的兜，裝的是彈劾權。這五個兜，真正是「一兜一天堂」。

原來，這中山裝是一張疏而不漏的恢恢天網。如果有一天，又是某日某女為某活動來送請柬；如果她說，正裝也包括中山裝，打領帶之苦已替你免掉，那我說不定會欣然前往。只是這「男人的世界」一變再變，現在是否還有裁縫做得出正宗的中山裝？

六 朋友

重視朋友會遺傳嗎？

——楊照

去接女兒放學，車在校門口停了二十分鐘，看不到她人影。我撥了她的手機號碼，電話那頭「喂」了一聲，馬上就說：「你等一下。」一秒鐘後，班導師將電話接過去，跟我說正在問女兒一些事，請我再等個十分鐘。

當然好，沒問題。十多分鐘後，女兒出來了，我留心看了一下，她臉上竟還有點笑容。「發生什麼事？被老師留下來特別訓話？」

她說不是，老師找她，問另外兩個同學最近的狀況，希望她幫忙勸勸那兩個同學，別那麼愛玩，要收收心，多費些時間在課業和鋼琴演奏上。我知道那兩個同學，是女兒在班上最親近的好朋友。聽完她解釋，我笑了，考慮一下，決定誠實地告訴女兒我的想法。

我先問她：「你知道老師在幹嘛？」原來以為她會反問：「什麼意思？」沒想到她卻直接回答：「知道

啊！」「你覺得她在幹嘛？」「她想用這種方法，讓我變乖一點，讓我別那麼愛玩。」

哇，真的長大了，自己就體會了老師的用心。「那她為什麼不直接說你，要用這種方式？」「她有說覺得我很有主見，比較知道自己在做什麼。」「意思是，講你反正你也不聽，講不動？」女兒笑了：「也許吧！」既然知道老師其實是藉由跟她談其他同學婉轉批評她，又知道老師其實是要藉著給她一個幫手的角色，試圖改變她，那她會怎麼做？「你會去勸她們兩人嗎？」

女兒理所當然地回答：「會啊，我晚上用 LINE 跟她們說，可是還沒想好該怎麼說。」我有點意外，就追問一聲：「為什麼你明知這是老師的設計，你還會願意做？」她說：「因為我同意這樣對她們比較好。雖然跟她們那樣玩在一起，鬧在一起很快樂，但那樣真的對她們不好。」聽到她的話，一股熱血衝上腦門。這真的是遺傳嗎？那為什麼偏偏在這件事上，她跟少年時代的我如此相似呢？

把朋友看得那麼重，朋友，而不是其他因素，左右了行為決定。

那個時代我也是如此。明明自己的興趣在文科，因為好朋友都在理組班，就不願轉到文組班去，寧可和沒完沒了的化學考試艱苦奮鬥，甚至想著：大不了念理組班念到最後，聯考報名時再報文組就好了，反正歷史、地理這種科目，我應該自己念得來。

好朋友交了女朋友，我們比他自己還興奮，把那女孩奉為女王。好友為了這件事被教官處罰了，我們立刻熱血沸騰，非得替他報復不可。為了自己，我不可能做得出將教官「蓋布袋」推進荷花池裡的事，但為了朋友，可以。

在台北中山堂和女兒合照。

輪到自己有機會交女朋友，心底暗暗欣賞一個說話帶著娃娃音，總是對我所讀的文學、哲學書籍表現出好奇心，看到我就停不了口，不斷生出各種問題的女孩。腦中動了許多想像念頭，可以如何讓她知道我對她的好感，會有如何更親近的接觸，然而，什麼事都還來不及發生，在完全無心的對話中，一個死黨好友告訴我他有多麼喜歡那個女孩，我立刻就停止了所有想像，甚至不讓自己心中有一點黯然、不捨的感覺。

編校刊惹了大禍，雖然闖禍的文章不是我寫的，第一個浮上心頭的想法是：要用什麼方式將責任攬下來，保護牽涉在其中的兩位死黨，而且真的在訓導主任面前努力讓自己聲音不發抖，故意傲慢挑釁地說出：「我是主編，一切事情都算在我頭上！」

這是我成長的經驗，是那一、二十年中留下最深刻印象的經歷。多少次，覺得自己好像一個迎風而立的俠士，傲然面對這個世界，只不過因為可以為朋友做些什麼事。

難道，這樣的血液也流在女兒的身體裡？車快開到家門前，我對女兒提起菲力普．普曼（Philip

Pullman）的奇幻小說《黃金羅盤》，「我猜你會喜歡看這本書。」「為什麼？」

「因為裡面的主角，一個叫萊拉的小女生，她愛冒險，而她之所以參與了去『北地』的危險旅程，是因為她的好朋友羅傑失蹤了，全世界沒有任何其他人在意羅傑，沒有別人會想去救羅傑，萊拉就覺得她自己非去不可。」

「這本書在家裡嗎？我要看！」女兒提高了音調說。

即使做不成夫妻

——馬家輝

二十四歲時聽過我母親說過這樣的話語：「即使做不成夫妻，也可以做朋友嘛！」我便深深記住；但，從未成功，或許只因，從未嘗試。

我母親倒是做過身教示範。

十四歲時曾經和姐姐妹妹跟隨父母親看望一位長輩，不知道是叔叔抑或伯伯，應是伯伯吧，年齡應該比我父親大，很斯文的一位先生，個子高，戴眼鏡，瘦瘦的，語調溫文，看起來像個讀書人，但聽母親說，他以前是個生意人，生意還做得滿好滿強。

我母親還說，年輕時，她在工廠工作，他是上司，曾經追求她，來往過一陣子，她沒有接受，最終選擇嫁給我的父親，那便有了姐姐有了我有了妹妹，那便有了後來的歷史。

我母親又說，我那年頭的人非常純正，追求就是追求，飲茶看戲跳舞散步騎單車，朋友交誼卻又暗有情愫，但不會總想上床曖昧亂搞亂來，不是不希望，而是不急，不行動，慢慢來，該來的事情總會來。

嫁給我父親後，我母親仍跟這位先生保持聯繫，但那是沒有手機沒有電郵的簡樸年代，就依靠電話了。每一兩年會見個面，但都是一家人去見，像見老朋友，坐下來，孩子們在旁邊蹦蹦跳跳，大人則喝茶話舊，天涼好個秋，雲淡風輕，聊天道別，下回再見可能又是一兩年後。

我母親是在我父親面前跟我們敘及這位先生的往事，父親笑著聽，沒說話，我猜他早已知悉一切。或許我母親主要是對我姐姐說，她已經拍拖了，交男朋友了，我母親藉機對她進行「感情教育」，那是在探望這位先生後搭巴士回家的路上，那年頭沒有地鐵，從新界返回港島，必須搭完巴士再轉渡輪，好長好長的一段路，一個多小時的行程，困坐在車上船上，孩子們沒手機可玩，正是兩代溝通的大好機會。

不知何故，我雖然只是「次要聽眾」，卻仍印象深刻，彷彿暗暗知道總有一天會輪到自己接受類似考驗，交往，分手，決定保持或不保持朋友關係。

十年以後，我終於由「次要聽眾」變成「主要聽眾」，因為那一年我跟交往了好幾年的女朋友分手，情緒極度哀傷，在我母親面前，哭了，性格向來達觀甚至幾近病態地達觀的她笑道：「使乜咁難過（意即不必太難過）！人生緣分，有來有往，有聚有散，就像打麻雀一樣，有輸有贏，這盤吃糊了，下盤可能放炮，你的偶像許冠傑不是唱過幾句歌詞『人生如賭博，贏輸冇時定，贏咗得餐笑，輸光不用氣』嗎？世事難料，事在人為，即使做不成夫妻，也可以做朋友嘛！」

我不哭了，看她一眼，心中暗罵一句：賭鬼！

但其後我並未跟分手的女朋友轉型為朋友，只因天涯海角，找不著了，其實也沒有找，散了就這樣散了，儘管曾經愛得以為沒有對方便寧可不活了，但發現，原來是可以的，確實可以活，而且活得很不錯。雖然生命沒法重來所以也不能比較，如果當時沒分手，如果往後的日子都是跟對方一起活，會否更不錯或反而寧可不活了。

沒有找，所以沒法驗證我母親的朋友理論能否應用到自己身上，但仍隱隱相信她是對的。理由不僅是她做過示範，而更因為在理論上確能成立，且想想，「朋友」的交往狀態可以有不同類型和不同深淺，做了朋友，不一定是親密朋友；做了親密朋友，也不一定無所不談；無所不談，也不一定能夠常談長談。所以即使我跟前度女友重逢重聚，坐下來聊聊天，當然也算是朋友了，但不一定是密友，那可以是非常獨特的一種朋友狀態，或倒過來說，世上每一種友誼狀態都可以獨特無二，不管男女，不管身分，視乎你如何經營和願不願意經營。

這是我經常引用的「感官原理」：如果聽覺有千百萬種，味覺有千百萬種，嗅覺有千百萬種，觸覺有千百萬種，生命是如斯細緻，為什麼感情關係只能容納區區幾種？夫妻，朋友，炮友，就沒了？不會是這樣的，也不應該是這樣的，如果是這樣，只因我們不察或不敢，我們其實是也應該是比自己想像中的細膩分殊。

五十歲了，我的朋友數量是多是少，視乎跟誰比較和採用什麼衡度標準，但我毫不計較，我只在意如何跟不同的朋友以不同的方式相處，只看重如何拓展不同的朋友狀態以享受不同的友誼交往。我常想，如果我不是自己而是別人，或許我也全無興趣跟馬家輝這種人做朋友。我是心知肚明的，但我沒法子，五十歲了，改變不了自己，也無意改變自己，唯有隨緣行之，善男子善女人，合則來不合則去，誰都千萬別勉強誰。

數年前我曾午夜電郵給香港女作家黃碧雲，借引洋人之言感嘆：「一個混蛋到了四十歲，就一輩子混蛋定了。」

黃碧雲回郵，嘲笑道，「如果四十歲係混蛋，二十歲時一定亦早已係混蛋，唯一差別是四十歲以後混出了一些格調，便不太容易找到人陪你玩。冇人陪，唯有自己玩囉，如果唔係，難道去死？」

說的正確。所以我看清楚兩項事實：一、唯有自己玩，這是王道。二、到了五十歲，人友俱老，友我相忘，朋友炮友，友誼難存，這是真理。也就只好認命。

那一場相知與託付

——胡洪俠

是一九八九年秋季入的學。報到那天，在人民大學嶄新的研一樓（「學十」）的七層，新結識的研究生同學相互論年庚，排座次。老繆居首，我則排第三。於是我們都高呼老繆為「大師兄」。亂喊了幾天之後，發現喊錯了，原來還有位南京的同學一直未現身。忽然有一日他終於露面。大家寒暄過後，心裡立刻明白了一件事：嘿嘿，年齡最大的在這裡。這才是老大。稱呼要變了：老繆降為二師兄，我則成了老四。也好，他們再無法叫我「胡漢三」了。

問南京來的徐老大：「為什麼遲了幾天報到？」老大說：「是床票的問題。上床晚了。」我們都一愣，覺得他的坦誠有些突兀。「新晉」二師兄微微一笑，深吸了一口菸，再悠悠地吐出來，說：「你們聽哪兒去了？老大說的不是『床』，是『船』！」

同班之中，我和老繆聊天最多，相知最深，彼此漸生兄弟情分，遠非庸常的同學關係了。他本科上的中文系，讀書功底深厚，我則鄉野出身，師範生而已，於文學雖然熱愛，畢竟所讀甚雜，所知甚少。我們聊文學，聊人生，聊愛情，聊郁達夫，聊徐志摩，聊勞倫斯，聊大眾傳播學最新專著。那個時代大家還肯談談這些。

我們滿腔抱負，志存高遠，又寫又譯，必修課選修課都去認認真真地聽，彷彿所有的艱難困苦都不在話下，唯需自己抱一顆海闊天空之心，時時盡情馳騁就可以了。到畢業時，按入學前學校的約定，我應回河北工作，然而儘管即使但是可能或許反正……無論如何，我已不想再回那片所謂「慷慨悲歌」之地。我偷偷去

1981 年夏天，我師範剛畢業，就要去當老師。圖中另外兩位都是和我要好的中學同學。中間那位叫趙玉國，讀高中時我們倆合作寫過小說。

北京圖書館看了看深圳的報紙，也向在深圳工作的同鄉同學打聽過深圳的消息，和導師湯先生商量之後，我決定去深圳。

老繆按約定也是應該去廣州工作的。我和他談起深圳，我說我們不妨一起去闖闖看。他問，你都想好了？我說當然還有擔心：其一，我該不該去南方？命中有這趟旅程嗎？其二，我從沒有去過深圳。那裡是我們盼望的夢開始的地方嗎？「這好辦，」老繆說，「都交給我了。我也想去深圳。春節前我需去廣州，不妨拐到深圳看看，探探路。至於命運之類，我父親略懂《易經》，你再給我張照片，我求他給你推演一番。」

剩下的事就是一邊度寒假一邊等消息了。一九九二年春節前，收到老繆從廣州寫來的信。他說：「……明日即赴深圳，先將臨來前半小時家父所言你之命相告之。」

讀至此我大為緊張，連忙左看右看，好像讀禁書一般。「你之八字及相所示，『出外大吉』，而且愈遠愈好。卦書言，『若居家，種地長草，住房屋倒』。……而且你命主水，在『遠家』方面以『南行』為佳，因水往低處流，高屋建瓴易成勢，便於蔚然。」又說，「當一種生活淹沒了自己，如果他還沒有完全消失，總會努力地要掙出水面。出來了，那天地將是別樣的；沉下去了，那將意味著永遠的沉落。」又說，「同學極力主張我南下，最好是去深圳，在他看來，深圳畢竟還有那麼一批高層次的文化人，當他們忙活一陣後，會靜下來創造自己的精神氛圍的。」信中最後他說：「我是無論如何要到這裡來的了。」

三天後，第二封信到了，洋洋灑灑三千言。按農曆算，老繆寫信的日期已是臘月二十三。他說，他去過一些城市，他覺得除北京外沒有哪座城市能比得上深圳的「明晰而溫沁」。他提到深南東路最為繁華，車多人多，人行綠燈一亮，「對面過來的人恰若一層浪急急地滾來，令你不禁怯生生無以舉步。」他說，若將來到深圳工作，那報社所在地在蘭光大廈，離市府很近，路雖不太寬，但人車較少，非常寧靜，非常適意，漫步其中像是走在別墅區裡，兩邊的樹雖無參天之相卻也綠蔭遍地。「一紅衣藍裙女子牽一花裙女童輕漫而來，藍天，綠樹，紅衣，花裙，哪個都市能尋得這般閒情與恬靜？可惜相機在包裡，否則會有一張小照給你看的……」

多少年之後，每每想起老繆，或者路過振華路一帶，腦中總浮現出「紅衣藍裙牽花裙女童」的意象。大時代不容那條街寧靜適意，老繆筆下的「閒情與恬靜」自然很快就無影無蹤了。而現在，無影無蹤的是老繆。我們一起在深圳一家報社工作了十年，曾經同甘，曾經共苦。忽然有一天，聽說他辭職了，離開了深圳，幾位同學誰也不知他去了哪裡。

那一陣我們倆經常坐在路邊大排檔喝啤酒喝到天亮。我們變得愈來愈牢騷滿腹。可是我覺得他太消極。

我說你不要管什麼什麼，你應該如何如何，起碼先把自己負責的事情做好。最後他聽煩了，迷離的眼神忽然變得陌生，「你以為你是誰？」他說。他來得決然，走得絕然；或者說，來得深情，走得絕情。一晃又十年過去了，我再沒見過他。

七

錢

做生意的人家裡長大的

——楊照

四十年前，如果你到台北，應該探訪晴光市場。那裡距離一萬兩千名美國駐軍的指揮中心——美軍顧問團只有三百公尺遠，因而形成了台北有名的「酒吧街」。到了晴光市場，記得找個當地人問一下：「藝新服裝行」在哪裡？最有可能發生的情況是，被問到的人將你上上下下打量一番，看你打扮正常，忍不住警告你：「那家店不要隨便進去，賣的衣服貴得不得了！」

「藝新服裝行」就是我家，賣的是訂做的針織禮服，那樣的衣服當然不是賣給家庭主婦穿去菜市場買菜的。我家主要的客人，是吧女，或者更準確地說，是帶著美軍軍官來付錢的吧女。

美軍在越南打仗打得最厲害時，每個星期都有上百個不知下個月還能不能活著的美軍軍官，到台北來短期休假。他們住在美軍顧問團的軍官招待所裡，通常也就在那附近買醉狂歡。那也就是我們家生意最好的時

從童年住家往下看，對街的「藝新服裝行」就是我們家的店，媽媽站在店門口。

候，爸爸辭去了原本的會計工作，回來幫媽媽的服裝生意，兩人經常日夜趕工，一天只睡三、四個小時，都還做不完蜂擁而來的訂單。

所以連小孩都動員了。我記得放暑假時，天亮得早，我五點多就起床，從住家下樓，越過小巷子，打開店面的小木門，裡面撲鼻傳來一種濃烈的紗線味道。點開日光燈，我就在一台小型的紗仔機坐下來，把一大捆麻紗掛上架，拉出線頭，仔細在一條細長的木軸上捲好，然後摁下電動按鈕，機器就自動操紗。不過中途一定會有線卡住或拉斷的情況，就得在紗線操歪前，趕緊停下機器，拿小剪刀剪平線頭，在用爸爸教過的特別方法把線接好，接頭必須很平很小，不然到時候在衣服上突出來，就很難看了。

順利的話，十分鐘可以操完一捆麻紗，一個多小時後，操完六捆紗，差不多媽媽和大姐就來店裡，準備要用我操好的紗開始做衣服了。爸爸也來了，第一件事一定是打開櫃檯抽屜，拿出一個小本子，在上面添加數字。

那是我的存摺本。操一捆紗賺五塊錢，有時還當爸爸整燙禮服時的助手，一件也是五塊。另外，我們四個小孩每天輪流當值日生，負責掃地倒垃圾，也可以有五塊。爸爸一定鄭重其事在每個人的存摺本上工工整整寫好，鄭重其事給我們過目，然後再將存摺本收回抽屜裡。

我們隨時知道自己有多少存款，也隨時可以提錢。不需要填提款單，但有比填提款單還麻煩的事——得誠實交代錢的用途。我最常需要提款的理由，偏偏是爸爸最常不同意的。為了擔心我不斷加深的近視，爸爸不喜歡我買書，不過沒關係，被爸爸否決了，我只要去告訴大姐，最疼我的大姐就會假裝是她要買書，從她的存款裡提出錢來，轉交給我。我還是買到書了，而且還不用花自己的錢。

反而是說要去買玩具，爸爸不會阻攔。有一次，拿了錢，本來想去買一盒「雷鳥神機隊」的模型，到了店裡，看到人家在玩抽牌子的遊戲，忍不住就花了五塊錢，換來一排十張牌子，一張張打開，看看有沒有中獎。十張中，有一張中了口香糖，另一張竟然就中了最大獎——五十塊現金。

我樂極了，抱著兩盒模型奔跑回家，想跟姐姐們炫耀我的好運，卻在樓梯口先遇見了爸爸。爸爸問我去幹嘛了，我誠實答了，才說到我花五塊錢抽牌子，不料爸爸就平靜地說：「你就抽到大獎了。」我愣住了，他怎麼知道？爸爸還是很平靜，簡單解釋：「你第一次去抽，一定會讓你中大獎，你就會一直想再去抽。人家跟我們一樣，都是做生意的。」

是的，都是做生意的。我從來沒有忘記自己是市場裡，做生意的人家裡長大的。我總是看著、想著、理解著別人做生意賺錢的方式，絕不相信錢會從天上掉下來，靠運氣可以賺錢。

或許正因為用這種眼光看錢，我可以冷靜地衡量：花多大力氣賺多少錢，划不划得來。我也可以清醒地選擇：我願意費多少時間去賺多少錢。這些年，我的人生生意做得還算不賴吧，賺了夠用的錢，但也沒有耗費精神去追求多於夠用的錢財。

我父，我舅，我的愧疚

——馬家輝

對於金錢這玩意兒，我的最深刻印象來自童年時的大年夜，或該說，是大年初一的凌晨，大約三、四點左右，門鎖轉開，咔一聲，把我吵醒，我知道父親回家了，於是，起床了。

那是維持了好久好久的「家族傳統儀式」，父親在報社上班，那年頭，法例不嚴，假期未定，新聞工作者年中無休，由大年頭忙到大年尾，最高興的日子是大年夜從報老闆手上接過一封大利是——等於當下流行的年終獎金——深宵半夜回到家中，跟妻兒子女坐下來，吃素菜，並且向安置在客廳的祖先牌位恭恭敬敬地上香叩頭。

報老闆是個人物，江湖氣重，喜用現金派發利是，出手闊綽，少則五千，多則一萬，在那年頭，對打工仔來說已是非常豐厚的數字，而且，報老闆習慣派發新簇簇的鈔票，一百元，紅彤彤，喜氣洋洋。我還記得父親每年回家後做的第一件事是從公文包裡掏出一個厚厚的公文袋，放在桌上，母親穿著睡袍從房裡走出來，雙瞳發亮，衝過去把袋內鈔票倒出來，一大疊，繁華盛世，盡現眼前。

寫著寫著我彷彿仍然聞嗅到鈔票的奇特味道，有一股淡淡的腥氣，不臭，只覺濃重，想必是油墨的餘韻，那是紙的氣味，亦是豐足的氣味，摸在手裡，硬硬的，也滑滑的。父親喜歡撿起一張鈔票，假裝它是刀片，拿近腮臉，一邊上下磨刮一邊笑道：「家輝你看！新鈔票可以剃鬍鬚！」

吃過齋菜後，便是「分錢」時刻了。父親把不同數量的鈔票分進不同的紅封包裡，給我母親，給我姐姐，給我，給我妹妹，給我外公，給我外婆，給我舅舅，人人有份，永不落空。我父親是個性格嚴肅的人，眉頭通常緊皺，每年幾乎只有在這個時刻他才稍稍放鬆，眼睛、嘴角，皆有笑意，顯然非常滿足於自己的成就。少年的我當然不會懂得這份成就感的意義何在，直至許久許久以後，自己做了人父，也仍是人子，更是人夫，一副肩膀挑起家庭的全部支出使用，才漸領悟，真不簡單，也不容易，這是一個快樂但沉重的責任擔子，每年有這麼一個短暫片刻讓他感受到責任之圓滿完成，把鈔票帶回家，把鈔票分出去，他絕對有理由心滿意足。而當農曆新年過完，又是新的開始，他的眉頭將重新合攏。

對了，舅舅，我說的是小舅舅，他在我家住了十年，跟我一起成長，我一直欠他一個跟鈔票有關的道歉。

那是小時候，大概十歲左右，年齡我忘了，總之是很小很小，而舅舅比我年長六歲。有一回我要買一份生日禮物送給父親，捨不得自己掏錢，竟然從我父親的蓄錢鐵盒裡偷取，那是一個「丹麥藍罐牛油曲奇餅乾」鐵盒，這牌子在那年代十分流行，曲奇餅乾吃光了，圓圓的盒子通常被用來盛放雜物，我父親用透明膠帶把鐵盒蓋子封住，再用小刀在盒頂割開一道小縫，便可投入銅板，用作撲滿，愚蠢的我趁家人不在時，把膠帶拉開一半，抓開盒蓋，伸手進去取走十元硬幣，然後把盒子封回原狀，自以為神不知鬼不覺。

罪行不必說是立即被發現了，但我父親沒有責怪我，因為他以為是我舅舅所為，但他也沒有責怪我舅舅，因為舅舅終究不是他的兒子，他不希望事情鬧大，被我母親認為他在欺負她的弟弟。這是我父親的善良。然而這都是我自己想像的前因後果，我從未向父親或舅舅求證，我只是分別從他們的言詞反應裡推敲兩人的心中想法。我父親捧著曲奇餅乾喃喃地說，「咦，奇怪了，怎麼鐵盒的蓋子好像被人碰過？」說時，眼睛瞄向舅舅。舅舅沒有說半句話，只是低著頭，表情是百詞莫辯、委屈含冤，他跟隨父母——亦即我外婆外公——住在姐夫家中，顯然一直有「寄人籬下」的自卑感受，或許正是這種淒涼令他不欲自白、不敢自白、不肯自白，無論遇上什麼冤屈都往肚子裡吞下算了。

我舅舅是樂觀的人，極有幽默感，不管有什麼不幸遭遇都能嘻哈大笑，從悲劇裡看出喜劇成分。我經常被人說「言談幽默」，若真，必是受到舅舅的薰陶感染，不知不覺地向他看齊。但有一點我終究學不來：他一輩子只喜悠閒度日，能夠工作八小時便不肯多做半個鐘頭，而我呢，稍有半個鐘頭悠閒便覺無比焦慮，彷彿已遭世界遺棄。我是個工作狂，他不是，廣東人說「外甥多似舅」，就這點而言，我們畢竟屬於兩個世界。

三奶奶的「蘇軍票」

——胡洪俠

十六歲我扛著被褥提著臉盆去衡水上學，寒暑假再回到我們那個村子那個胡同時，父老鄉親見了都誇我有出息。有一天在家門口和長輩們聊天，三奶奶問我：「現在北京誰當毛主席呢？」我哈哈大笑，說毛主席早去世了，「咱們村也開了追悼會，靈棚不就搭在三奶奶你們家對門的大院子裡？」三奶奶不服氣：「這傻孩子，笑什麼！搭靈棚的事我能不知道？我就問你，現在是誰當毛主席？」我恍然明白了三奶奶所問何事，於是不敢再笑，遂曲裡拐彎解釋了大半天。三奶奶說：「你愈念書愈懂事了。」

那時候村裡的老人死得都早，我們家族祖父祖母這一輩的老人，三奶奶是僅存的碩果。她已七十多歲，裹著小腳，個子也小，眼睛也小，一頭白髮，滿臉斑點，嗓音又啞又細。三爺爺早不在了，她一個人住在我們家後面那座大北屋裡。和同村的土房相比，她住的大北屋堪稱「豪華」：房頂鋪方磚，後山牆裱青磚；一連五大間，間間相通，高大寬敞，冬暖夏涼。父親說那是因為三奶奶的大兒子很小就去闖關東，常給家寄錢，房子才可以早早修得比別人家闊氣。我問父親為什麼不去闖關東，父親說，年輕時也闖過，日本鬼子占了東北後，就跑回老家來了。三奶奶的大兒子硬是挺到了抗戰勝利，在瀋陽安家落戶扎了根。

某一日我到三奶奶家串門，坐在西裡間炕上陪她聊天。三奶奶忽然說：「你念的書多，我這裡有幾張老錢，你看看還能不能花。要是不能花，你就留著玩兒。」她起身去東裡間屋裡翻了一會兒，回來時手上多了幾張藍色的大票子。我接過來一看，天，每張面值一百元，一共五張。那時五元面額的人民幣在我眼中大得不得了，十元票簡直是巨款，兩角五角的票子常見不常有，一分兩分五分的鋼鏰兒我都珍惜得很。我根本沒見過一百元的人民幣是什麼模樣。三奶奶竟然一出手就是五百元。若是人民幣五百元，當時足可以把自行車、縫紉機、手錶和收音機這「四大件」置齊，剩下的錢還可以保證逢年過節飯桌上有魚有肉有饅頭。我在學校的生活費也不過每月區區十幾元。可惜，真真可惜，那不是人民幣。鈔票正面上方印有「蘇聯紅軍司令部」字樣，下方的文字是「為一切支付必使用」，中間自上至下是三個大大的漢字——壹佰圓，字下橫列年份：一九四五年。背面還印有一句話：「贗造支票以戰時法處罰。」我讀不懂鈔票兩面繁複的紋飾，只見花枝纏繞，雲朵堆積，處處漩渦。但讀文字，已覺戰火紛飛，硝煙滾滾，殺氣騰騰。心中暗想：蘇聯不就是我們常常批判的「蘇修」？我對三奶奶說：「這錢肯定沒法花了。不光沒用，還反動。」三奶奶說：「反動不反動的，你拿去當畫兒看吧。反正我留著沒什麼用。」

畢業當了記者後，我回老家愈來愈少。忘了是哪一年，春節回家，才知道三奶奶已經去世了。大年初二上祖墳，父親指著一座新墳說：「你三奶奶就埋在這裡。」燒完紙，磕完頭，我在三奶奶墳邊點燃一掛鞭炮，放了幾顆二踢腳（爆竹的一種）。我也去三奶奶的住處看了看，頓覺那幾間大北屋破舊了許多，昏暗了許多。房子是有靈性的，主人一走，新搬進去的人左右不了原來的氣場，也融不進舊時的格局。那幾張「反動鈔票」，夾在一堆舊物中，隨我北上南下，從未離開過身邊。我總是忘記它們的存在，它們卻會在某個時刻忽然就出現在我面前。我更感興趣的是人民幣，可是人民幣似乎對我既無深恨，也無大愛。我和人民幣之間的情分總是若即若離，點到即止，從沒有互相滿足的時候。偶爾和一九四五年的百元大鈔邂逅，晤對片刻，我彷彿就能聽到它們對我的嘲笑。

許多年過去了，其間我竟然沒想到要深究這紙鈔的來歷。現在知道了，是蘇軍票，又叫紅軍票。一九四五年八月八日，蘇聯出兵中國東北對日作戰，關東軍全線潰退，十天後宣布投降，月底即全部被解除武裝。

打仗是需要花錢的，國民政府於是允許蘇軍司令部發行九十多億軍用鈔票在東北地區流通。除百元鈔票外，蘇軍票還有一元、五元、十元等面額。一九四六年四月，蘇軍走了；八月，國共雙方先後宣布禁止蘇軍票百元大票通行，限期登記兌換。到了一九四九年，東北行政委員會宣布十二月十日起至年底，兌換所有面額的蘇軍票，逾期作廢。那時東北幣種繁多，物價飛漲，五百元蘇軍票甚至都買不了一斤玉米。

三奶奶肯定不知這許多事情。她只知道她珍藏了幾十年的五百元鈔票到頭來成了廢紙。或許她還珍藏了和這蘇軍票有關的陳年舊事？是她的大兒子從東北給她匯來的錢嗎？為什麼當時沒有來得及兌換？她最終又為了什麼把這蘇軍票給了我呢？一切都無從知曉了。

八

名片

印著另一個手機號碼的名片

——楊照

在記憶中將我用過的名片一字排開，看看其中有什麼值得一記之處。想了半天，想到了，有一張「新新聞總編輯」的名片，上面列了一個手機號碼，很好記的號碼，到現在都記得——0915915850，但那卻是個我從來沒有用過的號碼。

這個號碼的來歷很簡單，在那個還渾身有火氣的年代，有一天夫妻吵架，吵到不可開交時，腦充血狀態中隨手抄起一樣東西就朝牆上砸去，然後才知覺從牆上裂開掉下來的，是我的手機。

必須換一支手機。但既然前一支是如此陣亡的，顯見下一支手機是沒有機會選什麼好品相的。有自知之明，進了店裡，從最便宜的問起，太好了，有電信公司促銷活動，只要綁約一年，月付一九九台幣，就能將免費手機帶回家。顧不得那支手機渾身通紅，模樣古怪，只要免費就好，順便就選了那樣一個好記的門號。

沒想到，我不在意手機長得醜、長得怪，竟然有別人在意。雜誌社的名士社長王健壯幾次在開編前會時對著我那支紅手機皺眉，他受不了了，去買一支手機硬要送我，跟我砸壞的那支一模一樣的。

於是，我就變成了有兩個門號、兩支手機。連一支手機都用得不多的人，拿兩支手機幹嘛？我想到了一個回報社長的方法，將手機連號碼交給他的助理，讓人在社長名片上加了這個手機號碼，這樣別人要找他就自然會找到他的助理。王健壯謝了我的好意，投桃報李，叫我也把同樣號碼列在名片上，他的助理可以一起處理我的公務電話。

我本來對助理截聽電話這種事挺敏感的，也挺討厭電話打過去找人卻是助理接的感覺。當時以為反正我也不愛發名片，拿到我名片的人少之又少，知道這號碼、會撥這號碼來找我的，一定也少之又少，那就勉強接受、聊備一格吧！

那張名片是二〇〇〇年九月印好的，兩個月過去，頂多發出去十幾二十張吧，然後二〇〇〇年十一月，我們雜誌就陷入了當年台灣最大的新聞風暴中。因為報導了總統府內正、副總統間的衝突鬥爭，我們被副總統告上法庭，創下了台灣歷史上的奇特先例。

我既是雜誌的總編輯，又是這條新聞主要的採訪來源，霎時成了「名人」。我們開記者會響應事件發展時，樓底下排了十幾輛新聞SNG轉播車，我在記者會上針對新聞自由與新聞倫理的原則發言，一字不漏刊登在第二天《中國時報》的頭版頭條。

那真是一段不堪回首的混亂生活，不幸中有萬幸，事情發生的第一時間，不知道從什麼來源散出去的，要找我的電話，都打到了0915915850的那支手機上。真是累壞了那位助理同仁，連續十幾天中，從早到晚，那支電話響個不停，有找王健壯的，更多找我的。她疲於應付，我卻賺到了難得的、詭異的清靜。

在風暴當中，我手機保持開機，甚至不太需要特別進行過濾，難免會擔心的家人隨時可以透過手機找得到我，我也能靠手機有效地繼續進行採訪查證。有時我不禁望著掌中的手機發呆，不是很確定這一切是真實、還是南柯一夢？

做個「名人」真痛苦啊！走到哪裡老被人認出來，老有人要過來跟你說幾句相干或不相干的話。人家不會管你真正是個什麼樣的人，他們只會衝著你說你就是那件事的那個某某某，好像你整個人就只有這麼點意義。更糟的是，很多人覺得認出你是誰了，你就有義務責任跟他解釋你想什麼又做了什麼。

那一年之後，我就一直在等著這些好奇的人們把我忘掉。或者說，等待著有一天這種不舒服的感覺不會再干擾我。十年過去，還好我等到了。等到了有那麼一天，又要印新名片時，我毫不遲疑地將自己的手機號碼，十多年沒換過的那個，直接列上去。不需要躲在一個由助理接聽的門號後面，不用擔心會接到什麼莫名其妙的電話，正常了，我的生活。

只送出了一張名片

—馬家輝

我在十七歲那年已經有了第一張名片。自製的，根本沒需要，但偏要弄，自己設計，把設計樣拿去印刷，印了三百張，真正發出去的恐怕不到五張，四張忘了給誰，其中一張，深深記得，是給了一位名叫繆雨的報界前輩。

其實也很難說完全沒需要。滿足自我虛榮心，透過設計與印刷，告訴自己，我以寫作為志，我是作家，我希望做個作家，我立志此生以筆為友為伴為朋，透過設計與印刷，於少年時代建立自我概念，也是一種需要吧。所以我就這樣做了。

既然要滿足這種需要，名片的設計當然要跟寫作有關。那也簡單，我把名片弄成稿紙，或倒過來說，把一張四百頁的原稿紙縮小成一張名片，豎豎橫橫，綠色的小格子印在小卡紙上，紋路清晰，再在上面印出我的姓名和地址和電話，職銜倒是不存在的，因為根本沒有，就只是名號和聯絡方法，那年頭也沒有電郵，僅有這些數據已經足夠。

名片是在中環的一個路邊攤檔印的，那裡有不少攤檔，雕刻印章，印刷名片，替商業區的小企業服務，像我這麼一個少年顧客想必不多，所以檔主皺著眉頭瞄我一眼，笑問，你要這個幹啥，我也只能聳肩答道，純粹好玩。

好像是三十元港幣三百張，或更貴，忘記了，但記得高高興興地把名片拿回家，坐著電車，搖搖晃晃，晚風吹來，我瞇著眼望向窗外的市光城影，彷彿見到自己的文學未來，似在那裡，卻又不太實在，極想伸手摸去卻又沒有把握掌握得到。唯一實在的東西是，一盒名片帶回家裡，放在書桌前，讀書和寫作時偶爾看它一眼，彷彿看著諾貝爾文學獎的獎牌。

那盒名片到如今仍然留在台灣花蓮的家，十六年前在美國念完博士，寄了一大堆和雜物到台灣，儲存在丈母娘留下的老房子裡。他日再老些，回去後，把箱子一一打開，說不定會有《百年孤獨》末段的當上校打開預言書的蒼涼感慨，所有愛恨所有喜哀都灰飛煙滅，不見了，沒有了，自身就是灰飛煙滅裡的一部分，執子之手，與子同亡，沒有過去也沒有未來，人間萬事本就如斯。

而我相信那張唯一送出去的名片，亦不會被繆雨先生保留下來的，他大約於十年前病逝，如果名片仍在，亦必被他的家人扔棄。

繆雨是浙江寧波人，成長於上海，畢業於聖約翰大學，上世紀五〇年代末來了香港，編報，寫作，曾任《新生晚報》總編輯，七〇年代末曾跟我父親在香港一份最重要的報紙做同事，每天在新聞版撰寫千字評論，指點江山，影響力極大。他通德文，亦是德國《明鏡》雜誌的特約撰述，曾在吃夜宵時苦口婆心地勸我：「家輝，赴台灣讀大學後，一定要搞通英文以外的另一門外語，這等於替自己的眼睛打開一個窗戶，一輩子受益。」我聽進心裡，卻沒法做到，我連英文都未搞通，語言能力天生甚劣，非不為也，實不能也。

在我初學寫作的時代，繆雨是我的崇拜對象，他跟香港的左派右派都有筆戰，我讀了文章，覺得他甚有英雄氣概。他給我父親面子，偶爾花時間請我吃夜宵，閒聊，對我多有提點，我理所當然地送他一張名片，他後來回信寫幾句「名片設計有創意，容我抄襲模仿」之類鼓勵話語，讓我感動了好幾天。繆雨的長相有點奇特，頭顱很大，眼睛突出如青蛙，嘴唇極厚，有幾分似好萊塢動畫片裡的綠色怪人。他的女兒名叫繆騫人，卻樣子清秀，曾是七〇年代的香港著名影星，被視為最宜跟周潤發搭檔的夢中情人，所以晚輩們常在背後猜想，繆太太肯定長得非常漂亮，女兒像母親。

生平首次去台北，就是繆雨帶我去的，還有周石先生，是我父親的上司。其後我赴台升學，跟繆雨沒有聯絡了，直到許多許多年後，讀完博士，回到香港工作，有一回跟妻子在澳門賭場內遠遠看見繆伯伯，他賭百家樂，情緒高度投入，彷彿眼前輸贏才是正事，昔日的時評筆仗皆屬笑話，人生意義此時此刻盡在撲克牌的紅黑大小之上得到落實。當時我仍是沉迷賭海的馬家輝，對他當然多了一份景仰，暗想他日自己老去，吃不動了，走不動了，做不動了，但若仍有這份力氣和精神在賭桌上尋求刺激，必是晚年的最大快樂與安慰。

幾年後，早上閱讀，忽見新聞指繆雨先生被發現倒斃家裡，獨自一人，多天無人知道；想是心臟病發作，跟寫作無關，也跟賭博無關。

一九九二年的一百五十張名片

——胡洪俠

到現在我都喜歡去振華路走走，去燕南路轉轉，再去附近的一家老字號酒家吃吃飯。我當然知道，地處深圳福田區的這一帶早已不是二十年前的樣子：蓋了太多的高樓，擠了太多的車，添了太多的人，冒出了太多的招牌。除了路名，和路邊的幾棵榕樹，並沒有多少當年的痕跡留到今天。才二十多年，卻已面目全非了好幾回。在深圳，滄海桑田是件容易的事。

一九九二年七月的一天，我搭的士（計程車）到振華路蘭光大廈十樓報到。行前同學說，出了火車站你不要坐公共汽車，車很難找，話很難懂，人也容易被偷，還是打的安全。可是坐在的士裡我照樣緊張。我拚命想辨認東西南北，可是到現在我都認為深南大道是南北向的。放下行李我急著到街上熟悉環境。先走一段振華路，然後右拐，是燕南路。那時燕南路邊都是小飯館小商店，賣衣服，賣文具，也賣電子錶、長筒襪和力士香皂。我幾乎是空手闖深圳的，手頭沒有多少閒錢。轉來轉去我竟忍不住花幾塊錢買了件東西。那是我來深圳買的第一件東西——一本名片簿。

我為什麼會買一本名片簿？現在想想都莫名其妙。此刻我從雜物箱中將它翻了出來。是窄窄高高的那種，原木色皮革的封面封底包裹著三十張塑膠卡袋。一張卡袋正反兩面可裝六張名片。我數了數，當年我共往這名片簿中放了一百五十張名片。這是我在深圳認識或打過交道的第一批人。我一張一張讀下去。有的名字，會讓我笑一笑；有的則讓我搖頭；而大部分的名字，竟然都如此陌生，我都懷疑自己當年是否真的和他們交換過名片。有的名字一入我眼，那人的臉孔即隨之浮現；有的則讓我久久發呆：愈是想抓住轉瞬即逝的碎影，讓面龐再真切一些，那影像就愈模糊，似乎剎那間淹沒在了一波一波的水紋中。能讓我憶起名字背後音容笑貌的名片少之又少，其餘的那些，名字就只是幾個字而已，不管卡片上寫的是什麼公司，什麼職務，電話是多少，郵政編碼是多少，傳真號碼是多少，我都無法證明，名片上的這個人，在我的生活中曾經存在過。

一百五十人之中，有同行，有同鄉，有政府官員，有「三資」企業老闆經理，有內地駐深辦的員工。這正是我初來深圳時的交往格局。當時我是《深圳商報》「外引內聯」專版的編輯和記者，經常採訪的是各地來深圳的招商會與考察團。他們是一群特殊的流動人口，來深圳的目的說是招商引資，其實也就是來呼風喚雨一番，至於簽的合同是否有效，談好的資金是否落實，天知道。他們說他們是來交朋友的，是來發請帖的，於是，任何一個招商會上，名片都是滿手抓滿天飛滿桌子擺的都是。把自己的名片遞出去，嘴裡說著「認識一下」或者「多聯繫」，其實很多人心裡也明白，人生有緣見此一面，以後哪裡還有重逢的機會。初見即是永別，名片權當紀念。

時間一長，名片就真的成了記憶的載體或失憶的證明。不過，名片也可以是特殊的文獻。這會兒我把這一百五十張名片再看一遍，忽發奇想：我何不將每個人的通訊方式研究一番？「一九九二年，那是一個春天」，傳呼機（BB機）還不普及，手機（大哥大）更是難得一見。那就看看，都是誰搶占先機腰裡別上了BB機？又是誰獨占鰲頭手裡提上了磚頭般的「大哥大」？

有BB機的人如下：湖南駐深辦的科長；蕭山駐深辦的聯絡員；老地方大酒樓的副總；天圳印刷工貿聯合公司的業務主辦；深圳市機關事物管理局辦公室的科員；新華社深圳特區支社經理室的經理；羅湖區沙頭角鎮委宣傳部的科員；深圳康佳集團營銷公司的業務經理；深圳東興首飾廠的廠長；水晶宮的士高（狄斯

可）的老闆；中國質量萬里行組委會的工作人員。同行中配備ＢＢ機的就多些，深圳廣播電台新聞部主任和記者都有，深圳電視台的記者也有。《深圳特區報》的一位主任記者，《湘潭日報》經濟新聞部的一位記者，《羊城晚報》駐深圳的一位記者，《深圳畫報》的一位記者，香港中通社的一位記者，《深圳法制報》的一位記者——他們也都有ＢＢ機。

有手機的人，就只有兩位。一位沙頭角一家珠寶首飾公司的經理，另一位是深圳市鹽田港建設指揮部的副總指揮。號碼都是八位數，都是「九字頭」。

寫到這裡，忽然記起，買名片簿果真是有原因的。原來，自人民大學南下前，有同學說去深圳當記者要學會四種本事：一開車，二跳舞，三電腦，四交際。「前三項好理解，」同學說，「這第四嘛，你只需記住卡內基的話，一個人的成功，只有百分之十五靠他的專業技能，而百分之八十五要靠處理人際關係的能力。你可以從搜集名片開始。」開車，曾經會過，現在「戒」了。跳舞，學過，終究還是不會。電腦，情勢所逼，想不會都不可能。只這交際一項，長進一直不大。真苦了這本收藏了一百五十張名片的簿子：它是開始，也是結束。

九

卡拉ＯＫ

守著滄海桑田變幻的諾言

——楊照

竟然有一天，「卡拉ＯＫ」變成兩岸通用的日常詞彙。這個詞的身世起源，來自日本，是兩個日文字用日語的特殊方式拼合在一起形成的。「Kara」是「只有」的意思，「ＯＫ」則是英文「orchestra」，「樂團」的縮寫。加起來就是「只有樂團」，指的是那種伴唱錄影帶，沒有歌唱，只有樂團伴奏，讓你自己把歌加上去。

伴唱帶是日本人發明的，是日本人命名的，很快傳到受日本影響很深的台灣，在台灣「半中文化」，寫成了「卡拉ＯＫ」。也是在台灣，卡拉ＯＫ進一步縮寫，衍生了「Ｋ歌」的動詞形式。也是在台灣，顧及一些天性害羞的人，也顧及每個人很不一樣的歌喉水準，原本在小酒館裡唱的卡拉ＯＫ，改成了在關起來的包廂裡唱，出現了日本沒有的「ＫＴＶ」，在小房間裡親朋好友對著一架電視「Ｋ歌」。

這樣的事情，在台灣發展得順理成章。比較難以想像的是，Ｋ歌跨過海峽，對大陸人應該是完全莫名其妙，不知所云的卡拉OK名稱，怎麼會原樣保留下來？正因為難以想像，所以必然意義深遠，象徵代表了台灣流行文化在大陸的巨大浸染力量，象徵代表了兩岸之間最早的真實民間互動。

當然，那時候我們絕對預想不到這樣的事，也關心不到卡拉OK的兩岸文化意涵，純粹只是感覺到：K歌經驗很神奇，平日認識的人，會突然展現出不可思議的一面。

那時候，「歌王」是張大春和唐諾。兩個人歌喉都很好，但那不是重點。而是兩個人都有一身改歌詞的本事，從來不老老實實按照螢幕上的字幕唱，而是唱他們自己的一套歌詞。基本上，他們都是把歌詞往色情聯想的方向改，玩著高中男生對黃色過度好奇的遊戲。不過，那樣改歌詞的本事，卻絕對不是哪個高中男生會有的。他們的絕活是將英文歌改唱成中文歌詞，更厲害的是改過的中文歌詞都還是押韻的，更厲害的是還可以即席拿著麥克風改唱，同一首英文歌每次唱不一樣的中文歌詞，最最厲害的，兩個人可以即席接唱，你改前一句，我改後一句，接力把一首歌唱完。

把一首蕩氣迴腸的情歌唱得體無完膚，旁邊的人笑得東倒西歪，樂不可支。

還有初安民，不管大家一起混多久，他永遠只唱那幾首歌。〈小丑〉、〈掌聲響起〉、薛岳的〈機場〉，快要曲終人散時用韓語唱一首姜育恆的歌，最後大家都起身準備離去時，追加一首劉家昌的歌。

初安民另有一種別人學不會的唱法。開頭第一句和伴唱帶的音樂同步，然後就自行發揮，不管伴唱音樂，只管自己的感情抒發，這句拉長，那句縮短，但不管怎麼唱，不管中間和伴唱音樂差了幾拍，最後一句一定又回來成為同步的。

我唱歌會走音的，所以大部分時間當觀眾，忍不住想唱時，一貫只唱閩南語老歌。〈港都夜雨〉、〈思慕的人〉、〈溫泉鄉的吉他〉……這些歌其實原本都是日本昭和時代的「演歌」，填上了閩南語歌詞，變成了我父親他們那一輩最重要的流行歌曲。歌中幾乎毫無例外抒發的是男人的苦悶與抑鬱，正符合他們在國民黨統治下的心情。苦悶與抑鬱，靠歌詞來表達，並且靠歌中一定會有的「啊——」長嘯聲來發洩。通常是過了午夜，我會豁出去唱〈台北今夜冷清清〉和〈黃昏的故鄉〉，兩首有著高亢「啊——」聲的歌，用不惜撕破喉嚨的氣魄唱出來。

買單結帳前，大家會各選一首「關門歌」，有一段時間我選的一定是羅大佑的〈東方之珠〉，一開頭螢幕上就出現了香港維多利亞灣的景色。那時候我甚至還沒有去過香港，也還沒認識馬家輝，唱〈東方之珠〉純粹因為我覺得羅大佑的作品中，《皇后大道東》這個專輯是他的巔峰，而〈東方之珠〉相對最好唱。而且，「月兒彎彎的海港／夜色深深燈火閃亮／東方之珠整夜未眠／守著滄海桑田變幻的諾言」，這樣的歌詞正符合我們的心情。唱完之後，走出來，一九九〇年代初期台北的夜空正閃著滄海桑田的變幻。

跟羅大佑坐在卡拉ＯＫ房間裡

——馬家輝

從小舅舅口中第一次聽見「卡拉ＯＫ」這個名詞，那是十七歲的時候，我還未去台灣讀書，小舅舅卻已常去旅行，零零碎碎地帶回來那個島嶼的玩樂訊息，其中一項是，原來地球上有一種機器可以讓你面對電視螢幕盡情唱歌，你一邊唱，一邊望住字幕，字幕一邊變色，恍惚之間，不知道是你在跟隨字幕抑或是字幕在追逐著你。

小舅舅從小在我家長大，曾經跟我同居一床一室，等於我哥哥了，他小時候讀書成績不錯，但讀完中三便棄學就業，在灣仔一間服裝店做學徒，客人主要是來港休假的美國和英國海軍士兵，十年下來，練出了一口流利的街頭英文，其後自立門戶，跟朋友合作開店。我曾有一段很長的時間幫他的忙，站在店門外扯著喉嚨猛喊：「Come on, take a look! Buy don't buy, Never mind!」那是徹徹底底的中式英語，即Chinglish，從中文的：「進來瞧瞧吧！買不買，無所謂！」洋人都聽不懂，或該說，我才不管他們懂不懂，因為我自己只懂這些英語。

話說小舅舅有一回去完台北，返家後對我描述唱歌經驗：逛街累了，走進一間歌廳，坐下，點了啤酒，欣賞台上女子引吭高歌，未幾，侍應生遞上一個本子，翻開一看，全是歌曲名字，有國語有英文有日文也有粵語的〈楚留香〉和〈上海灘〉，他心想，好哇，有歌可聽，以歌伴酒，何樂不為？於是一口氣用鉛筆在紙上寫出想聽的三首歌號碼，再把紙交還對方。

你必猜到後來發生什麼事了。那些歌，並非給他聽，而是給他唱，這裡的所謂「點唱」是點歌給自己唱，當女子唱完下台，侍應生趨前邀接過麥克風，再將之交給我小舅舅，並輕抬下巴，望向舞台，示意，老兄，輪到你上！

我小舅舅從未試過公開表演，那一刻，勢成騎虎，唯有硬著頭皮站起來，不管三七二十一，走到台上，也是在那一刻，他才發現台前放置了一個小小厚厚的電視機，螢幕上有走來走去的模特兒，模特兒的腳下有歌詞，歌詞有顏色，而顏色會隨音樂變化，這種玩意兒，就叫做卡拉OK。

「你真的把三首歌唱完了？」我向小舅舅八卦。

小舅舅睜著眼睛道：「何止唱三首！過癮極了！唱完三首，我再點三首，之後下台，等待了半小時，又輪到我唱三首，原來我很有表演天才，真後悔沒有報考TVB訓練班！」

或因受到小舅舅故事的心理號召，當我日後到了台灣旅行，其中一樁最搶先去做的事情便是見識卡拉OK，再之後赴台升學，住在台北，「唱K」更是日常娛樂之一，儘管次數不多，卻每次都玩得高興；我的音感甚弱，歌技極差極差極差，但那時候的卡拉OK潮流已從「大堂K」變成「私家K」，跟同學或女朋友躲在房內大唱特唱，反正大多喝得半醉，誰唱起歌來都自以為是張學友或梅豔芳，不會介意旁人眼光感受。

「唱K」作為娛樂，次數多寡跟年齡高低成為反比，年歲愈長，耳朵對音樂愈不敏感，新歌聽不進去，腦海只永遠記得自己昔日喜歡過的「流行曲」，殊不知，此等歌曲早已成為「懷舊金曲」了，當你發現在卡拉OK的點歌版面上根本找不到它們或只能在「經典老歌」的欄目內找到它們，必感興味索然，再也提不起興趣來到這些幽閉密室。數年前有一回我陪內地朋友唱K，才坐不到十五分鐘，只唱了一首八〇年代的王傑老歌，便沒興趣了，到大堂上廁所，洗手時，四十多歲的廁所清潔員遞來熱毛巾，不知何故我跟他有一搭沒一搭地聊起來，忘了是聊政治抑或兒女，這麼一聊，竟在廁所裡站了二十分鐘，比剛才還久，也比剛才還更滿足。

但當然，如果找對了唱K的同伴，亦有快樂。偷偷告訴你「我曾跟羅大佑一起唱K」，我很識相，絕對不點他的歌，因為他在台上唱過了千百遍，再聽朋友胡亂演繹，必生反感，而他亦很夠意思，唱完兩小時，唱夠了，喝夠了，要走了，他用一首〈你的樣子〉來做壓軸，在我面前，瞇起眼睛，手持麥克風，認真投入地高聲朗唱：「我聽到傳來的誰的聲音，像那夢裡嗚咽中的小河；我看到遠去的誰的步伐，遮住告別時哀傷的眼神……」我曾有一次不經意地跟他提過我最愛聽他的這首歌，他竟記在心裡，竟在卡拉OK房間裡近距離地唱給我聽。

那一夜，非常魔幻。你的樣子，他的樣子，羅大佑的樣子，是我對卡拉OK的最深刻記憶。

我們的卡拉ＯＫ時代

——胡洪俠

前幾天約老同學小聚，緣由是研究生畢業二十年了，我們南下深圳也已二十年。說不上紀念，說不上慶祝，只是見面聊聊而已。都變了。變得最厲害的是頭髮：有的日漸稀疏，有的幾近白頭。二十年說長不長，說短不短，但流逝得快不可擋，感覺嗖地一下就過去了。席間我們相互質詢，相互「揭醜」，一點一點用回憶拼湊往日畫面，可惜記憶的碎片再難拼出完整的圖景。往往同一件事情，敘述起來已成牛頭馬嘴，解釋起來更是南轅北轍。我們說起某年聖誕去張教授家裡拜訪，有人就說那不是拜訪，是去上課。「什麼上課！」又有人說，「是老師請我們吃飯。」有人說確實是吃飯，吃的是燉牛肉。馬上有人反對，「吃的是餃子。我怎麼不記得吃過牛肉？」

我們又說到卡拉ＯＫ，說起當年一起唱歌時的故事。「老繆！」大家都想起了老繆，紛紛問我：「他現在到底在哪裡？」我說我不知道。「你不知道？」同學們搖頭，「當年你們倆關係最好，你怎麼會不知道？」

我真的不知道。老繆在班中排行老二。徐州人，個不高，膚色略黑，清清瘦瘦，斯斯文文；寫一手好鋼筆字，吟得出濃得化不開的散文詩；常年留一款分頭髮型，戴一副近視眼鏡，眼神中有幽怨也有悠遠，看上去儼然民國文人。話不多，但出口必有見地。許多時候，他也就笑笑而已，將千言萬語全省掉。

我們初來深圳，事事都覺新鮮，而最新鮮的是歌舞廳，或者卡拉ＯＫ包房。在學校時我喜歡羅大佑、崔健、童安格和齊秦，他們的歌會哼幾首，但沒有一首歌的歌詞能記得完整。有了卡拉ＯＫ，太好了：有歌詞，有伴奏，感覺自己徹底從當年的合唱隊員變成了如今的獨唱歌星。升級如此之快，我都有點為自己感到驚訝。但最讓我驚訝的是老繆。在學校時我從未聽見他唱過歌，印象中他應該是五音不全的。可是我們幾個同學去卡拉OK，抄起話筒他竟然也唱得字正腔圓，情真意切。士別三日，我們不得不刮「耳」相「聽」了。他嗓音低沉，唱起歌來全情投入，彷彿話劇舞台上的心理獨白。偶爾喝得多些，他也忘乎所以地喊兩嗓子，直吼得前仰後合，撕肝裂肺，痛不欲生。我知道他心裡很苦。就這樣唱著，苦著，突然有一天，聽說他辭職走了。他沒有和任何一個同學打招呼，所有的聯絡都一刀兩斷。我從來沒想到他會做如此決絕的事，就像也想不到他會唱歌一樣。

如今滿桌同學互相打聽，仍是誰也說不準老繆的去向。有人說他經常寫電視劇本，應該成了劇作家。可是，在北京上學時也沒人知道或預測他會寫劇本。深圳真是座無時無刻不讓人感到意外的城市。以我們這班同學而言，當年因感於「東方風來滿眼春」，紛紛南下，十一個人來了六個。如今再聚，「知交半零落」。不僅老繆不知何往，另一位劉師弟也去向成謎。聽說悄然離開深圳去讀了博士，聽說後來在某大機構的研究所落腳，但都是聽說。還有一位同班的小師妹，來了深圳忽然又舉家移了民，聽說現在在加拿大。前幾年她回國時我們見過一面，一晃又是很多年沒消息了。

離開深圳的人，似乎都下了決心，不僅不再聯繫，而且不再回來。於是想起當年在歌舞廳我們都很喜歡唱的那首崔健的〈假行僧〉：「……要愛上我你就別怕後悔，總有一天我要遠走高飛。我不想留在一個地方，也不願有人跟隨。我要從南走到北，我還要從白走到黑。我要人們都看到我，但不知道我是誰……」原來這才是我們卡拉OK年代的主題歌。

對，我們的卡拉OK年代。那時我們剛剛從「合唱團」中逃出來，為的就是過一把「獨唱演員」的癮。南下北上，東寫西讀，匆匆來去，聚散無常，彷彿是從一個歌舞廳轉到另一間歌舞廳，燈光變了，伴奏變了，只要是獨唱演員的身分沒變，一切不就很ＯＫ？然而，那個年代畢竟還是過去了。歌曲刷新，舞台變幻，演員浮沉，燈光明滅，我們這些人忽而獨唱，忽而合唱，和當年的「崔健情懷」漸行漸遠，不情不願地「移民」到了別人的卡拉ＯＫ時代。舞台上熾熱的歌曲，我們聽不清歌詞，學不會旋律，更記不住歌星的姓名。只能在老同學聚會時懷懷舊了。

「你今天喝酒嗎？」我問依然在深圳生活的高師弟。「喝幾杯，」他說，「有所準備。我沒開車來。」一杯白酒下肚，我想問他，還記得你當年喜歡的一首歌嗎？陳淑樺唱的〈夢醒時分〉？有次你唱完後自己默默流淚為什麼？我忍住沒問。那天下午分手時已經快到晚飯時間了，我送高師弟回家，突然很想再聽他唱一遍那首歌：「要知道傷心總是難免的，在每一個夢醒時分，有些事情你現在不必問，有些人你永遠不必等。」想想還是算了，等有朝一日同班同學聚齊再說吧。

十 打架

天天打架的日子

——楊照

國中二年級，十四歲，感覺好像天天在打架。認真仔細回憶，能夠清楚記得的打架經驗，卻是兩隻手十根手指都數不滿。而且，其中一部分有把握記得的，說老實話，不見得通得過打架的嚴格定義。

如果打架的定義是：兩個人或兩群人彼此互相使力攻擊的話。我記得的，打人的、被打的，都比真正幹起來使力攻擊的來得多。說得更明白些，我眼前看到的記憶畫面中，腿部動作遠比拳頭揮舞要來得多。再說得更明白些，一種情況是我們人比較多、勢力比較強，所以就邊喊叫邊出拳邊追趕朝前狂奔的對手。那麼，另一種情況當然就是，風水輪流轉，換成我們人少、勢單力薄，也就換成對手在我們後面喊：「打啊！給他死！好膽別跑！」

多年後，不得不承認：那一年之所以會積極參與打架，正就是因為看透了這項活動其實多半不是靠力量、也不是靠勇氣，而是靠速度。速度是我的專長，畢竟我是田徑校隊的短跑選手，全校還找不到什麼人跑得比我快的。

顯然，大同國中裡也找不到什麼人跑得比我快的。大同國中和我們學校是世仇，雖然我們都不知道為什麼。兩所學校校區相鄰，但彼此之間其實還有至少一公里的距離。不同方向的類似距離內，還有大直國中、成淵國中等學校，卻都跟我們相安無事。從淵源上看，大同國中的前身大同初中，曾經是當年初中聯考的全台第一志願學校，相對地我們學校純粹是因應「九年國教」才成立的新學校，到我入學時，不過就只有短短六年的歷史，天差地別。

不知道原因卻無礙於我們和大同國中，見了面就打。我的意思是，我們學校裡一部分壞份子，和大同國中的一部分壞份子，見了面就打。兩校不是真正比鄰而居，壞份子和壞份子不會天天見面，所以通常發生的是在某條離兩校都有點距離的街道上，壞份子和壞份子遇上了，不多說什麼，連吵架鬥嘴都省了，直接就幹起來。

如果對方人少，算他們倒楣。因為再怎麼樣跑，大概都會有被我追上的，我通常的做法，是追到的瞬間把書包狠狠甩打在那個人的背上。他最好忍痛繼續跑，那我就算了不追了。如果他因為被打停下腳步，回過頭來，那他就慘了。我們這一伙早就養成習慣，打人時都跟著我跑，因為知道我一定會追上對方，跟著我最有機會打到人。

如果對方人多，也不會是我倒楣。反正一看態勢不對，我們這邊就一哄而散，各找方向跑開，除了一次我自己落單被三個大同國中的圍堵之外，我從來沒被追到過，也就沒被打到過。

既然這樣，為什麼會覺得好像天天在打架？那恐怕是別人看我們的眼光，投射回來造成的影響吧！我們最常從老師那裡聽到的話是：「你們除了打架還會什麼？」最常從一般學生，尤其是「好學生」那裡得來的描述是：「那些一天到晚打架的人。」我們在操場上踢足球，我們在學校旁邊冰店吃冰，對他們而言，都跟打架沒有兩樣，我們做什麼事，看在他們眼裡，都是打架。打架是他們說服自己厭惡我們又害怕我們的方便藉口。

然而諷刺的，那一年我們真正打架，打得最慘烈的一架，卻是為了一個「好學生」而打的。已經快要放暑假了，我其實已經好一段時間沒有參加足球隊訓練了，突然，所有的足球隊員齊聚在我們班門口。他們告訴我，我們學校一個再標準不過，競試考前十名、每年當班長，我也聽過名字的好學生，昨天留校自習後，一個人回家路上，竟然被三、四個大同國中的給圍打了一頓。

莫名其妙！壞份子打壞份子，那是我們的江湖恩怨，你們的壞份子來打我們學校裡絕對不會惹到你們的好學生，那算什麼？那是不識相破壞江湖規矩，更重要的，那是擺明了侮辱我們學校！

我們很快得到了這個顯然受到武俠小說影響的結論，很快決定動員所有的人，放學時一起到大同國中校門附近「討回公道」。那是一個帶著悲憤情緒的決定。這回，我們沒有要再玩打人被打跑來跑去的遊戲了，到他們的地盤上，就算他們人數一定比我們多，我們都要打到讓他們發抖，知道我們學校不是可以這樣被欺負的！

黃昏時，二十幾個人一起邁著步子朝大同國中走去，突然間，我覺得自己好像置身美國西部電影裡……

為了母親，我避開了一場打架

——馬家輝

人的皮膚深藏著記憶，強烈的感情早已銘印在身體某些部位。有人說過了，而我深信不疑。所以當談到打架，我的右手肘立即泛起陣陣的微微的麻癢，恍如昨日，那年那天的一次肢體衝突彷彿忽然再度爆發，手肘依然感受到那刻的硬梆梆的碰撞，似在目前，但其實早已結束在二十多年前。

那一年我仍在美國攻讀博士學位，暑假返港小休，心情按理應該快樂順暢，但在異域住久了，尤其地廣人稀的美國中西部，習慣了什麼都是大都是寬，回家後感覺什麼都是小都是窄，特別覺得窒悶，房子是小的，超級市場是小的，汽車是小的，百貨公司是小的，如同進入了小人國，然而不感驚奇，有的只是嫌棄與厭惡，恨不得快點盡完「回家看望父母」或「回家讓父母看看」的兒子責任，第一時間搭機回到「我的美國」。當情緒鬱結，自然而然易生衝突，而那回衝突，說來臉紅，竟然發生在我家的電梯門前。

跟我衝突的是一位中年大叔，應該只有四十歲出頭，但看在當時的我眼內已經老如恐龍——嘿，我從未想過自己很快已經超越這個年紀。那天傍晚我從外頭辦完雜事返家，渾身是汗，體味濃厚到連自己亦受不了，唯願儘快回到家中洗澡淋浴，坐在餐桌前吃我母親煮的菠蘿雞（意即鳳梨雞）。我母親不擅烹調，來來去去只懂幾道板斧，不過不失，不難吃，卻亦不算美味，但她經常自視廚神，不知道我和姐姐妹妹只是為了捧場而勉強稱讚；美麗的誤會，溫情的誤解。可是說句公道話，那道菠蘿雞倒是好的，把菠蘿切成薄片，倒進鍋裡加些醋加些油跟雞球混在一起兜炒，再加芹菜，熱騰騰上碟，吃起來酸甜混雜，別有美味，母親明白我的喜好，故趁我在家，幾乎每頓晚飯必備此一碟。

話說那個傍晚正當我苦苦守候老舊的電梯從高層緩慢地降落，仰頸倒數著樓層數字，身旁不知何時無聲無息地站來一位大叔，身上惡臭湧來，跟我可有一比，我側臉瞄他一眼，他亦回敬我一個不太友善的眼神，彷彿亦在嫌棄我的氣味；我從未見過他，他也應不認得我就是已經薄有名氣的副刊專欄作家，同臭而不相憐，現場氣氛充滿火藥味，一觸即發。

忘了是誰曾經提醒我，家輝啊，一輩子其實只剩一半時間，因為四分之一花在睡覺之上，四分之一花在等候電梯或汽車之上，所餘無幾，必須好好珍惜。而正因珍惜，我便非常厭惡被插隊，從年輕到現在都是，有人卻插我隊，我必直斥痛罵，絕不留情，那一回，不例外，當電梯好不容易降到地面，鐵門打開，那大叔竟然從我身邊高速往前閃去。我剛才已經說了，香港什麼都是小的，連住宅大堂亦是小的，當大叔把身子擠前，勢必碰觸到我的軀體，於是，我發作了，說時遲那時快，我把右手肘向橫伸去，手掌握拳置於胸前，形成一個三角形，硬生生地朝其左肩猛撞一下，他身高跟我差不多，若比我矮，這一下，撞的便是頭部了。

大叔吃了一驚，痛是不會太痛，因為我膽子小，純粹出於「義憤」（或肚餓？）而有攻擊行動，並未用力，也不敢用力，就只為了產生恐嚇作用，警告他要乖乖排隊。他果然站住了，站得比我稍前，半個身子在電梯內，攔阻著電梯門，雙眼冒火，直直狠瞪著我。我把他瞪回去，沒說半句話，他倒是邊瞪邊罵髒話，從我母親直罵到我的祖母曾祖母太曾祖母以至人猿時代的什麼什麼祖母，於是我反而覺得有些可笑，怎麼小小的一樁微不足道的插隊事情竟然演變成兩個大男人的火辣對峙，別人遠遠看過來，想必猜想這兩個大男人必要打架，這是「戰爭邊緣」的暴烈時刻，看在別人眼來，恐怕有如一場熱鬧荒唐的猴戲。

於是我便退後半步，眼睛不看他了，改看地面，沒有屈服，沒有投降，只是懶得理他，懶得再跟他爭。

我不確定他在想些什麼。但他冷哼一聲，踏進電梯，按鍵登樓，剩我獨留於大廈大堂，等候另一班電梯降臨。

如果那天真的打架了，吃虧的必是我，吃敗仗的必是我，我可以肯定，因為我體能向來不濟，打架勝利的機率幾近於零。然而退讓半步亦不見得代表我取得勝利，我真的只是懶，懶得吵了，懶得爭了，懶得再妨礙回家吃菠蘿雞的寶貴時間。或許他的罵娘粗語不斷提醒了我，我娘果真在家裡等著，菠蘿雞也在等著，那須趁熱吃才夠美味，再爭下去，即使贏了拳頭，也會輸了舌頭，更何況拳頭之仗亦必失敗，慘變「雙輸」，吃虧甚大。

我精明，為了母親，為了母親所煮的唯一美食，我避開了一場打架。

跟著李雲龍去打架

——胡洪俠

楊照三番五次提議寫寫小時候打架的事，馬家輝不反對，說：「反正我是稿神，什麼都能寫。」我則有些猶豫，蓋因從小到大我真的沒有打過架。一位八〇後小朋友知道此事後，很是驚訝：「沒打過架？那你是怎麼長大的？」

我是靠聽話長大的。聽話的孩子怎麼會打架。

在我小時候，「聽話」乃是個重要詞彙，天天能聽到十次八次。我的最主要任務似乎就是聽話。我需要聽的話很多，按說話人的重要性排序，首先是聽毛主席的話，聽共產黨的話，然後是聽老師的話，聽父母的話。哥哥姐姐有時也要我聽他們的話；他們若去父母面前告我狀，簡單說一句就夠了：「他不聽話。」表揚當然也是如此簡單：「還算聽話。」勸告、警告也都一樣：「聽話！」後來我有了妹妹，終於有機會揚眉吐氣。她讓我給她買塊糖，我說不買。她眼淚汪汪，再三懇求。此刻，我怒目圓睜，大喝一聲：「聽話！」我們身邊的人，年齡比你大一點，或位子比你高一點，或金錢比你多一點，或門第比你顯赫一點，好像就有資格認為自己所想所說一切皆對，也就有權力要求你聽話。聽話即服從，即順從，即跟從。這也算是我們這裡自古已然的傳統吧，而如今也大抵如此，並無多少骨子裡的改變。

現在想來，我的「聽話之旅」遮蔽了沿途許多人生好風景，讓少年生活失色不少。那可以稱得上是黯淡的「霞時代」。我曾說過，我的名字原是叫「胡洪霞」的，後來覺得「霞」字女裡女氣，寫起來不勝其煩，遂在看了電影《永不消逝的電波》之後，喜歡上影片中地下工作者李俠名字中「俠」字，於是自作主張，將

「霞」與「俠」來了個乾坤大挪移，一舉結束了「霞時代」。那時代至少有兩件事，因為我太聽話而終於沒學會。一是游泳，一是打架。老師對私自游泳的管理之嚴，到現在我都難以理解。上午或者下午，到該上學的時候，老師一臉嚴肅地站在教室門口，見一個學生走過來，就喝道：「伸過胳膊來。」學生乖乖照辦，老師伸食指在髒乎乎的小胳膊上一劃，若清楚地顯出一道白印兒，即證明你私自游泳了。每逢白印兒閃閃，老師都會對紅了臉的學生說：「滾那邊站著去。」然後一揮手，「下一個，伸胳膊。」我是極聽話的學生。每次我都主動送上我的胳膊，任憑老師劃了又劃，都劃不出清晰的痕跡。我很自得地看著那些罰站的同學，心裡為他們總是不聽話而感到惋惜。可是，他們不聽話又如何？下了水，他們是水中蛟龍，能在水底潛伏好幾分鐘，能手劈水波打水仗，能一手舉衣服從此岸游到遠遠的對岸。而我，這個聽話的孩子，站在岸邊乾瞪眼。

打架這件事，在班裡是經常發生的，但從來不發生在我身上，因為我聽話。受了委屈，自己解決不了，只能找老師訴說。有一次老師心情不好，聽我申訴聽得不耐煩，大聲問我說：「那個誰誰打了你是嗎？」「是。」我說。「那你怎麼不去打他？」老師急了。「老師說不讓打架啊。」我理直氣壯地說。「這一次可以。」老師說，「去打吧。」我扭頭就走，可是我沒有去找打我的人。我不打架。我不敢打架。

有年冬天，班裡突然氣氛很緊張，說是村西頭的一個孩子受了鄰村牛莊孩子的欺負，大家要報仇，要打群架。約好放學後，男同學背著草筐拿著鐮刀在小河邊集合，集體出發。我支持這一正義行為，但還是沒有膽量參加。後來聽說同學們大獲全勝，一路用土塊兒瓦片兒碎磚頭將牛莊的孩子們趕回了村裡，躲進胡同不敢出來。他們說，鐮刀根本沒用上，我們全是拿土塊兒當手榴彈，遠程投射，百發百中，打得敵人抱頭鼠竄。我腦子裡想像著激烈的進攻場景，很是懊悔自己錯過了一次難忘的戰鬥。這正印證了那句名言：「聽別人的話，讓自己去受罪吧。」

自進入「俠時代」以來，我漸漸發現當年聽的那些話，有很多都是錯的。我也慢慢體會出什麼話可以聽，什麼話完全不必理會。然而還是有意外：名字中雖有了「俠」字旗號，但畢竟身無絕技，打架一事仍然大器不成。不善打架也就罷了，偏偏又是一個愛憎分明的人。在我心裡，有那麼幾個人，比如告黑狀之小人，耍心眼之流氓，是絕對欠揍的，是應該暴打一頓的。我何不一一打上門去，於刀光劍影之中，親自結清那一筆筆糊塗帳？想想，還是算了，還是「心戰」吧：心即戰場，拳怎麼出，腿怎麼飛，耳光怎麼打，對方怎麼大跌跟頭，怎麼口鼻流血，怎麼哭爹喊娘，怎麼跪地求饒，演電影似的，在心裡一幕幕展開。嚯！那一場好打，只打得天昏地暗，飛沙走石，江河變色，血水橫流，乾坤顛倒，萬物肅立……如果「心戰」還不解氣，那就乾脆躲進新版《亮劍》裡，跟著李雲龍橫衝直撞，東打西殺；明知不敵，也要亮劍……

十二

抽菸

More is not more, less is more.

——楊照

「Less is more.」少就是多，這句現代主義文學的名言，我很小的時候就知道了。不是因為讀海明威的小說知道的，是抽菸抽出來的知識。

高中二年級，我和一群死黨沿著重慶南路走到忠孝東路口，進了當時台北的一家名店——小美冰淇淋，眼睛一瞟，很好，我們習慣坐的位子，果然是空著的。

除非店內客滿，那張桌子幾乎都空著。因為正對著一台箱型大冷氣，冷氣口吹出來的涼風，一股腦先從坐在那裡的人頭上經過，才往偌大廳房四面八方送去。

對我們剛好，尤其桌子後面還有一根大柱子，將座位遮掉了一大半。我們簇擁著坐下來，招來服務生快速點了紅茶、冰咖啡、冰淇淋，然後紛紛從書包裡將菸盒掏出來。

掏出來的不同菸盒，反映了每個人不同的個性。有人是「長壽菸」，因為省錢、方便買。另外一個也是長壽菸，不過理由不一樣，因為給自己一個像老菸槍、老江湖的形象，長壽菸最配這種形象。有人是「總統菸」，既覺得「長壽」太通俗太輕賤，又捨不得花錢買洋菸，就妥協抽比「長壽」高一個等級的「總統」。

另外幾個，包括我，是抽洋菸的。一個抽寬盒的「三五牌」，因為那是他爸爸心目中的奢侈品，最具知名度的洋菸。另一個抽短盒的「駱駝牌」，因為前一陣子我們代表校刊去訪問了卜少夫，在酒店房間裡，他從頭到尾穿著紅絲絨睡袍，一根一根駱駝菸接著抽，帥呆了！

我抽的，是長盒的「More 菸」。道理太簡單了，沒有任何其他一種菸，長得像 More 菸那麼漂亮。比平常的菸長了五分之一，細了三分之一，而且整根菸，從菸頭到濾嘴，都包捲著深褐色的菸紙。

死黨們對 More 菸有很多意見。太騷包、太做作是一種。看起來像是女生抽的是一種。那麼細菸草那麼少，比其他菸都不耐抽，卻還要賣那麼貴，是一種。為了 More 菸是不是特別貴特別不划算，我們爭過很多次，比過抽的時間長短，還曾經將各牌子的菸拆開來倒出菸草來比，即使如此，都還是沒有定論。

有這麼多理由抽不同牌子的菸，然而在我記憶所及，就是沒有人是用菸抽起來的味道和感覺，來做選擇的。顯然，在那個時代，我們誰也分辨不出香菸本身的好壞，抽菸這件事遠比究竟抽進了什麼菸，要重要得多了。

就是那次在小美冰淇淋，他們又拿我的 More 菸作文章了。一個人故做驚訝狀問：「這麼細一根，為什麼叫 More 啊？More 不是應該比較多，比較粗嗎？」另一個就接話說：「就是因為那根那麼細，所以要叫做 More。那麼細，細到女生會忍不住叫：『More! More! More! More!……What? No more!?』」聽到這樣的黃腔笑話，大家興奮地笑成一團，連我也忍不住大笑了。

幾天之後，同樣的小美冰淇淋，同樣冷氣機前面的座位，同樣從書包裡掏出我的 More 菸來，不同的是，旁邊座位上坐的，不是死黨們，而是一個北一女的女生。

我當然知道她喜歡我，找了要問我編校刊的事當藉口，約我見面。這已經是第三次了。每次見面，我都一定會拿出菸來，一定在她面前有一搭沒一搭地抽菸。我知道不太對勁，她和我，卻不知道怎麼個不對勁法。

我從來沒有在姐姐之外的其他女生面前抽菸。我試過跟她說話時，克制自己不要去拿菸，然而稍一分神，菸就不知不覺叼到嘴邊了。為什麼會這樣？因為跟她說話無聊嗎？不可能，在我認識的人之中，她算極為健談的，坐在一起的一兩個小時，她觸及了好多話題說了好多。光是談余光中或羅青的詩，她就可以一口氣說上二十分鐘。

那是因為我喜歡她嗎？我再三搜尋心中的感覺，還是只能給自己誠實的答案：不是。我真的沒有特別喜歡她，但也沒有討厭她。她長得很漂亮，外向明亮，而且讀了很多文學的書，我有什麼道理不喜歡她？

或說，我有什麼道理沒有更喜歡她些呢？我好像應該對跟她這樣的約會，更期待、更興奮、更珍惜些才對，不是嗎？我把菸從嘴邊夾下來，看著那瘦長、黑褐的線條，突然領悟了，唉，唯一的問題正在：她太多了，她身上有太多吸引人的優點，毫不掩飾地展示著，她有太多聰明的意見隨時要表達，她是more，然而彆扭孤僻的我，卻寧可和瘦一點、苦一點的靈魂相處。More is not more, less is more.

幾乎上了唐人街的頭條新聞

——馬家輝

聽說抽菸的歷程都是一樣，剛開始，總不承認，只說自己只是「玩」菸，隨心所欲地抽幾口，隨興所至抽一枝，沒有上癮，也不會上癮。然而，很快地，相信我，真的很快，你便會由「玩」菸變成被菸所「玩」，在沒有菸抽的日子裡，你會覺得非常難受。

我在煙霧彌漫的屋子裡成長，外公外婆等等長輩都抽菸，還抽竹筒水菸呢，我嚐過幾口，不喜歡，倒記得抽吸時筒裡爆起的咕嚕咕嚕的水泡聲音很搞笑，我對外公說：「這像電影配樂。」那一年，我十四歲。

後來跟同學們學抽菸，在十五歲，下課後經常穿著校服就去打麻雀，右手摸牌，左手夾菸，自覺已經是成年人了，其實只是渾身菸臭卻仍乳臭未乾的小伙子，明明整個世界在前頭等著，我可以慢慢走進去，卻又偏偏迫不及待地用可笑而突兀的姿勢跳進去，沒有狠狠地跌一跤而至爬不起來，已算幸運。

在跌跤與爬起之間，許多時候，確需講求一些幸運，而當運氣來時，許多時候，詭異得像小說情節或電影劇情，真的彷彿遠處有人放置了一部攝影機，有一位名叫導演的傢伙在指揮一切節奏一切橋段，你避不了，唯有接受，若蒙關顧，唯一能做的是低頭感恩。

我說的是一段關於香菸的經驗，但又不完全算是香菸，儘管卻跟吞雲吐霧地把一些東西抽入肺部有關。沒錯，你猜對了，我說的是麻，是抽麻，把碎碎的麻葉捲進菸紙裡，點燃，抽吸，其實就是另外一種香菸，只不過不合法，至少在地球上的絕大部分國家裡不合法。

那是十七、八年前的事情了。在美國中西部留學，讀書，寫論文，日子過得千篇一律，唯有偶爾做些瘋狂事情聊做調劑，但所謂瘋狂事情，在那年頭，在那圈子，其實也頗輕鬆平常，是心照不宣之公開祕密。每逢週末，研究生們總會齊集於這人或那人的家裡開派對，有時候迷幻，有時候不迷幻，但通常是上半場不迷幻而下半場迷幻，喝酒聊天跳舞到某個階段，開始有人走到二樓房間，找來麻菸，圍坐或圍站，輪流抽吸，共享出神脫序的失重幻覺。我參加過幾回——不，應是十幾回——這類派對，前幾回只參加上半場，五、六次之後，下半場也加入了，企圖在雲霧裡暫忘論文壓力和找尋光明前途；再後來，不好意思一直占別人便宜，索性自己掏錢請一名印度裔同學代買麻葉，二十元美金，一小包，大約可抽兩回。那傢伙是我見過最聰明的研究生，一口印式美語，發音不準，卻極溜，頭腦清晰犀利，老師們都認為他在學術領域必有大成，前陣子我遇到美國舊友，打聽之下，知道他現在於紐約某名校擔任教授，若有人以迷幻派對之事詢之，或許他會像柯林頓般聳肩回答，是呀，我抽過，但沒有抽進肺裡。

我有沒有抽進肺裡？我不告訴你，但我可以坦承，我曾把沒吸完的麻葉隨手放進手提包的暗袋，帶回家了，甚至不僅帶回家，還帶上了飛機，險些闖出大禍。

當然不是故意做「國際毒梟」，只是忘記了它的存在，剛好放暑假，搭機從美國回香港，過海關時X光機沒把麻葉檢查出來，我亦毫不在意，慢條斯理地走上飛機，遠遠看見幾個穿著FBI制服的人站在機艙門前，把一些亞洲旅客攔下盤問。我也在被盤問之列，但心中沒鬼，不怕，正當那個FBI黑胖女人把手伸進我的手提包暗袋之際，旁邊另一個FBI對兩個亞裔男子朗聲道：「非常抱歉，你們這些錢沒有報關，有可能會要被沒收！請跟我到辦公室！」

瞄過去，看見兩人的袋子裡有一大疊鈔票，很明顯是超額攜帶出境；我暗笑，幸災樂禍，你這兩個傢伙真倒楣。

相對於他們，我是幸運到極點了。本來正在「招呼」我的黑胖女人的注意力被他們招引過去了，問同僚需不需要幫忙，於是把手縮回，沒有真正查探我的手提包暗袋，只輕輕說句，you may go now，讓我直走登機。

我笑笑，再度展開慢條斯理的步伐，踏進機艙，找好位子，坐下來，把自己安頓妥當，而忽然，一個念頭冒起於腦海：咦，手提包，暗袋，是不是有一包東西放在裡面？

立即伸手摸索，果然有一個塑膠袋，袋裡有一袋碎葉，不是浪漫的秋葉，不是光明的夏葉，而是足以讓我坐牢的麻葉，如果當時不是剛好遇上兩個倒楣鬼，如果黑胖女人的注意力不是被他們轉移，當下坐在機場海關辦公室內的人應該是我，而明天，唐人街的華文報紙肯定有一則頭條新聞標題是「香港博士生運毒被捕」，身敗名裂，人生道路由此轉向。

二話不說，我把麻葉帶進廁所，關門，扔進厠內，按鍵沖水，沖走幾乎出現的我的另一段人生道路，沖走幾乎發生的恐怖與災難。然後返回座位，用單薄的被子把自己的頭臉蒙蓋起來，十多小時的飛行里程，噩夢連連，我被嚇得流淚。

自此我沒有再碰麻葉。應該是，沒有再碰。

一場持續三十年的告別

——胡洪俠

我父親抽菸，我大哥二哥也抽菸，記憶中小時候我們村裡的男人都抽菸。女人也抽。西鄰的奶奶和前院的嬸子常常邊聊天邊自己捲一袋菸，然後拿起一盒火柴，「嚓」一聲，歪頭點著，猛吸一口，接著徐徐吐出，像長嘆一口氣，自然又怡然。那時候都窮，很少見人抽盒裝的菸捲兒。抻平一條紙，抓一撮菸沫，擰來捲去，唾沫封口，掐頭去尾，一根菸就成了。菸葉多是去集市上買的，質劣價廉，味道與口感均尖硬，猛烈，熱辣，不僅刺鼻，而且熏眼。我印象中，抽菸永遠和咳嗽在一起。不論誰抽，不論幾個人抽，不論屋裡抽還是院子裡抽，只要有人將菸捲好點著，馬上就傳來一陣陣咳嗽聲，彷彿烈馬拉車，開始幾步不僅精神抖擻，還免不了仰天長嘯，猛叫幾聲。

男女老少，菸民眾多，幾十年前的這一幕我從未覺得不正常，此刻卻忽然有解不開的謎。生活那麼苦，日子那麼窮，家家戶戶都一天一天地熬著，怎麼會有那麼多的人抽菸呢？是因為日子太苦才如此？是因為不如此不足以頂得住苦日子？他們似乎不太關心抽菸對健康有多大害處。他們認命，所以也不怎麼怕死。活著的時候，就想這口氣順暢些。他們似乎想不出別的辦法讓生活好一點，只好抽菸。記得某個冬夜，一位同學的父親來我家串門，剛抽一口菸，就咳嗽得呼天搶地，前仰後合，幾乎透不過氣來。等他終於把氣喘勻，我勸了他一句：「這麼難受，就別抽了。」「不抽了？」他眼一瞪，「不抽就不難受了？」

那時候，抽菸不是生活的點綴，而是生活的一部分。朋友熟人見面，先要敬菸。每人都高舉一根菸高聲呼叫「抽我的抽我的」，四隻手撕扯半天，才能點火冒煙。抽了人家的菸，你不會忘了品評幾句，譬如：

「大哥，你這菸好，勁兒大。」平日裡拿孩子的作業本一條一條撕著捲菸抽，可是一旦走親訪友或求人辦事，就得去供銷社買包香菸，再捨不得也得捨。結婚辦喜事，喜菸比喜糖重要。新娘子進家門，鄉親們圍得水泄不通。這時候請來辦事的人登高一呼：「喜菸來了！」然後拆開一包又一包，漫天撒開來，下雪一樣。現場立刻一片尖叫聲，其真誠與熱烈，不輸如今演唱會上粉絲獻給偶像的聲浪。

上小學上中學，假若你敢抽菸，父母還是反對的。但也就是罵幾句，不會跟你拚命。等你畢了業，或結了婚，或參加了工作，抽菸就成了順理成章的事。那年月，抽菸成了成人禮，一切都在不經意間約定俗成。我開始抽菸時，已是上世紀八十年代初，人也到了城裡，所以一直沒機會掌握鄉親們自捲紙菸的硬功夫。現在我都記得，參加工作之後，和人打交道時，想拒絕別人遞過來的一根菸是多麼困難。那年我下鄉去故城縣採訪，縣委宣傳部的報導組組長一見面，先不互相介紹，先不招呼落座，先不寒暄客套，先就把一根兒菸遞了過來。

「不不不。」我雙手一擋，「我不抽。」

「不抽怎麼行呢？胡記者，抽抽抽。點著點著。」他的手捏著幾顆菸，高高舉起，在空中揮來舞去。

「我真不抽。」

「什麼真的假的，不就抽根兒菸嗎。大記者瞧不起我們是不是？」

「哪裡哪裡。」我連忙解釋，「我不會抽菸。」

「不會？」他說，「胡記者你這可就不實在了。現在哪有不會抽菸的？」

「我真不會抽。沒騙你。」

「噢，真不會？」他的臉急得紅紅的，「那我教你。這個不難學，你先點上，抽一口，把煙吐出來，就行了。」

我迅速學會了抽菸。再有人敬菸，皆來者不拒。可是，自己犯了菸癮而身旁又沒人敬菸的時候愈來愈多了，只好自己跑到菸攤上揀最便宜的買著抽。如此，我算是正式踏入菸民隊伍。一九八三年春節，為了讓父母高興高興，我託人搞到一張酒票，一張菸票。酒票我買了一瓶茅台，菸票則買了一條「恆大」。喝了幾杯之後，父親說：「這茅台不好喝，雞屎味兒，還不如我平時喝的散裝酒呢。」菸呢，父親抽了幾根，又開始自己捲菸。我對父親說：「這是名菸啊，不好抽？」「好倒是好。」父親說，「就是沒勁兒。」

後來父親生了場病，戒了菸。大哥二哥也先後把菸戒了。很多年沒回過老家，不知眾鄉親如今是否還在煙霧中載浮載沉。我想他們還是抽的，因為那是讓他們的生活發生點變化的捷徑。不過，有了電視做調劑，抽菸的人應該少些吧，起碼自捲紙菸的肯定少之又少了，抽菸袋鍋的或許就已經絕跡。在菸民行列裡我走了三十年。三個月前的一個凌晨，我在睡夢中驚醒，竟是一身冷汗。我是被夢中的一個聲音驚醒的。那聲音說：「你快死了。」我不想死。我也學不會鄉親們那樣的不怕死。有書有愛有牽掛，我豈能一走了之？於是，戒菸！

既然噩夢已醒，我不必再裝睡；或者借鑑最近流行的說法，不再等待喚醒，我決定自己醒來。如此，一場持續三十年的告別終於完成，那是我和故鄉的告別。

十二 喝酒

紹興、「約翰走路」和「水井坊」

——楊照

不同的酒，留下不同的回憶，又因為不同的回憶，而有了不同的印象與評價。

最差的，是黃酒。台灣最常見的黃酒，是紹興酒。儘管經過了那麼多年，每次聞到紹興酒的味道，都還是想起高中二年級快放暑假的日子，在一家當時算是相當高級的蒙古烤肉店裡，眼前暗黃的燈色已經開始有點晃漾了，那是校刊出刊的慶功宴，一個夜間部的編輯突然出現在我面前，高高端起手中斟得滿滿的酒杯，豪氣地說：「一定要跟你乾一杯。」我沒多想什麼，端起桌上的方柱酒瓶把自己的杯子也倒滿，一仰頭，杯不離口將整杯酒灌了下去。

記不得名字的那個編輯也一起仰頭乾掉了他的酒杯，兩人都將杯子放下，周遭響起了夾雜著狂亂笑鬧的掌聲。然後，好幾個人爭先恐後告訴我：你被騙了，那個編輯杯中裝的根本不是酒，是顏色幾可亂真的茶。

我心中暗罵：「媽的，搞這套不入流的把戲！」但表面上卻必須維持不動聲色，做個鬼臉擺擺手，一副多喝一杯酒有什麼關係的模樣。

其實真有關係。幾分鐘後，我就進到廁所裡大吐特吐，把吃下去的燒餅、烤肉和熱湯都吐進了馬桶，偏偏就是吐不掉紹興酒留在嘴裡的鬼味道。從廁所出來，大家要散了，我步伐走得顛顛斜斜的，兩個死黨趕緊過來架著我，要送我回家。

我纏著他們，叫他們陪我走路，在初夏的天氣裡走出一身汗來。一路上，我停不了自己的嘴，不斷說話，不斷發洩著即將升上高三面臨聯考的壓力與挫折，接著，開始對他們吐露心中最大的祕密，最大的壓力，最大的挫折。我一直喜歡著一個女孩，但我心裡明白，女孩從來沒有以同樣的方式喜歡我，更糟的，我心裡明白，她其實沒有那麼好，好到我應該堅持喜歡她，但偏偏我就是喜歡她。

我說出了心底不願意對自己承認的真話，滿口黃酒味道的情況下說出這樣的真話，我就再也沒有辦法假裝我的愛情還有希望，假裝我的愛情是值得的。因而我一直記得，黃酒葬送了我的初戀。

威士忌的記憶就要晚多了，比黃酒晚了十多年。台北金融鬧區的一家廣東餐館，滿桌幾乎沒怎麼動過的海鮮菜餚，旁邊擺了兩瓶藍牌的「約翰走路」。晃漾燈色下，坐在對面的，是一家有線電視台的總經理，一個傳說有著豐厚黑道背景，卻怎麼看都看不出江湖味，甚至帶點害羞木訥神情的人。

那是一九九六年，不會錯，因為我幫他們電視台主持了一個政論節目，叫《八點大小聲》，聽名字就知道那是晚上八點黃金時段播出的節目。拿這樣的時段做政論節目，在那個時代，是有道理的，因為台灣當時剛剛經歷了第一次的總統大選，觀眾最有興趣要看的，就是關於政治的討論。

總統大選順利完成，我請辭主持人工作，才有了廣東餐館的那頓飯。我從來不曉得威士忌那麼好喝，也從來不曉得自己可以那麼多話。似乎從頭到尾都我一個人在說話，滔滔不絕談我的新聞理想，我在美國看到的新聞傳奇，以及我對台灣新聞行業的憂心忡忡，對面的總經理始終沉默聽著。喔，他不可能都沒說話，至少他一直跟我敬酒，還有，後來他豪氣十足地開了一個驚人的年薪數字，邀我去幫他的電視台打造新聞部。

那數字我記得。我們兩個人一共喝掉了一瓶半藍牌「約翰走路」，我記得。後來開車回家路上，眼前一直顯現著重疊晃影的感覺，我也記得。但就是不記得，第二天睡醒之後，我究竟怎麼打電話給他，用什麼說詞什麼理由，回絕了他的豪氣邀請。

威士忌裡藏著我的電視新聞未竟之業。

最純粹的酒，是白酒，因為過去喝得少。前幾天在成都，喝到了「水井坊」的白酒，是用流過都江堰的岷江水，透過傳承六百年的老窖泥釀成的。這好，裡面沒有我的個人記憶，卻有更長遠的歷史集體記憶。

最美好的時光機器

——馬家輝

為什麼喝醉了的男人總喜歡把口袋裡的錢掏出來送給別人？

這是我小時候對於喝酒的最大困惑。喝醉了，把手插進褲子口袋，伸出來，手掌裡滿是鈔票或零錢，把錢遞向別人，道，來來來，給你給你，別客氣，儘管拿去，老子有錢。我遇見過四、五位長輩，包括跟我住在一起的外公，都有這樣的醉態，但我從來不知道他們翌晨宿醉酒醒，心裡有何感受？後悔？自責？抑或自豪，急不可待地再醉一次，再送一次鈔票？

稍稍長大之後，透過觀察，透過猜測，我開始理解他們的送錢理由。這幾位長輩都是年輕時的有錢人，後來家道中落，或窮或病或又窮又病，總之是堪稱窮途潦倒，昔日風光不再，唯有在酒醉朦朧之際墜入時光隧道，重回舊境，重溫舊夢，錯覺自己仍然是當年的有錢人，有資格任性揮霍。所以當他們於酒醉時把口袋裡所剩無幾的鈔票送給別人，其實是在進行一場自慰獨白，安慰自己，老子有錢，老子仍然有錢，醉鄉裡的境況才是真實，現實裡的際遇僅是虛假，千金散盡還復來，今朝有酒今朝醉，老子此時此刻很快樂。

快樂最重要。原來酒精就是最美好的時光機器，可以把你送回你想去的時空，讓你找回不再掌握的快樂。原來生命的快樂祕訣非常簡單：只在於你敢不敢和肯不肯把自己灌醉。

當然一個人的快樂可以是另一個人的憂傷。父親好酒，早年想是因為工作關係，每天在報社忙完十二小時，下班後，吃夜宵，喝酒是最有效的鬆弛方法，幾乎每夜喝到凌晨三、四點才回家，門鎖咔嚓開啟，把我和姐姐和妹妹吵醒了，我們不約而同地豎起耳朵，屏住呼吸，察聽父親的關門聲音是大是小。如果是小，那沒事，可以放心睡覺了，他會走進睡房，跟母親輕聲聊幾句，然後倒頭大睡。如果是大，譬如說，砰然一聲有如樓房快將倒塌，那便災難當頭了，他必是喝得大醉，或開門衝進睡房，找個瑣碎的理由跟母親大吵特吵吵翻天；或者頹然坐在客廳沙發上，母親走出睡房勸他早睡，結果又是大吵特吵吵翻天。孩子們在自己房間床上偷聽戰況，心裡無比恐懼、惶然、擔憂，許多時候，暗暗落淚。這樣的心理威脅從小到大持續了好多年，直到我在一九八三年離港赴台升讀大學。

我開始學懂喝酒和喜歡喝酒，正是在台灣。交往的一群同學都是不必讀書卻能考取好成績的「天才痞子」，每天下課後做的第一件事情是呼朋引伴覓食逐酒，通常又當然是找來其他學校的辣妹美眉同往共樂。我那年頭其實不流行「辣妹」或「美眉」之詞。我們把女孩子叫做「馬子」，一個女孩子便叫做「一管馬子」，追女孩叫做「把馬子」，詞義來源原來非常下流惡俗，但我們不知道也不在意，只當是潮語，大家都這麼說，我們怎可以不這麼說。

「把馬子」必須有酒精助興，那年頭流行去啤酒屋，也就是布置得像西餐廳的台菜館，點了一桌子這個那個台式小菜，再來一打兩打台灣啤酒，加上兩三包長壽牌香菸，便是一夜狂歡的好開始。那年頭剛流行「十五二十」的港式酒拳，輸拳罰酒，杯杯乾杯，把多少酒精吞進胃裡，體內便湧起多少荷爾蒙，然後，大家儘量別喝醉，因為還要把馬子帶回家或帶到賓館，下半夜的歡悅猶在前頭等著，誰喝醉了便沒戲唱，酒醒後必抱頭痛哭、悲嘆可惜。

喝了四年酒，倒只醉過一回。是真的喝醉，醉到不省人事的那種醉。那是大學四年級，尚未畢業，同學們仍須上課考試，我卻早已找到了廣告公司的創意文案工作，課職兩忙，非常神氣。那是一九八七年的四月底，上班剛滿一個月，發薪水了，我找死黨們到啤酒屋喝酒，說好由我請客，不必於埋單後分帳湊錢。我是主人，為免同學們不好意思吃喝，我特地多點幾打啤酒，仰頸狂灌，以示大方，結果便是眼前天搖地晃，世界彷彿塌下，我衝到街外，蹲坐在路邊，深夜時分，路上沒人，沒車，只有垃圾和空酒瓶，我隨手撿起地面的一個酒瓶往自己頭上敲下，他們趕過來阻止，我狂笑，然後……便沒有然後了，什麼都不記得了。

醒來時，已是翌日下午四、五點，躺在自家床上，衣服沒換，顯然是死黨們把我像一隻死狗般硬扛回來。我口袋裡的錢全部不見了。我沒有像長輩們般於喝醉後把錢送人。我是於喝醉前已答應付錢，我畢竟比長輩們稍具豪氣。

地下餐廳裡的啤酒往事

——胡洪俠

老家胡同裡我們老宅院的斜對面是一座老屋。整整五間大北房，比周圍的房子高，也比周圍的房子寬大，房頂還鋪了青磚。聽說，那原本是胡家的家廟，土改時充了公。到我十幾歲時，老屋成了代銷點。我常常提著家裡的各色瓶子三步併作兩步跑到那裡，打醬油，打醋，打煤油，或者替父親買幾兩散酒。醬油一毛六分錢一斤，醋八分錢一斤，煤油一斤是三毛六，散酒的價錢忘了，畢竟一年都買不了幾次。裝醬油裝醋的瓶子都是普通白酒瓶，而那個裝煤油的瓶子，我卻一直覺得新奇。那是綠色的玻璃瓶，比普通的瓶子高一截，且還有個長長的脖子。容量也大，白酒瓶裝一斤，它則能裝一斤半。有一年春節前家裡大掃除，我邊刷洗綠瓶子邊問父親：「早先這綠瓶子是裝什麼的？」

「啤酒。」父親說。

「皮酒？牛皮酒還是羊皮酒？」

「傻傢伙！什麼牛皮羊皮，嗯，好像是這個『啤』。」父親用手蘸水在桌上劃了個「啤」字。

「噢，這個字唸『皮』啊。認不得。和卑鄙的『卑』長得像。」

我又問父親：「啤酒好喝嗎？是不是和你喝的那散酒似的，辣死人。」

「聽說過，沒喝過。」父親說，「聽說是青島產的。聽說比散酒還貴，又沒什麼度數，馬尿似的，一般人喝不起。」

得個空我跑去代銷點，問有沒有啤酒賣，到底是什麼味道。櫃檯裡的呂姓大哥說：「咱不賣啤酒。咱老百姓誰喝得起那玩意兒？你想喝？長大以後當了大官兒再喝吧。」聽聞此言，代銷點裡聊天的人們一陣哄笑。他們覺得關於啤酒的討論太可笑了。啤酒和他們的生活有什麼關係？能喝兩口兒紅薯（地瓜）乾兒釀的散裝燒酒就不錯了。啤酒是什麼東西？馬尿！

轉眼到了一九八〇年的夏天，那時我已去衡水上學了。一個星期天的中午，同班同學徐大哥走過來說：「走，去地下餐廳吃小籠包子去。」我在後面跟著，出校門，走新華路，然後轉紅旗大街，去路東那座樓。雖然那樓只三層高，可當時在衡水也算得上是高樓。一間樓門口的上方，貼有「地下餐廳」四個大字。所謂「地下」，既非「紅燈區」，亦非「黑社會」，不過是用上了當年「備戰備荒」時挖下的防空洞而已。

徐大哥和我走進餐廳門，即從地上轉入地下。正四處找座位時，忽聽一個角落裡傳來大呼小叫：「這邊這邊！過來過來！」透過昏黃的燈光看去，原來是班長和幾個同學早在那裡吃喝上了。徐大哥喊著我，說和他們一起坐。那該是我平生頭一次去飯館吃飯。班長是帶工資上學的，徐大哥的家境也很好，聽說他們常常來這地下餐廳解饞過癮。「再來兩扎啤酒。」班長朝著幾乎凝固的空氣一聲斷喝，很快繚繞的煙霧中就鑽出一個服務員，一手端一大塑膠杯黃湯過來。「啤酒不是裝在綠瓶子裡嗎？」我小聲問徐大哥。「這是散啤，」徐大哥說，「石家莊運來的，新鮮，味道好。沒喝過吧？」「嘿嘿，」我掂了掂那杯重重的「扎啤」，「別說這散裝的，就是裝在瓶子裡的啤酒我也沒喝過。」

我正想先吃幾個聞名已久的小籠包子，班長忽然發話：「老徐，今天星期天，咱好好喝。你不是帶了一個人來嗎，我這裡也有幾個人。先別廢話，一邊出一個人，一口氣把這一扎啤酒喝完，中間不許停頓。然後咱倆再喝。服不服？」不等點將，班長那邊站起一人，二話不說，端起杯子，咕咚咕咚，一飲而盡，然後重重地將空杯子往桌上一摔，用手抹抹嘴，順勢將我面前的一盤包子拉到他那邊，一口一個吃起來。

徐大哥看了我一眼，扭頭對班長說：「這孩子還從來沒喝過啤酒呢。」沒等班長說話，我站起來大聲說：「我願意喝。」雙手捧起塑膠桶一般的杯子，我看了看那渾濁的黃湯，心想，原來這就是啤酒，父親和村裡的叔叔大爺們都沒有喝過呢。用鼻子聞了聞，果然有些酸，可是這就能證明和馬尿差不多嗎？小心翼翼喝了第一口，感覺極難喝，差點噴出來。可是事關雙方勝負，又豈能棄杯認輸？我只好獨立桌邊，嘴不離杯，強迫自己一口接一口灌將起來。吞咽之間，忽覺得鼻子中呼出一縷香氣，霎時有蕩氣迴腸之感。又覺得頭開始暈，餐廳開始慢慢晃動。喝到剩三分之一時，我已是豪情滿懷，無所畏懼，百米衝刺一般，我將這傻大黑粗的塑膠酒杯喝了個底朝天。有幾秒鐘，我站在那裡，一動不動，唯恐摔倒，唯恐把酒從嗓子眼裡晃出來。滿桌的人都停下筷子看著我。有人開始喝采，可是那喝采聲我聽起來很遙遠；連徐大哥讓我坐下的聲音都變得那麼輕柔，那麼微弱……我已經吃不下那麼好吃的小籠包了……我滿肚子都是啤酒……我終於喝到了啤酒……嘿嘿，馬尿……不過，挺好喝的……

很多年以後，有機會在德國柏林的一家啤酒公園喝鮮啤。同伴問我為什麼熱愛啤酒。「熱愛？」我端起那一大玻璃杯黑啤說，「談不上熱愛。當初也不過爭口氣而已，後來就習慣了。」

十三 黑社會

起起落落江湖人生

——楊照

三十多年沒見面的小學同學，竟然在兩週內連著遇到了兩次。

第一次是在誠品敦南店對面的百貨公司門口。我陪家人在百貨公司地下室的餐廳吃過飯，自己搭手扶梯上來，要走過街去上「誠品講堂」的課。一出百貨公司大門，就聽到有人叫我，叫我的本名，我轉頭，看見了一張有點熟悉的面孔。

我看看他，笑著問：「老同學，你怎麼會在這裡？」老實說，我沒有認出他是誰，只是本能地猜應該是我小學或國中或高中的同學。畢竟我用「楊照」的筆名在台灣社會混跡二十多年了，除了「老同學」，其他人都不太可能叫我本名吧！

他顯然覺得我認出他了，所以也就不需要跟我說他的名字。針對我的問題，他指了指身邊的賓士，說：「在這裡等老闆啊！」原來他是幫大老闆開車的專業司機。我禮貌地問了些關於他老闆做哪一行、當司機會不會很辛苦……一類不著邊際的話題，然後一看手機，趕緊又禮貌地說：「我得趕去對面上課了。」

他到底是誰？一路上、甚至一邊在講課，這件事一直煩惱著我。有份強烈的衝動，讓我明知應該把念頭放下，等上完課再說，卻就是持續分心去想他到底是誰。課講了快一個小時，突然我明白了為什麼會分心。因為不對勁，這個人在做司機，極度的不對勁。再講了十多分鐘的課，我想起來他是誰了，心頭一震，害我停頓了幾秒鐘，才有辦法將講到一半的句子接下去講完。

我想起小學五年級時，他領著我走進我們家附近的酒店，在一樓的咖啡廳兩人各點了一份要價五十塊新台幣的冰淇淋聖代。我記得自己身體裡微顫著，內在有個聲音固執地提醒著：「這是不該來的地方。」不是因為這裡的冰淇淋很貴很貴，而是我們都知道這裡是「牛埔幫」的重要據點。

牛埔幫是台北北區最大的本省掛，本省幫派，和南區以萬華（艋舺）為據點的「芳明館」遙遙相望。從晴光市場一路到六條通的酒店、酒廊、舞廳，後面都有牛埔幫的黑手在操控、支持。就在我上小學那一年，台北黑道有了一場大震撼，原本以永和為根據地的外省掛竹聯幫，竟然過了河在牛埔幫的地盤開了一家酒店，引爆了兩個幫派的激烈衝突。幾場大戰打下來，原本不被看好的竹聯幫挺住了，硬是建立起在台北舊市區的勢力，帶領竹聯幫的陳啟禮因此在台灣黑道聲名大噪。

我們家就住在牛埔幫的勢力範圍內。大人們經常談論牛埔和竹聯爭奪地盤的最新發展。每隔一陣子，我們會在半夜聽到不遠處傳來一兩聲像是放鞭炮的聲音，但我們知道，那絕對不會是鞭炮，只能是槍響。

黑社會就在我們身邊，我卻從來沒想到自己會跟牛埔幫扯上什麼關係。直到那一天，這位小學同學領我前去那家酒店。酒店門口站著幾個穿黑衣的青少年，他們遠遠就熱情地跟我同學打招呼。進了酒店，櫃檯穿著高衩旗袍的小姐，興沖沖地彎腰將一張大臉湊到我們眼前來，突然撲來的化妝品濃香，害我差點嗆咳起來。

坐在咖啡廳軟陷的沙發上，我對同學問了一個傻問題：「你對這裡很熟？」他若無其事地回答：「這是我爸爸的店。」我又加問了一個傻問題：「你爸爸開的店？」這回他有點疑惑了，不是很有把握地回答：「應該算吧，這附近很多家店都是我爸爸的。」

就是這個小學同學。想起來了。後來國中的時候，這個同學跟我同校不同班，他有一個班上的死黨，我知道，因為有一陣子他那個死黨拚命在追我喜歡的女孩。

唉，我怎麼會忘了這個同學呢？更奇怪的，當年牛埔幫重要幹部的兒子，為什麼現在會去幫人開車呢？想像中，他應該繼承父親的衣缽當個黑社會教父吧！

過了一個星期左右，我到大直的診所幫女兒拿過敏藥，竟然就在掛號處又遇見了這位同學。太不可思議了。他露出真誠的笑容，把身旁一個四、五歲的男孩抱了起來：「我帶孫子來看病。老闆去大陸了，今天不用車，才有時間幫忙帶孩子。」他轉頭逗逗男孩：「叫人啊！」

小男孩很有禮貌，很熟練地叫：「叔公！」我摸摸他的頭，徹底打消了想要知道同學這幾十年怎麼過來的念頭。

起起落落，那就是江湖、那就是黑社會人生吧！

在地獄裡做大佬

——馬家輝

「第一次跟大佬出去講數，我還算是鎮定的。」二舅猛力吸啜夾在指縫間的香菸，都快燒到菸蒂了，還不願放手。然後，瘦骨嶙峋的胸肺顫抖一下，像陳舊的巴士從車屁股排放廢氣，兩道濃濃的黑煙從他鼻孔噴出來。「至少沒有被嚇得屎尿齊標！」

我也抽著菸，「哈」一聲笑了一下。我抽的是駱駝牌香菸，是最濃最猛的進口菸，二舅讓我抽的，我平常跟同學抽著玩的通常是紅色萬寶路，也很強，卻仍比這差得遠。「標」是廣東話，是噴射出來的意思。

二舅瞄我一眼，似在責怪我不相信他說的話。客廳很黑很暗，沒開燈，角落有一個高高的木櫃，架子上供奉著祖父母的黑白照片，旁邊有一個小香爐，爐上吊掛著一盞小小的紅色燈泡，長年亮著，光影閃爍在二舅的臉上，臉頰深陷，眼皮垂下，眼眶比臉頰陷得更深，是徹頭徹尾的道友模樣。「道友」是廣東話，就是毒蟲的意思，香港也流行喚作「老同」，應該是江湖暗語。

「真的會標屎標尿！」二舅把菸屁股在火柴盒上死死按熄，冷哼一聲，擺出認真。半小時前他蹲在客廳地上用火柴盒追龍，也就是吸食白粉。程序是把白粉撒在一張小錫紙上，用蠟燭燃燒錫紙底部，粉末受熱，冒起一道道白煙，往上飄浮繚繞，他輕輕咬著火柴盒的外殼，猛力吸索，把煙吸進嘴巴，經喉嚨和氣管進入肺部。菸是龍，他在追，耗盡生命的力氣去追。吸飽了，躺在地上，半閉著眼睛和嘴巴，貌似雲遊太空，魂魄早已離開身體。我看過他追龍，大概兩三回吧，每回皆在心裡暗想那到底是何滋味，曾經開口問過他，是不是很過癮，他苦笑，搖頭道，千萬別碰。

那個下午，家中無人，他又追了。剛回過神，我剛好下課回家遇見，他抽菸，遞來一根，我接過，陪他抽，那時候我沒有菸癮，十四、五歲，純粹裝模作樣，假扮成熟。我坐在地上，他坐沙發，聊起來了，二舅平常沉默，只有在追龍和醉酒之後才多話，香港人把吸毒叫做「上電」，形容貼切，等於如今說替手機充電，電池吃飽了，便有精神對世界聒噪。那個下午他對我談到十四、五歲時在黑社團裡的打滾經驗，大佬帶著他們一群江湖新丁到大牌攤跟敵軍談判，沒有武器，赤手空拳，他坐著，他們站著，雙腳因恐懼而微抖，卻仍須站著。

二舅又點燃香菸，又遞來一根，我不抽了，再抽，喉嚨會痛。「當然會怕，但必須催眠自己，挺住，否則會被別人睇死，我唔想做衰仔。大佬跟對方談了十來分鐘，突然，大佬用力拍一下桌子，大喝一聲：『仆街！』似是要翻桌開片了。我被嚇得稍稍退後一步，旁邊那個傢伙卻『呀！』了一聲，立即溼了褲子，而且傳出一股惡臭，原來是怕得當場撒尿拉屎！大佬回過頭瞪他一眼，大家都忍不住爆笑，對方人馬也笑了，繃緊的氣氛頓時緩和下來……」

二舅愈說愈亢奮，手舞足蹈，口沫橫飛而手裡夾著的香菸也菸灰橫飛，我聽得高興，忍不住也再抽一枝香菸，邊抽邊咳嗽。

外公是紈褲子弟，年輕時把祖業敗得七七八八，去了跑船，每年回港一趟見妻子，去了八年，讓妻子亦即我的外婆生下六個子女，家貧，無力也無心照顧，兒子在街頭玩耍，幾乎是順理成章地學壞了。二舅自小「闖蕩江湖」，逞英雄，加入黑社會，做小嘍囉，後來變成道友，出入戒毒所與牢房，在跳樓自殺以前，一輩子幾乎半份正式工作也沒做過。有好幾年他在我家借住，從他嘴裡我聽了不少江湖悲喜雜事，例如大佬在褲子左右口袋裡各放一疊鈔票，左邊的是小疊，只有幾十元，遇上門生前來借錢，他便豪氣干雲地掏出來，道，「這裡有的，全部拿去！別說大佬不夠義氣！」其實右邊的才是大疊，有幾百元，是用來行賄警察和自己花用的；又如那年頭，黑份子仍會掉書袋、打暗語，唸上幾句「你說我流不是流，山河萬水任長流，低頭飲過三河水，你說我流你亦流」之類的詩，「流」在廣東話裡有「假偽劣」的意思，這幾句詩是說，老子乃正牌黑底，絕無冒充。

二舅還告訴我一個祕密，他曾被同門師兄搞過屁股，那是在他第一次因偷竊入獄的時候，師兄也在牢，說要保護他，其實是想侵犯他。他屈服了，出獄後，第一件做的事便是追龍，唯有在白粉的雲霧裡他才感覺到自己是人也不是人，在失神的狀態裡，他做回自己也做回自己的大佬。

二舅自殺時我不在香港，事後得知，完全沒有哀傷感覺。像他這類人，若有天堂，應該不會有他的份吧；而當去了地獄，幽暗恐怖，便是另一個黑色世界，另一個「黑」社會，只希望，這回，他能夠好好當當大佬。

「知道我大哥是誰嗎？」

——胡洪俠

中秋節那天傍晚馬家輝專門從香港趕過來，說是要給我的生日宴會湊湊熱鬧。我說我的農曆生日已經過了，公曆生日又還沒到，哪有什麼生日宴：「喝酒可以，賞月可以，過生日就免了。」「你是小弟嘛，」家輝說，「我這當大哥的必須要來為你慶生。」他那裡「大哥小弟」一番真情告白，我馬上有江湖不遠、兄弟情深之嘆，恍惚覺得他真像黑道兒上的老大，至少也像香港黑社會派過來慰問我的特別代表。我自然要講義氣，冒著違反有關方面「控酒令」的風險，那晚陪他喝了很多，硬是把他帶來的和我帶去的紅酒全掃光，直喝得孔明燈冉冉升起又搖搖欲墜，喝得天上一會兒月逐雲，一會兒雲遮月。

過了那個滿桌流動「紅與黑」的晚上，我們的《對照記@1963Ⅲ》正好該寫「黑社會」了。其實，這也是此前我為馬家輝量身打造的。我知道他小時候的夢想之一，就是做黑社會老大，於是特備「黑社會」一詞，好讓他現身說法，大施拳腳，過足嘴癮。也不是沒有替台北的老大楊照考慮，我猜想，他應該也熟悉並喜歡寫「黑社會」吧，讀讀張大春《城邦暴力團》就知道，台北的黑社會還是很繁榮很威武的，楊老大難道沒有「黑」過？只委屈了我了。我這樣一個「生在新社會，長在紅旗下」的人，該怎麼應付「黑社會」之類的題目？

對，可以去隔壁問姜威。他對黑社會比我熟。正好他也是一九六三年生人。此念頭剛起，腦中電閃雷鳴，我已意識到，他早不在了，去世快一年了。二〇一〇年冬天，他的病已遷延大半年，訪醫問藥也快走遍了大半個中國。肺部劇痛愈來愈烈，人晝不能安座，夜不能安眠，疼起來全身冷汗一遍遍溼透衣衫。各路

「神醫」都不明緣由又都說自己能治，都不知如何藥到病除卻又都說能對症下藥。某日在姜威書房聊病情，他說：「還會有奇蹟發生嗎？老這麼個疼法，痛苦萬狀，生不如死。」

「總得搞清是什麼病才好治啊。」我說。

「不管那麼多了，我就想把疼止住。有朋友給我出了個招，讓我考慮。我想了想，最後意志戰勝了病痛。我還是挺佩服自己的。」

我約略明白什麼意思了。「吸毒？以毒制疼？」我問。

「對！」姜威說，「他們覺得這也是個辦法。可是我下不了決心。他們放了一點白粉在家裡，說實在受不了時不妨試試。有幾次我把手都伸過去了，最終還是忍住了。」

「是黑社會的人出的這招吧。」我說。

「是朋友，認識黑道兒上的人。」姜威說，「他們是好心。」

姜威交遊廣闊，條條大路上似乎都有他的朋友。一九九二年我認識他時，就曾聽他講起哈爾濱黑老大喬四的事。他那裡講得眉飛色舞，心嚮往之，我這邊聽得目瞪口呆，將信將疑。他說喬四做事手起刀落，乾脆利索。當時一老城改造項目受阻，拆遷戶不願搬，工程遲遲開不了工。喬四將住戶召集在一起，二話不說，先一菜刀剁掉了自己的小指。全場震動。喬四說：「你們誰能學我一樣這麼幹，誰就可以不搬。」無人應聲。很快都乖乖搬了，「喬四斷指」於是成了傳奇。姜威還說，一海外留學生學成歸來，哈爾濱某單位在飯店包房請他K歌。忽然黑老大來了，說太鬧，別唱了，唱什麼唱。可憐這留學生高度近視，沒看清來者何人，仍一往情深高唱〈吻別〉。結果，槍響，留學生倒地。我說你們哈爾濱怎麼這麼黑啊，我們衡水不這樣。姜威說，你衡水那小地方，也配有黑社會？看過《上海灘》嗎？看過《教父》嗎？姜威對江湖義氣有獨特的理解與嚮往。他最喜歡的一段自我表白是這樣的：「你問我是誰？我是誰你都不知道？白在深圳混了。我是福田老三！為什麼是老三？老大給槍斃了，老二判了個死緩，我是老三，目前主持工作。」

多年前我和姜威在三九大酒店一間包房裡偶遇香港某幫的幫主。前呼後擁之中，只見那老大瘦瘦弱弱，文文靜靜，大有水流雲在的韻致，完全不像個狠角色。既然有此先例，我覺得我的這兩位朋友，馬家輝和姜威，都有資格去做黑社會老大。姜威走了，指望不上了，我只好把打入黑幫的全部希望寄託在家輝身上了。家輝，好好混，早日實現你英俊少年時代的偉大夢想。一旦你夢想成真，你兄弟我還怕什麼呢？誰要膽敢拆我的房子，踢我的攤子，搶我的票子，洗我的腦子，我就大喝一聲：「呔！知道我大哥是誰嗎？說出來嚇死你！還不快滾！」到那時候，我一定好好看看《上海灘》和《教父》，然後到姜威墓前表演一番。先背《教父》台詞：「我費了一生的精力，試圖不讓自己變得十分粗心。女人和小孩子們可以很粗心，但男人不可以。」再唱《上海灘》主題曲：「浪奔，浪流，萬里滔滔江水永不休……」

十四

監獄

啃著饅頭看那堵長長的牆

——楊照

那個地方，一個小村莊，叫做「清水」，阿姨住過的。從我們家到阿姨家，要在青島西路等公路局車。下了車之後，沿著一片種滿七里香的道路走，夏天的時候，那些樹會先開小小的香花，淡淡卻可以傳得很遠的氣味，讓人立刻理會「七里香」名字的來由。再過一點日子，修剪得矮矮的樹籬，就長滿一顆顆結結實實的紅色小果實，最適合摘來放進自己綁的竹槍裡打仗。

路的盡頭，有一條大排水溝，要在那裡左轉，轉上溝邊的泥土路。有時候會看到穿著雨衣雨鞋的人站在溝中，水淹到差不多他的胸口。爸爸會低聲罵一句：「電魚的，一電魚死一堆，大的小的都死光了，那麼小的都電死，以後哪還有魚？」

媽媽則忙著照看我們幾個小孩，不能太靠近水溝，免得掉了下去，也不能離水溝太遠，會摔進另一邊的田裡，那衣服鞋子就都完蛋了。叫來喚去，媽媽卻還有餘力講她小時候在花蓮，地方上要開大圳，引水道往吉安那頭灌溉稻田，圳開來了，遲遲沒注水，原來是傳統迷信要找一個「走水人」，把一個人放進圳中，開閘門讓水進來，那人往前跑，水凶猛在他後頭追，這樣引水讓水知道該順著圳路走，以後就不會改道泛濫。「走水人」不好找，因為危險性很高，一不小心，「走水人」跑輸後頭的大水，他就成了大圳龍王廟的第一個祭品了。

也許鄉人本來的習俗，就是要安排一個人淹在大圳水裡，才算吉利？聽說找來「走水」的，都是「沒某沒猴」（閩南方言，意為「沒有老婆孩子」）的流浪漢，死了也沒人計較的那種人。通向吉安的大圳找不到「走水人」，消息被外公知道了，外公很不能同意這種舊習俗，於是花了很多時間跟地方人士溝通，勸他們取消「走水人」的儀式。最後是在日本人的支持下，大圳沒有「走水」就開通了，很多日本大官都來參加開通典禮，好熱鬧。有一陣子，那條圳俗稱「阿謙的圳」，意思是如果淹水出了事，外公許錫謙要負責。

媽媽轉頭問爸爸：「你家就在圳旁邊，你說有淹過水嗎？」爸爸笑笑，沒回答。接著，爸爸找了一條田埂右轉，在我看來，每條田埂長得都一模一樣，可是爸爸就是會記得哪一條通向阿姨家。一會兒，安安靜靜的空氣突然被狗叫聲擾動了，狗一叫，屋前一定就出現人影。阿姨或者姨丈，後面跟著他們家的小孩。姨丈是廣東梅縣人，話中有很濃的廣東腔，我常常沒辦法第一時間立即聽懂他說什麼，不過幾乎毫無例外，從屋裡出來迎接我們時，他一定是講吃的，屋裡準備了哪些東西要給我們吃。

殺了一隻雞或是包了一桌水餃，要不然就是有部隊裡帶回來的麵餅，這是姨丈的好客表達。然而我們不是為了好吃的東西來的，阿姨家有其他有趣好玩的。

阿姨家的房子外表沒有敷水泥，當然更不會上油漆，一塊塊磚明明白白顯露著。大表弟會帶我們一人去敲一小角磚塊下來，拿著去屋後畫圖。屋後還有一片竹林，大表弟表演功夫，高高跳起抱住一根竹子，用全身的重量加力量，把竹子彎曲下來，讓我們看到竹子驚人的彈性。大表弟想像著，如果能夠長得再高些，跳得再高些，弄得竹子再彎些，有一天，竹子產生的彈力，在反彈回去的瞬間，就可以把他甩飛出去，像有輕功那樣飛過竹林梢頭。

阿姨家的房子裡面，也沒有我們習慣的天花板，所有小孩大家一起躺在一大片木板床上，抬頭就看到一根根的木頭梁柱，還有梁柱與三角屋頂間形成的種種奇特幻影。電燈熄了，眼前不是黑暗，而是不同深淺的影子，遠遠近近凹凹凸凸，而且此刻是遠的，下一刻會變成近的，凹下去的悄悄就變成凸出來了。

睡了一晚起來，廚房裡有特別的香味，蒸饅頭的味道。一人手上拿一個饅頭，不必像在家裡那樣坐在桌前，可以到門外去吃，外面的清晨空闊朦朧，隱約看見一道長長的牆，姨丈發現我一邊啃饅頭一邊盯著那堵牆，靠近過來跟我解釋：「那就是姨丈部隊在的地方。」那年，姨丈官拜上尉，他的部隊，負責看管土城看守所。那是台灣北部最大的一所監獄，還有，也是綠島之外，台灣最主要監禁政治犯的地方。就在我啃著饅頭時，好幾個我後來認識，一起爭取民主、反對國民黨的戰友，正在牆的那一邊，或許也正啃著配發到他們手上的饅頭。

坐牢與越獄

——馬家輝

小時候常聽舅舅憶述牢房的故事。

舅舅本來是警察，查案，找到毒販，搜獲毒品，偷偷嘗試一下，最後自己變了毒蟲，成為被警察抓捕的對象；黑白之間隔著一條細細的線，跨過去，墮下去，日月變天，山崩海沸，從此回不去。

吸毒被抓應該被送去戒毒所，但為了找錢吸毒，舅舅搶劫，所以進的是牢房，而且不止一次，是進了又出，出了又進，戒毒所和牢房都是他的家。他在牢裡加入了黑社會，即俗稱的「社團」，也在牢裡弄了手臂上的紋身，是一條彎彎曲曲的蜈蚣，有點似漫畫。

為什麼是蜈蚣不是蛟龍？我問過他。

他解釋，我由警察變成毒蟲，窩囊喲，哪配什麼龍什麼鳳；蜈蚣的生存能力特強，我喜歡。

我有兩個毒蟲舅舅，性格截然相反，一個非常尖銳刻薄，經常皺著眉頭，一雙眼睛像在噴火，曾因借錢不遂而拿刀砍我外公，暴戾可見一斑。另一個呢，幽默風趣，像喜劇裡的小人物，長相也有點似葛優，就是這個可憐的前任警察，我跟他比較談得來，不怕他，還曾把暑假打工的錢借給他買毒品，說借，其實是送，他根本沒還。

他倒還了我不少關於牢房的故事。

像這個：有一個中年男人的妻子倒斃在家，明明是服藥自殺，不知何故，警察查了半天，最後得出謀殺結論，並指凶手是他，為了騙取保險金，他被捕被判，要坐二十年大牢。在獄中，他每天哭，每天哭，哭得天崩地裂，把獄友煩死了，舅舅的社團老大受不了了，指派他把這個男人狠揍一頓，警告他不准哭鬧。

舅舅不算狠角色，下不了手，改用語言恐嚇策略，威脅道如果他再哭，會派一個同志小弟把他雞姦，令他生不如死。豈料，這男人聽完，驚嚇到了，哭得更厲害，哭到不可收拾，蜷縮在監倉角落，整個人崩潰了，只能被送到醫院療理，三個月後回來，不再哭了，臉如死灰，陷入精神失常狀態，開始間歇地狂笑，並且邊點頭邊喃喃自語：我真的殺了人！我真的殺了人？感嘆號和問號交集，而他在交集的漩渦中沉淪下去，完全脫離了現實人間。

後來呢？我追問舅舅故事結局。

舅舅答道，不知道啊，我出獄了，但我猜應該會被送去精神病院吧。我一直懊惱，早知道乾脆把他揍個鼻青臉腫算了，不嚇唬他，說不定他不會發瘋。我是做孽啊。

牢房裡面，那個……嚴重嗎？我忍不住八卦。那個是什麼，舅舅懂的。

有啊，進去的小白臉總會被人欺負的，嘿，所以你千萬別進去，你會被搞死的。舅舅調侃道。聽說還有人故意犯些小案，被抓了，坐牢半年，就當是進去「獵艷」，快樂得很。又有兩個傢伙在獄中談戀愛，打得火熱，其中一個先放出去，兩三個月後，受不了寂寞，竟然放火焚燒路邊的垃圾桶，為的只是能夠重回牢獄跟愛人團聚。我沒見過他們，不知道是真是假，只是聽兄弟這樣說，我是相信的。牢裡的人來自五湖四海，我最不服氣的是那些洋人，你坐牢我也坐牢，憑什麼我吃的東西像狗食，你卻可以吃牛扒飲牛奶，還有一大堆英文報紙雜誌可讀，真他媽的種族歧視！

牢房的故事說得興起，舅舅索性也唱牢房的歌，扯開嗓門，高聲喊唱：「無自由，失自由，傷心痛心眼淚流；我行錯步，走錯步，此番心傷透……」他說這是監獄裡最流行的歌，有人輕輕鬆鬆地唱，有人則唱得淚流滿臉，最過癮是在洗澡房裡，幾十人一邊淋浴一邊高唱，似演戲卻又不是演戲，慷慨激昂，氣氛配合，是坐牢的獨有享受。

其實我另有一些少時玩伴曾經坐牢，或因商業犯罪，或因暴力打架，我也聽過他們說出如此或如彼的牢房故事，也真應驗了托爾斯泰名言：「幸福的家庭都千篇一律，悲慘的家庭卻各有際遇。」但最令我感到哀傷的倒是一位當了三十多年獄吏的叔公——即我外公的弟弟——所說的牢房話語，他沒犯過罪，卻一輩子在牢房生活，居住的宿舍在牢房旁邊，每天上班的地方是牢房裡面，牢房在他身上打下的烙印並不來得比真正的囚犯少。

我小時候跟隨父母去過叔公住的宿舍，遠遠望向監獄，高牆，鐵網，一般人或會感到恐懼或厭惡，不知何故，我卻隱隱覺得刺激，覺得裡面有好多故事，甚至幻想自己一旦坐牢，必找機會於月黑風高之夜攀牆逃遁。最吸引我的終究不是坐牢而是越獄，從小我便是一個不守規矩的男子。

「一個自由人，在追趕監獄」

—胡洪俠

五十多年前的甘肅酒泉夾邊溝勞改農場是一座人間地獄。那時那裡關押過三千名右派，幾年後就只剩下了三、四百人，其餘的，差不多都因饑餓而死。高爾泰有幸活了下來。他在散文〈沙棗〉中說，有次出工時他發現遠處的沙丘上有顆沙棗樹，好不容易等到收工，獨自掉隊，偷偷溜去採摘。沒人發現他，因為大家已經疲乏至極，饑餓欲死，無心也無力關注別人。他也沒有逃走的念頭，因為根本無路可以活著走出去。高爾泰接下來寫他如何尋找隊伍，如何拚死撐住，如何沒有迷路。他說他像一頭孤狼，在集體中聽人擺布，早已沒有了自我，而此刻忽然孤身一人，竟然覺得有自由之感。可是他畢竟要回到那列長長的饑餓隊伍中去，於是嘆道：「月冷籠沙，星垂大荒，一個自由人，在追趕監獄。」

多年前初遇高爾泰《尋找家園》，讀至此，不由棄書長嘆，想狂歌，想醉酒。《對照記@1963Ⅲ》輪到寫「監獄」一詞，我先想到的，正是這句話。可文章寫到這裡，似乎高潮已過：有高爾泰這句話，我們還寫什麼監獄？況且，你進過監獄嗎？

嘿嘿。還真進過。此事倒可一說。說的是，一九八三年，有兩個男人，主動投向了監獄。其中一個是我。另一個男人叫李曉嵐，比我大二十歲，是當時衡水有名的作家，寫過獲獎的劇本《臘妹子成親》，寫過獲獎的新聞「飛來的閨女」。在報社我們倆同住一間宿舍，經常深夜神聊，有時還要凌晨一兩點翻報社鐵門而出，去火車站東的站前街，邊喝白酒邊吃油炸花生米邊接著神聊。

一九八〇年代是個文學年代，身邊熙來攘往的人，有的在寫詩，有的在寫報告文學，有的在學西方意識流，曉嵐則喊著叫著要寫長篇小說。他給我講了他要寫的故事。我說你這故事得加點兒愛情。他說乾脆咱就讓男主人公離婚。我說那女主人公的身分能不能不是農民啊，都改革開放好幾年了。他說這沒辦法這就是個農村的故事。有次談到快天亮，他說不能再談了，得把故事寫下來。「我找了一個好地方，」他神祕兮兮地說，「見不著認識的人，沒什麼干擾，自由得很。我去休一個月的創作假，你也去。」他是作協會員，年年都有創作假。我問是什麼地方，他說：「三監獄。」我哈哈大笑，連連稱妙，說那裡面如果有認識的人可就怪了。「也不怪。」曉嵐說，「一個人不認識怎麼能住進監獄的招待所？」

我們倆就住進了三監獄。此獄在深縣境內，距衡水數十公里。監獄是個大院子，南北朝向一排排都是平房。院內有條南北路，路西是辦公區，路東那些又高又寬的瓦房聽說是車間，犯人們天天在那裡上班。時值春夏之交，路旁楊樹擊掌，柳枝依依，我們小心翼翼地在院內散步，看見誰都覺得是罪犯。院子四周是磚砌的高牆，牆上是密密麻麻的電網，水泥牆面的哨塔站立四角。「不要小看罪犯。」曉嵐指了指排著隊列出工的人，「那裡可是臥虎藏龍。」曉嵐認識的那位宣傳幹事介紹說，這三監獄，全稱是河北省第三監獄，建於一九七〇年，主要關押重刑犯，可容人犯數千人。我不明白怎麼會在這裡建一座監獄。曉嵐說，這裡窮啊。宣傳幹事說，領導說在哪裡建方便，就在哪裡建；監獄不怕多，總能找到人住。

獄中的日子，安靜，寂寞。有時候實在難耐，我們倆就在門口搭一輛進城的小拖拉機，悄悄潛入衡水紅旗影劇院，看一場各路走穴明星拼湊而成的文藝晚會，然後連夜再趕回去，彷彿越獄的人無處可逃，只好又回獄中自首。

某日去參觀生產車間，見無數穿著工作服的犯人各自低頭忙碌，寬大的空間裡只聞各類車床的咬嚼聲，不聞人語。正閒逛間，背後突然有人叫我的名字：「洪俠！是洪俠吧？」

我忽然頭大了，感覺頭皮有麻酥酥的電流通過。我僵硬地轉過身去，在一片藍色工作服中尋找。這裡竟然有人認識我。我隱隱發現有一張臉在點頭，在朝我恭恭敬敬地笑。我上前幾步，迅速認了出來。原來是我們鄰村的人，我大哥的學生，我姐姐的同學，我和他也算熟。

「你怎麼在這裡？」一時間我不知說什麼好，沒頭沒腦地問了一句。

他臉憋得通紅，似有話想說，但又不敢，只輕聲問了句：「胡老師還好吧。」

我還沒來得及回答，只聽旁邊的獄警高聲喝道：「幾千幾百幾十幾號，不許和首長說話。」

「是！班長。」我那位老相識先是立正，然後迅速彎下身去，臉深深埋進機床的一側。

走出車間，我問陪同的人，我那老鄉犯了什麼罪。他說不知道。曉嵐則笑個不停，說：「你剛才問的那句話太離譜了。你問人家怎麼在這裡。他要不犯罪能在這裡嗎？」

三十年前的一場獄中邂逅，因要寫「監獄」，又想了起來。那次「監獄式休假」之後，我問過我大哥他學生的事。大哥說，聽說他和本村一個女的搞對象，手腳不老實，讓人告了。正趕上「嚴打」，就給抓了進來。再後來，就是去年，報紙上說，河北深州監獄一重刑犯人越獄，十幾天後抓回。我才知道，三監獄已經改了名稱了。又後來，也就是前不久，曉嵐給我寄來了他在作家出版社新出版的長篇小說《沒有淨土》。都三十年了，他終於把小說寫了出來。我想給這本書寫篇書評，題目是現成的：〈一個自由人，在追趕監獄〉。

十五

移民

福建、新北、宜蘭、花蓮、台北

——楊照

二〇一三年三月，鳳凰台《鏘鏘三人行》的竇文濤和梁文道，特別大隊人馬移師到台灣拍系列專輯，我幫他們安排到宜蘭走走。在宜蘭海邊朋友相見，他們很自然地問起：「你是宜蘭人？」我回答：「我祖父是在宜蘭冬山長大的。」

節目中三人坐在能夠遠眺龜山島的沙灘上閒聊，聊到了台灣的山與海，我順口說：「你們應該去過花蓮，那是我的家鄉……」文濤、文道沒有多問，不過我自己心底難免覺得好笑，他們會不會狐疑：不是才說你是宜蘭人，怎麼馬上又變成花蓮人了？

我是宜蘭人，也是花蓮人，更是道道地地在台北出生在台北長大的台北人。怎麼會這樣？

這牽涉到我們一家的移民歷史，請容我從頭說起。台灣的開發，很自然地是從平原肥沃之地開始，再擴散到丘陵地帶。從方便登岸的西邊先開發，經過了很長時間才轉往高山阻隔的東岸「後山」。我們家祖先清朝時從福建來到台灣，不算太晚，因而最早落腳在今天新北市淡水、三芝一帶，屬淡水河河口沖積地，可漁可農，算是相當不錯的環境吧。然而到了我曾祖父或更前一代，就從淡水河域離開，轉往當時才剛剛開闢的宜蘭。

族譜上不會記載究竟發生了什麼事，到我這一代，家族中對這段過程也全無記憶了。不過可以合理推測，過得順利、混得好的，應該不會捨棄淡水河口，翻山越嶺徙遷到宜蘭去吧！從三芝到宜蘭，顯然比較接近是撤退另尋生路。

祖父的童年，在宜蘭冬山度過。最近十幾年來，冬山在台灣知名度很高。有一段整治得非常漂亮的冬山河岸，每年盛大舉行「童玩節」，孩子們可以在這裡自在、安全地戲水，還可以攀爬刺激的高空吊索，然後坐在大帳棚裡觀賞來自世界各地的戲劇、舞蹈表演。去參加童玩節變成了一代台灣小孩成長的共同經驗。

我小時候看到的祖父童年故鄉冬山，卻完全不是那麼回事。我的印象中，沒有冬山河的蹤跡，只有陰沉沉的天空，另一房的堂叔們居住的地方旁邊有工廠，空氣中彌漫著奇異的金屬味，爸爸說那是做罐頭工廠發出的味道，因為工廠做的不是鯖魚罐頭、鳳梨罐頭或任何罐頭，而是外面那個拿來裝東西的馬口鐵罐。

祖父十二歲那年，我們這一房又離開了宜蘭冬山，遷居到花蓮。算算那應該是一九二〇年左右，距離日據時代的重要工程——臨海道路，也就是後來的蘇花公路，通車都還有十幾年的時間。

為什麼又離開了至少還是蘭陽平原上的據點，穿越當時還沒有行車道路的高山峻嶺，遠走到山背面的花蓮去呢？同樣的，我也找不到確切答案，只能循例合理猜測，或許是在繁衍分支的過程中，曾祖父這一房分不到夠好的田產，所以乾脆再往人煙更稀疏的後山探險找機會吧！

顯然我們家到達花蓮的時間相對較早，因而能夠占居在市區最熱鬧的地區。一九五〇年代之後，台灣到處地名大改變，舊有日本式的某町幾目取消了，代之以中國式命名法。幾乎毫無例外，每個城鎮最主要的三條道路，一定叫中華路、中山路、中正路，而且基於現實權利意識考量，往往中正路又比中山路、中華路來得重要。三條大幹道之外，其他幾條路則依照方位及熱鬧程度，分別習用大陸的地名。我們老家地址是中正路，旁邊則鄰接上海街、南京街，能不熱鬧？

不過再怎麼熱鬧的花蓮街道，畢竟還是無法和台北相比。一九六二年，我出生前一年，爸爸帶著媽媽和當時已經出生的三個女兒，舉家遷往台北。爸爸搬家的理由，我就知道了。一來因為婚後媽媽和祖母相處得不是很好，二來因為外婆是台北人，在台北有一定的親戚照應，有一定的條件可以讓爸媽北上來試試機會。

在一個意義上，爸爸的決定，逆轉了我們家多代以來的移居方向。從福建渡過黑水溝退到海外孤島上，再從淡水河口退到蘭陽平原，再從平原地退到山間盆地。爸爸不再退了，他勇敢地前進至台灣最繁華的中心，在台北的東門，今天的永康街一帶，開了一家文具行，就在那裡，他的第一個，也是唯一的兒子隨後在一九六三年誕生。

我能告訴你一個祕密嗎？

——馬家輝

一九九〇年代我有兩次機會可以留在美國成為「移民」，亦即從「香港人」變身所謂「華僑」，但我都避開了，理由非常簡單，簡單得有點純直可笑。

其一是，我的英語水平實在太差，我不希望在美國生活時由於受限於語言而遭遇不順暢；其二是，我實在太懷念香港的雲吞麵和牛腩河粉，我不願意住在一個沒辦法在半夜兩點走到街頭吃到這兩種食物的異域城市。

打從第一天到達美國，那是一九八九年的八月，我已經知道自己不喜長居此地。

話說那天從香港搭機來到芝加哥，借住於一對香港留學生夫婦家中，時差，睡死了，下午三點醒來時，他們已經外出，肚子餓，換衣出門尋吃，那是芝加哥大學校園旁的小社區，天氣微涼，路上靜寂得有點肅殺，異鄉遊子，打從心底湧起一陣寂寞思家的愁緒感受。

人生路不熟，看見兩間小書店，暫時忍住，過門不入，先把肚子填飽再說；再往前走，看見幾間雜貨店，旁邊有間快餐店，門外有一位身長手長的黑人在抹玻璃，嘴裡哼著歌，藍調，哀幽的藍調，他從玻璃倒影裡看見我，回頭對我展露皓白的牙齒，點頭，笑著，那應是友善的笑容，是的，必須承認或許我有歧視心態，如果那是一位白人，我必會馬上點頭回禮，但那不是，我竟然心生幾分恐慌，急忙把頭低下，眼瞧路面石磚，快步疾走，剩下黑人獨自站著，猜想他仍然望著我的背影，可是恐怕已經收回笑容。好沒禮貌的Chinaman，我猜他在暗暗嘀咕。

再走幾步，好不容易看見一面招牌，上面寫著Choy Suey，我懂，那是「雜碎」，那是中國菜館，終究可以吃回幾口家鄉菜了。

開心地推門而進，墨綠色的木門，斑駁油膩，彷彿已有三十年沒有清潔，窄窄的店面僅有一張小小的桌子，坐著一位肥胖的東方中年男人在專心讀報，《世界日報》，台灣人在美國發行的華文報紙。櫃檯後站著一位乾瘦的東方女子，應有四十來歲了，穿著鮮紅色的T恤，印著麥可．傑克森的頭像，青春的氣息跟她的年齡臉容毫不相配。我一個箭步走到她面前，用廣東話道，「哈囉，有乜好食？有冇雲吞麵？」我以為只要是賣雜碎的中國店的老闆必然都是廣東人。女子斜睨我一眼，擠出微笑，沒有答腔，我沒法確定她是否聽懂，倒是先前完全沒把我放在眼內的男子側臉對我說，用的確是廣東話，道，「冇呀！只有炒河粉，炒飯，炒雜碎，你想食乜？」

心情一沉，但又想，都可以，總比吃三明治和漢堡來得好，於是掏錢買了一客牛肉蛋炒飯，五塊五美金，在那年頭，對留學生如我來說，好貴。女子收錢後走進廚房，不到五分鐘已經弄出炒飯，嘴裡說著腔調濃重的英音，應是越南口音，我猜她是老闆娘，男子的老婆。怪不得炒飯難吃極了，飯粒像沙子，牛肉似橡皮圈，嚼啃起來有如用牙齒咬斷一塊粗布，彷彿胃裡淹水，需要用布把水吸乾。那一刻，坐在男子前面的椅子上，我幾乎自憐得流淚。

勉強自己把飯吃完，離開炒雜碎，到旁邊的超級市場購買生活用品和吃喝雜物，琳琅滿目的瓶瓶罐罐，然而看在我眼卻是滿目冰冷，絲毫引不起我的興趣，匆匆挑選了一些必需品後到最前頭的櫃檯付帳，喉頭忽然咕嚕一聲，癢了，想抽菸了，直接用英語向黑皮膚的收銀員探問，do you have cigarettes ？（你們有賣香菸嗎？）

收銀員的第一個反應是眉頭一皺，眼睛一瞪，如墮五里霧中。

我知道她聽不懂，立即把問題重複一遍，do you have cigarettes ？

收銀員再次眉頭一皺，聳肩，然後身子往前一傾，把臉伸向我的嘴唇，我還以為她要向我索吻。

但當然不是；她只是準備聽我把「祕密」說出來。

萍水相逢，我能夠說什麼祕密？

當然不能。原來她把我的那句英文聽錯了——不，準確地說，應是我把那句英文說錯。我把 do you have cigarettes 說得極像 can I tell you a secret（我能告訴你一個祕密嗎），非常唐突，非常搞笑，而友善的她沒有登時翻臉，反而願意聆聽，卻又令我於尷尬之餘稍稍感到溫馨。

就是從那一天開始我已明白，移民非吾願，憑我天生的這根連普通話也沒法講得七成標準的笨舌頭，唯一能夠快樂生存的地方顯然只有嶺南地帶，尤其只有香港。像動物世界的所謂「銘刻」效應，imprinting，第一次的難受遭遇足以影響終生，當時厭棄了移民，故當兩回機會來時，我都毫不猶豫地拒絕了移民。

別笑我，我的英語真的差。在美國教學時，儘管曾經多番取得大學的最佳助教獎之類，但我是一個能把「important」（很重要）唸成「impotent」（性無能）的東方老師，洋孩子們哄堂大笑，我恨不得把頭埋到書桌下面，憑此劣績，我的唯一生路恐怕是，唉，遠離美國。

聽著聽著，我們就糊塗了

——胡洪俠

活到今天，許多當年不認的東西現在漸漸都認了：認命，認傳統，認緣分，認自己，也認了「歷史是筆糊塗帳」這句話。歷史會糊塗，緣由有三：其一，歷史本來就有些不清不楚；其二，不知不覺中，歷史就糊塗了；其三，總有人不希望歷史清楚，總有人不停地掩蓋，不斷地摻假。大歷史會糊塗，小歷史也會，而且更容易。比如我們村的歷史。

我們村地處衛運河西岸，誕生時叫胡官大屯，現在叫胡官屯，那個「大」字不知何年何月給弄丟了。胡官大屯歷來屬山東管轄，和孔子、孟子，和梁山好漢一百單八將，和西門慶與潘金蓮，和海源閣藏書樓，同屬一塊土地。誰想到了一九六四年，我們村又歸了河北。村名又有何來歷？地名志上說：「據查，明成祖時，此處是明將胡大化封地，後人們定居此處，得名胡官大屯。」我們的「糊塗」不妨就從這裡開始。史志編纂者怎麼查的我不知道，翻那本厚厚的《明人傳記資料索引》，我根本找不到胡大化的名字。村裡人說，胡大化是明朝開國名將胡大海的弟弟，當年跟著燕王朱棣掃北，戰功赫赫，封為「胡大官人」，所以有胡官大屯。可是，到處都可以找到胡大海，偏偏就找不到胡大化。史書上連胡大海將軍的養子都誇了幾句，他若有親弟弟，豈有不提之理？史書上反而有胡大海「絕後」的定論，說他的兒子一為朱元璋所殺，一為叛軍所殺。他若有親弟弟，這弟弟還有名望有封地，史官焉能視而不見？清朝倒有幾個叫「胡大化」的，可是我們的爺爺的爺爺的爺爺們不認，他們一定覺得，讓祖先攀上大明朝開國元勳胡大海才算靠譜——靠了族譜。

還有，我們這「胡」姓又是從何而來？聽村裡老人說，我們這「胡」，乖乖隆裡咚，那可不得了。我們的祖先原是安徽人，後來跟著朱皇帝南征北戰，到了這無山無水、十年九旱的破平原。他們又說，我們的先人是從山西那邊遷過來的，那地方叫洪洞縣老鴰窩，那老鴰窩有顆大槐樹，那大槐樹下有人指著我們的先人說：「你們要遷往的地方，叫胡官大屯。」唉，這可是又糊塗了。不是說是胡大化的封地嘛，怎麼又成了山西分派過來的移民？這胡官大屯和我們胡姓先人到底誰先誰後呢？

說起這「先後」，又有一個極重要的糊塗處。最近在網上看到，胡官大屯原是有一座千年古寺的，古時還有「先有臥佛寺，後有胡官屯」的說法，這對我可算是聞所未聞的「千古奇聞」。網上說，村裡的臥佛寺始建於明朝前，歷任住持都由北京潭柘寺派來。最後的一名住持仙逝於一九五六年。這臥佛寺曾毀於火災，萬曆皇帝撥給銀兩重修過，修好後有九間正殿，東西南又各有廂房三間。又說，建寺之碑和重修之碑一九五八年讓人給毀了，這臥佛寺的歷史已無文字紀錄可查。網上那帖子一定是我們村裡人寫的，帖主說：「為了弘揚悠久的中華歷史文化，期盼再次重修寺院，使其再展光輝。我們全村都想證實以上的話。如能證實有利於我們重修古寺。」我也想證實這帖子所說屬實，我也想在胡官大屯重修臥佛寺，管它二者誰先誰後，可是，這一堆相關的信息太讓人糊塗了。換句話說，我的糊塗那是相當清楚的。再換句話說，我的糊塗是需要徹底弄清楚的。

當然，歷史也不總是一塌糊塗，有些事也可以變得清楚一些。比如，總有人說我長得不像漢族，而是像匈奴，像鮮卑。可是證據何在？現在有了：如果我們的祖先真的是胡大化，而胡大化又是胡大海的弟弟，那麼，天呢，我們是有波斯血統的！史書上說得明白：胡大海，字通甫，虹人，長身，鐵面，智力過人，祖籍波斯，其祖先隨蒙古軍來華……一九八〇年代我曾為自己家沒有「海外關係」而洩氣，現在好了，我們不需要「海外關係」了，我們自己就是「海外關係」。

喜歡編造歷史的人最願意讓歷史成為一筆糊塗帳，因為歷史愈糊塗，編造起來就愈容易。如果有一天，我老無所依，移民總是移不到春天裡，我可能會當眾講出下面一番話，諸位千萬不要相信：

「各位，我胡洪俠學問不好，可是我大哥厲害啊，這也足以讓我青史留名了。他名叫胡洪騂，是著名的學者，是大詩人，是歷史學家，是哲學家，是文學領袖。他的墓誌銘中有這樣的話：『這個為學術和文化的進步，為思想和言論的自由，為民族的尊榮，為人類的幸福而苦心焦思，敝精勞神以致身死的人，現在在這裡安息了！我們相信形骸終要化滅，陵谷也會變易，但現在墓中這位哲人所給予世界的光明，將永遠存在。』說得多好。我大哥聽了一定高興。怎麼？各位不知道胡洪騂？對了，忘了告訴各位，我大哥後來改了名字，叫做胡適！」

十六

英語

「學英文為了讀這種書？」

——楊照

那應該是大學四年級剛開學時吧，已經認真考慮要到美國留學，養成習慣在文學院圖書館定期查看幾本重要的英文期刊，在JAS（亞洲學會年報）上看到一則通訊消息，說一本講明史的書獲提名「美國全國書獎」，那本書題名為《*1587: A Year of No Significance*》（台譯為《萬曆十五年》，黃仁宇著）。

我知道「全國書獎」，那是美國出版界的重要大獎，我還聽說過、讀過幾本得過這個大獎的小說。這樣的大獎，怎麼會提名一本寫中國歷史的書，而且這本書還是由耶魯大學出版的，顯然不是什麼通俗的野狐禪。好奇心驅使下，立刻去查了藏書卡片，如我所料，書太新了，文圖裡沒有。如果是以前，鼻子摸摸就算了，反正圖書館裡還有那麼多我沒讀過、我想讀的書，不差這一本。然而在那個節骨眼上，突然記起來，文圖規定：大四學生、研究生和老師們，有權可以填圖書請購單，我剛升上大四，剛具備這項資格，應該用一下等了三年才等到的權利吧！

我在櫃檯要了請購單，填好交出去。剛開始還不時會去問問、查查書來了沒，左等右等等不到，慢慢也就忘了。上學期過去了，寒假也過去了，下學期過得特別快，因為比別人早考期末考，準備畢業。畢業手續中的一環，是到圖書館繳回借書證，突然櫃檯的小姐給了我一個歉意的笑容，說：「真巧，你上次填訂購單申請的書，昨天登錄上架了。」

真巧？真不巧吧！小姐問：「你要放棄先借這本書的權利嗎？」我直覺鬧脾氣地反應：「不要，就算借出來就馬上還你，我也要第一個借這本書！」小姐笑了，安慰我：「不用馬上還我，你可以把書帶出去，翻一翻看一看，還是帶去影印店什麼的，都好啊！」要是這麼明顯的暗示都聽不懂，也沒資格從台大歷史系畢業了吧！我借了書，出了校門，進影印店把書交給另一位櫃檯小姐，在那個還不講究版權的時代，大剌剌地交代：「麻煩全本影印。」

書印好了，一落影印紙堆在桌上，沒有歸還的壓力，反而就不急著讀了。畢業沒多久，去高雄鳳山報到，在步兵學校受訓。受訓兩週之後，發現其實就連最累的入伍階段，都有不少無所事事的零碎時間。入伍後第一次回台北，除了急著想見女朋友之外，也急著想找幾本書帶到步校去。突然，桌上那一疊影印紙映入眼簾，給了我一個靈感。對啊，我可以把A4大的影印紙摺成四摺，那就不只方便放入隨身袋，甚至還可以放在胸前的口袋裡。

我真的就用這種方式，讀了那本英文的《*1587: A Year of No Significance*》，有了一番奇特的閱讀經驗。紙頁以字朝外的方式摺得小小的，每一面大概只有十來行英文字，看完了就得翻過來改摺面。而且通常能夠有的閱讀時間，大概就是三、五分鐘，找到上次讀到的句子，回想起這段在講什麼，繼續讀個幾行、翻摺一兩次，值星官的哨音響起，不管讀到哪裡，甚至沒辦法把一個句子讀完，就得趕緊收起紙張加入團隊集體行動。

而且這樣的閱讀還差點給我帶來大麻煩。有一次收紙入袋的動作慢了點，被值星助教注意到，點我名：「看情書看到聽不見口令！」我忘了部隊裡絕對不能頂嘴的鐵律，脫口辯白說：「不是看情書。」這下糟了，值星助教命令我出列，在全班隊面前把我看的紙拿出來，內容唸給大家聽。我要怎樣唸？我猶豫著，值星助教就說：「你不唸，那交來我幫你唸。」這下更慘了，我交也不是，不交也不是。不交是抗命，交了呢？

我交了，果然值星助教臉色一陣青一陣白，他怎麼也沒想到上面是他唸不出來的英文。他先是諷刺：「喔，大學預官不一樣，很了不起，看英文的，上面沒有一個中文字，一個都沒有呢，很厲害嘛！」接著惱羞成怒，大叫：「你當這裡是哪裡？部隊裡私藏外文資料，是嚴重違紀的行為，可以送軍法的你知不知道？立刻去向輔導長報到接受調查！」

揣著忐忑的心，我去了輔導長室，結結巴巴報告了事情經過。剛從政戰學校畢業兩年的中尉輔導長的反應，出乎我意料。他看了看我交上去的紙頭，說：「媽的，這麼難的英文我哪看得懂！你跟我說上面到底講什麼吧。」我還真想告訴他：那是美國軍校的教典。當然，我沒那麼大膽子扯這種謊，只好盡可能簡單地介紹 Ray Huang（黃仁宇）的書究竟在講些什麼。講了半天，輔導長擺擺手，說：「去吧去吧，學英文為了讀這種書？還真怪呢。」

坐在木椅上，臉色慘白

——馬家輝

有些情景有些感覺說淺不淺說深不深，卻總纏繞於腦海心頭，每每遇上類似場面必立即像跌進陷阱般重回往昔，恍如昨日，再一次體會當天的強烈情緒。執筆忘語，正是其一；而忘的是英語。

中五畢業那年，亦即內地和台灣的高中二年級吧，考過了中學會考，成績不弱，可以申請升讀中六和中七，再挑戰一個高等程度考試，成功了，便可進入大學。我讀了五年的佛教中學未能提供中六和中七課程，唯有轉校，成功申請了另一間天主教中學，那是好學校，但以校規嚴苛著名，我到校務處預繳學費訂金，九十元港幣，我掏出一張一百元，男訓導主任竟然板起臉孔罵人，怎麼不自備零錢？你以為這是銀行，有那麼多零錢跟你找換嗎？

天啊，一百元減九十，你只須找我十元，我「多」你「少」，於理於情皆合宜，怎會這麼橫蠻無理？這位老師真是凶得莫名其妙。年少氣盛，我生氣了，拒絕入讀，改投到另一間沒有宗教背景的政府中學，該校的成績等級遠遜於前者，我有點「紆尊降貴」，在客觀上吃了大虧但自己並不覺得。

一個於怒氣下所做的決定，對我日後的成長路途，影響不輕。

但更不輕的尚在後頭呢。

話說進入該校就讀以後，非常快樂，文科班有三十多位女同學，卻連我在內只有三個男生，陰盛陽衰，每天在女生之間嬉笑周旋，對我這樣浪蕩子來說，簡直如同魚入水中，跳躍自如。所以我暗暗明白，當天之轉校決定或許跟訓導主任的盛氣凌人無關，而只是我不喜歡天主教學校只收男生，我討厭男校，我喜歡女生，所以轉把浮名換了淺笑輕談。

然而攸關前途的影響變化跟女孩子無關，我並未令任何女同學懷疑或自殺，皆是過客，她們於我是，我於她們亦是，畢業後便兩不相干。真正的影響發生在圖書館。那間政府學校有一間不錯的圖書館，安靜，書多，至少有我愛讀的胡適、魯迅、巴金、殷海光之類，我發現這個寶藏後，不僅把許多用來拍拖的時間改用於閱讀，甚至連許多課堂都懶得去上，地理、中文、中國歷史、西洋歷史、經濟學，能夠逃開的課我都逃了，除非老師點名，否則我都不去。而中學老師通常是會點名的，所以我頂多有膽量逃開百分之二十左右，唯恐被罰，未敢過於猖獗，然而英文課例外，老師徹底採取放任政策，學生來去自由，她全不理會，所以我是肆無忌憚地避不露臉，完完全全把英文課的時間消耗在圖書館裡。

台大畢業照。1987 年。跟相戀四年的女朋友分手。交了其後為妻的女朋友。

聽來非常文藝也非常浪漫，對不對？

對極了，確是文藝，實在浪漫。但如同香港電影所說，「出來混，早晚要還」，逃課總有代價，天真的我一心以為學英文等於學游泳或騎腳踏車，學懂了便學懂了，不會忘記，不必練習，殊不知，我錯了，英文的讀寫能力皆會退化。讀完中六和中七，經過兩年的閱讀深思，來到「高等程度考試」之日，我的中文和中國歷史知識進步神速，臨場揮寫，如有神助，輕易取得優良成績，但我的英文考試則剛相反，完全報廢，像清水在太陽光下完全蒸發殆盡。英文考試大概有三部分，文法修訂和閱讀理題，那還好，因為是選擇題，我可以亂猜亂填；再來是聆聽題，我可慘了，由於疏於練習，耳膜像被水泥封閉了般成為「英文絕緣體」，幾乎聽不懂半句英語，我當場呆住，雙目無光，如果當時有手機自拍這玩意兒，肯定拍出我的慘白臉色。

最後一部分是作文題，那就更不堪了。拿著筆，對著紙，好久，好久，真的是好久好久我都寫不出半個英文句子，單字是懂的，但擠來擠去就只是那幾個簡單詞彙，而且沒法把詞彙拼湊成句，最後只能胡亂寫了一堆像密碼般的東西交差，甚至故意把英文寫得有多潦草就多潦草、有多微小就多微小，暗盼閱卷員因為懶得耗神細察我的龍飛鳳舞而馬虎地打個合格分數。

我果然合格了，但就真的只是剛好合格。由於我的中文、中國歷史、經濟學等科目都成績不錯，足以報讀香港大學，如果英文等級稍佳，便可直接錄取，不必經過面試，但我不符此例，必須來到大學課室內接受幾位洋教授的英語「盤問」。而我，一如所料，通不過，沒過關，幾乎半句英語說不出口，唯有轉投浸會大學的傳理學院。

我後來為什麼沒有留港讀書而前赴台灣升學，是另一個我重複述說了N遍的故事了。而我從未公開說過的事情是，如果當年不囂張逃課，我的英文考試分數應可不止於合格；如果英文成績不止於合格，我應能順利入讀香港大學；如果順利被港大錄取，我應不會到台灣讀書。一個如果接上另一個如果，往後三十年的生命路途被徹底改變，而這一點，當天坐在試場木椅上執筆忘英語，臉色慘白的我，肯定沒法預料。

「多餘」　——胡洪俠

「今晚學了一句英語，明天不知是否還記得住。The truth will set us free（真相必將讓我們得到自由）。」二〇一一年八月三十一日深夜，我發了這樣一條微博。很快有人轉發，有人評論，有人尋根溯源，有人借題發揮，都正常。唯有一條評論讓我很尷尬也很慚愧。那博友說：「最後括弧裡的字多餘。現在誰不會英語呀。」

原來，現在已是說英語寫英語都可以不用翻譯的時代，我這裡還畫蛇添足附上譯文果然是落伍了。可是我每天大用特用漢語時為什麼沒有落伍的感覺？如此看來，我哪裡是落在了時代的後面，簡直是甩到了時代的外面。

快五十歲的人了，讓自己心甘情願承認落伍確實有些早，但要逼著自己死活也要走在時代前面顯然又太遲了。那天晚上眼盯微博評論中的「多餘」二字我想了很多；我甚至大吃一驚：早先讀的書，英語常常躲在漢語句子後面的括號裡；後來，英語扶搖直上，將愈來愈多的漢語擠到了括號中；現在，漢語想裹著括號跟在英語後面都難了，都給說成是「多餘」了。像我這樣英語很差又想好好寫寫文章的人，身處數千年未有之大變局中，是不是已經成了「多餘人」？十九世紀俄國社會轉型時期知識份子中的「多餘人」特別多，普希金《葉甫蓋尼．奧涅金》中的奧涅金，萊蒙托夫《當代英雄》中的畢巧林，赫爾岑《誰之罪》中的別里托夫，屠格涅夫《羅亭》中的羅亭，岡察洛夫《奧勃洛摩夫》中的奧勃洛摩夫等等，都是。郁達夫小說中「零餘者」的形象也有一大串，他們喜歡在「春風沉醉的晚上」傷感，然後沉淪。「多餘人」或者「零餘者」有夢想，想做事，無奈眼高手低，心高命薄，知多行少，憤世嫉俗，無力回天，自哀自憐。我倒不是因為自己英語差，就去高攀「多餘人」或「零餘者」，我只是猜測，在英語成為大時代通用語言的今天，那些沒趕上學英語或英語沒學好的人，會不會成為新世紀另一類「多餘人」或另類「零餘者」？

我屬於英語沒學好的人。本來還算走在時代前面，無奈光有天時不行，沒有地利，沒有人和，學英語先就學成了「啞巴」，然後學成「聾子」與「瞎子」，終究是廢了。一九七八年前後我已經開始學英語，當時上高中，學校開了英語課，我覺得好玩兒，學得也就起勁。小學語文課我第一課學的是「毛主席萬歲」，高中學英語第一課學的還是這句話。我的興趣由此而生：「萬歲」是 long live，「萬萬歲」是 long long live，那「我是你爸爸」英語怎麼說？「你是我兒子」呢？那時候高考英語還只算參考分，所以英語課像娛樂課，同學們怪腔怪調相互調笑，誰也不認真，扭頭說一句「I am your father」之後，低頭就去啃「數理化自學叢書」了。可是我很認真。高考臨近，我不管數學也不管歷史和地理，竟然借來一本薄冰、趙德鑫編的《英語語法手冊》，從頭到尾抄了一遍。我想像著有那麼一位判卷老師，他看我數學成績很差，但英語很好，即大筆一揮：「錄取。」類似沒技術含量的白痴型白日夢我做過很多，沒任何使用價值時我竟然苦苦自學英語只算是其中閃亮的一個。

後來就醒了，就知道要為考試學英語了。一九七九年十月我給父母寫信，提到學英語的事：「我們學校不開英語這門課，但是我想自學……自學英語是困難的，尤其是這裡沒有收音機，但我一定克服困難，用兩年的功夫攻過英語這一關。」我平生第一次買書「豪舉」，也獻給了英語。那時學校每月發十四點五元的生活費，我竟然花六元買了一部《新英漢詞典》。為了不挨餓，只好又寫信給家裡要錢。「前幾天，我沒來得及給家中商量，就走後門買了一本《新英漢詞典》，價格是六元。」我在信中寫道，「看來是夠昂貴的，但買這本書我終身受益且終身無憾。現在英語我已自學到中級班，我那本《英漢小詞典》遠遠不能滿足我的要求。這本詞典是目前我國最大的一部英漢詞典。望二老不要責怪我，也不必擔心這是白花錢。雖然咱們家庭條件差，但這樣的好書我不能不買。二哥來時，給了我五元錢，買書前已花了一元，這樣，又借了兩元，我才算把書買回來。我這樣想：背心暫時可以不買，但書一定要買，雖然還得借錢。……家裡人對我瞭解也好，不瞭解也好，我認為我買書是對的。現在又花了六元錢，自然還得家裡幫助。還得給我捎五元錢……」

都是三十多年前的境況與心思了。那時家裡真窮，手頭買書的錢真少。剛剛我在書房裡上竄下跳想找出那本《新英漢詞典》，和自己的「過去」溫存一番，可是竟然找不到。算了，讓它安安靜靜地躲在角落裡吧。畢竟是「英漢」，慢慢也會變成「多餘」的書的：君不見，現在書店裡暢銷的已經是「英英」原版詞典了。

十七 住宅電話

「啊你旁邊那個女孩是誰？」——楊照

應該是我小學五年級時，家中有了電話。或者該精確說：店裡有了電話。雖然店和住家只隔著窄窄，大概八公尺的巷道，然而裝在店裡的電話，感覺上就是做生意需要的新工具，和我們的生活沒有太多直接的聯繫。

電話線牽妥了的那天，我試打了一通電話，給住在隔壁巷的一位同學，他們家開修車廠的，所以比我們更早就有了電話。我完全記不得：打過那通純粹「嘗鮮」用的，不具任何功能意義的電話之後，我的第二通電話是什麼時候打的了。

我一直沒有具體、切身感受到電話存在，會帶來什麼變化。同學們每天見面，一起在學校裡上了八堂課，還要一起到老師家補習寫功課，弄到五點多才分手，哪有需要打電話？就算真的需要聯絡什麼事的話，同學幾乎都居住在十分鐘步行可到的附近範圍內，出了門直接到他們家去，再簡單不過，幹嘛透過電話？

年紀再長一點，我也遲遲沒有因為對女孩發生興趣，跟人家在電話兩頭聊天的經驗。沒辦法，太早就受到書籍的毒害，愛讀書、愛寫字，先入為主覺得寫信才是正道王道，比講電話有氣質有水準多了。

真正第一次具體感覺電話的作用，是高中一年級的暑假。我像發神經般報名參加了兩個梯次的救國團暑期活動。報兩個梯次不算發神經，畢竟每個梯次活動的時間只有五天，加起來也不過就是十天不在家，跟兩個月的暑假時間相比，不算誇張。發神經的是我報名的兩個梯次，都是健行活動，而且都是徒步走中部橫貫公路的健行活動。一個梯次從梨山走到武陵農場，另一個梯次再從武陵農場走到花蓮。

這意味著我會花十天的時間，走完中橫的東半段。不過那走法是，先走了一段，回到台北，等幾天之後，才再度入山去走另外一段。死黨同學們都覺得我瘋了，喜歡中橫沿途風光，也不必喜歡到這種程度。我只能搖搖頭反應：「你們不瞭解，你們無法瞭解。」無法瞭解多年來，我每次搭公路局班車行駛中橫時的心情悸動。怎麼會有如此壯麗卻又如此秀美的景色，高高低低不一樣，不同角度看過去也不一樣。在秀姑巒溪山谷，我的眼睛、我的大腦不夠用，一直感覺到有好多風光在我來不及觀看與存記前，就無情地消逝在我身後了。我總是在心底喊著：「慢一點！」儘管車子在蜿蜿蜒蜒的山路上本來就開不快。我總是在心底喊著：「停一下！」儘管明明看到了狹窄到很難對向錯車的山路，根本不會有能夠停車的空間。

死黨同學們不瞭解、無法瞭解，也就沒辦法說服他們陪我去。那也無所謂，反正獨自一個人安安靜靜走在那樣的大山大水間，沒有打打鬧鬧，更能專心領受。

然而，死黨同學們沒去，我卻也不是獨自一個人。我參加的到底是救國團辦的團體活動，幾天中隨時都在團體裡。最後一天抵達花蓮之前，我們那個小隊裡，每一個人都知道花蓮是我的家鄉。中午過後我們到了花蓮農校，行程的最後一站，隊上幹部宣布：下午自由活動，大家可以留在農校裡休息，也可以去逛花蓮市區，晚飯前回來就好了。晚飯後是惜別晚會，然後明天一早搭車返回台北。

理所當然，我身邊聚攏了幾個人，有男有女，熱切地期盼我領頭帶他們逛花蓮，我無法拒絕。從農校走出來，走到中華路口，越過鐵路平交道，進入花蓮市最繁華的區域。大概過了一個多小時吧，我看到馬路邊的一具紅色公用電話，突然想起出發前媽媽交代的：到了花蓮，要記得去叔叔家打個招呼；還有，要打電話回家報平安。

我把身上有的銅板都投進電話裡，撥了號碼，那頭響了一聲，媽媽就接了起來，我才說「喂」，媽媽就拉高嗓門問：「為什麼還沒去你叔叔那裡？叔叔已經不高興了。」我愣住了，不知道該如何回答，緊跟著，媽媽的音調更高了，問了一個我更是回答不上來的問題：「啊你旁邊那個女孩是誰？」

花了三秒鐘，我才想通了這是怎麼回事。顯然當我帶著這些隊友們走在花蓮街上時，在我沒察覺的情況下，已經有親戚發現我了，立即撥了電話告訴叔叔，叔叔又馬上撥了電話到台北通知媽媽，轉述中就變成：我正帶著女孩子在花蓮逛街！

唉，這證明了花蓮真是我的故鄉，還有，證明了電話真是件方便得恐怖的東西。

電話情仇

——馬家輝

家裡的電話有多久沒響過了？

應該至少兩個月了。七月上旬，大約凌晨兩三點吧，一陣鈴聲像催魂般把我從熟睡裡吵醒，電話就放在床頭，閃亮著小小的紅燈，如幽靈的眼睛，猙獰地望著猶在半昏迷狀態裡的我，我沒戴眼鏡，一千度近視，朦朧一片，心頭湧起莫名的恐怖感。去他的，好夢正甜，左擁右抱，財富滿屋，所有潛意識裡的願望與欲望皆在眼前，活生生地被拉回現實世界，沮喪到真想自殺。

垂頭喪氣一把抓起電話筒，喂，搵邊個（意即找誰）？

原來是大學宿舍的警衛。不得了，馬sir，你沒關妥車門，燈亮起來了，車頭也發出嗚嗚響聲，有學生打電話投訴，萬分抱歉，能否請你處理一下？

是這樣呀，對不起對不起，我馬上來！

掛斷電話，換衣衝到地面，豈料步出電梯時才記起忘記攜帶車匙，唯有再度回家取匙，再下樓，趕往車子旁邊，但才走兩步，忽然想起，既然車門打開了，還需要車匙嗎？剛才是白跑了一趟。

好不容易安頓好車子，門關妥，聲沒了，深夜的宿舍社區恢復寧靜，我抱頭遁竄回家，隱覺四周樓房必有許多學生隔窗看我出醜並且哈哈大笑。身為大學宿舍的舍監，向來只有由我投訴年輕人過於嘈吵，從沒料到會倒過來，讓大學生嫌棄舍監擾人清夢。我真是一個失敗的大叔，在大學宿舍管理史上留下一筆尷尬的腳注。

自從有了手機，住宅電話確實甚少派上用場，不管是親人或朋友或同事有事聯繫，理所當然地撥打手機號碼，除非發生類似半夜救車這類緊急危機，否則絕對不會致電家中，以免翻臉。住宅電話早已成為「救亡電話」，像武俠小說裡的救命錦囊，唯有在危救之際才會拆開求助。

這其實對於家庭和諧甚有助益，一人一手機，積極地看是方便聯絡溝通，你找我我找到你，而且可以互發短訊，文字傳情或傳怒，不必惡言相向或肉麻對話；往消極方向想，則是不必由於電話被家人占用而挑發矛盾，你不妨礙我我不妨礙你。各有天地，相安無事。

年少時代我便曾經因為占用電話跟姐姐狠狠地吵了一架，喔，比較準確的描述應該是倒過來，因為她占用電話而引爆衝突。姐姐比我年長不到兩歲，但早熟，十五、六歲已經拍拖，戀愛中的女孩子最喜歡做的一件事是電話談情，每天放學回家，晚上如果不在外頭約會，便是坐在家裡透過電話筒跟男朋友約定今世今生講個沒完沒了，彷彿不把口水講乾講盡不肯掛線，彷彿一旦掛線便是天涯海角不再相逢，然而，當事人陶醉於甜蜜星河，其他需要使用電話的家人卻喊苦連天，初時焦灼，繼而憤怒，最後干預，終於免不過一場激烈對抗。

好多回了，媽媽因占用電話之事跟姐姐吵得火爆，某夜則是由我發難，要求她暫停談情，騰出電話，而她一如所料是不理不睬，不知何故我竟然憤怒失控，猛然伸手按鍵，活生生地截斷她的線路，令她的情話戛然而止於半空之中。我還記得她瞪起一對大眼睛死盯著我，不敢相信我這位性格尚算溫順的弟弟竟然魯莽如斯；我把她瞪回來，我的眼睛比她的小，卻比她的凶狠。

「有冇搞錯呀！」她怒罵。

我回道，「應該是你有冇搞錯呀，這麼自私，不理會別人的需要！」

有冇搞錯。有冇搞錯。廣東人最喜歡用這四個字罵人。你搞錯來，我搞錯去，就這樣互罵互瞪了十多分鐘，終於，她按捺不住，執起那個又厚又沉的電話座機往我頭上丟擲過來，因被插線牽繫，座機丟不出去，轟隆一聲掉落地面，把兩人都嚇了一跳，她是女孩子嘛，當然立即失聲痛哭；我是男孩子嘛，第一反應當然是罵髒話，我清楚記得自己罵了什麼，但，太髒了，這裡寫不出來，總之是非常具備侮辱性和攻擊性的幾個字，把她罵得臉色一陣青一陣白，然後嘩一聲叫出來，從沙發上跳起來，往前衝，把我推開，直回房間，砰一聲把門關上，房內繼續傳出哭聲，而我，獨站客廳，自知理虧，手足無措，輪到我的臉上一陣青一陣白。

年輕姐弟之間的衝突通常經由冷戰解決，互不理睬幾天，終於經由飯桌上的故作不經意的搭嘴而解開死結，一句笑話，一座怒怨冰山即在笑聲裡融化無形；即使沒有如初，總算已經和好。

我的姐姐，十八歲便結婚了，十九歲當母親，兒子二十一歲時她才剛滿四十，笑稱自己從此「回復自由」，仍有許多無牽無掛的歲月可以享受生命。所以她經常勸告女孩子早嫁人早生子，包括對她的侄女，即我的女兒，一樣。

「從今天起，做個有宅電的人」——胡洪俠

滿屋滿牆的書架完工了，清一色的柚木地板鋪就了，西班牙雲石燈也裝好了，幫忙裝修的朋友愉快地嘆了一口氣，說，你這新房子，可以申請選號碼、裝電話了。我聞聽此言，一愣。

那是一九九八年盛夏的一天。窗外深圳的陽光白得刺目，灼熱異常，據說把立交橋都晒裂了；大綠化帶裡剛栽種的榕樹與滴水觀音一株比一株無精打采。這個剛剛入住的住宅小區，此時正是熱氣騰騰的裝修工地，電鋸聲和衝擊鑽聲之刺耳，之鬧心，之撕肝裂肺，不知勝過四面楚歌多少倍。闖深圳六年之後，總算有了一套屬於自己的房子。裝修設計時，我什麼都想好了，比如，這不是一套住宅，這是一間大書房；這是不區分客廳飯廳的房子，全是書房；也不存在嚴格意義上的臥室或客房，環室皆書房也！可是，我從來沒考慮電話的問題。我需要有一部住宅電話嗎？

記得一九九〇年研究生實習時，我們那座小城名片業初興，一小哥們開了個四通打印門市部，主動說要給我印一款名片。「其他你都不用管，我都知道。」他說，「報上宅電來。」「什麼是宅電？」我問。「住宅電話啊，」他說，「都說研究生傻，你不至於傻得連宅電也不知道吧。」我嘿嘿一笑。不知道宅電有什麼稀奇。不知道宅電，是因為我沒有宅電，多簡單的道理，和研究生傻不傻扯不上。我知道一些領導家裡有電話，但我不是領導，我為什麼要知道什麼叫宅電？一九七〇年代我十幾歲時才第一次摸到電話，那是河北省故城縣軍屯公社胡官屯大隊革命委員會的辦公電話。黑色的，搖把子式的，聽筒對嘴的一端包著紅綢子。滋滋滋，先搖幾圈，然後拿起聽筒，雙手握緊，屏住呼吸。起初裡面只有電流聲，一會兒就有一女聲橫橫地

1995年，在報社公寓。第一次宿舍裡有了電話，感覺很爽：坐擁書城之外，又有決勝千里之氣概。

問：「要哪裡？」我不敢出聲。我哪裡知道要哪裡，我只是偷著玩一下電話而已。那是我和電話的初相識。後來，去郵局打過長途電話，在辦公室接過工作電話。至於宅電，那是要先有宅才行。而這住宅，又豈是那麼容易有的？單位分給的住所，叫宿舍，不叫宅。即使你排了幾年隊終於住進了宅裡，級別不夠也不配有宅電。小時候的搖把子電話對我來說是玩具，長大了，才知道宅電是權力，是身分，是待遇，是名片上可以炫耀的信息。在北京住人民大學研一樓，十層高的樓，多少間宿舍，多少個青春男女，電話卻只有一兩部，都在樓門口的傳達室裡。我們對傳達室老大爺的態度特別好，有時還獻媚似地敬根兒香菸，因為他掌管電話。宅電？宅電於我有何關係哉？我對那小哥們說：「名片嘛，你把我名字印上就行，其他的少囉嗦。」

一直等到來了深圳，等到有了自己的手機，我還沒有真正屬於自己的住宅。現在好了，有住宅了。但是，姍姍來遲的新房子裡還需要宅電嗎？有手機還不足夠？而且，聽說，宅電的初裝費很貴。朋友說：「家裡總得有部電話才像回事。你不想想，過去輪得上咱們這樣的人家裡裝電話嗎？」

我如雷轟頂一樣地明白了：「對啊。我名片上沒有宅電號碼已經很多年了。」

「現在的電話初裝費已經很低很低了，不像過去，動不動就大幾千。」

「好，那就裝一部。媽的，從今天起，做個有宅電的人。」

「現在電話真是不值錢了。聽說還有新規，一個家庭可以申請三個號碼，裝三部電話，只收一部電話的初裝費。」

「有這樣的美事？那我就裝三部。反正不裝白不裝。」

「你有病啊！」朋友終於忍不住了，「你一百多平方米的房子，要裝三部電話？」

「這不都你說的嗎？說過去多麼多麼難，現在多麼多麼容易。既然容易了，就過把癮。你去給我選號去吧。」

他那裡跑去電信營業大廳選號，我開始琢磨這三部電話的用途。客廳裡用一個號，那是公開的，對外的，印在名片上的。主臥室用一個號，那是隱私的，保密的，沒幾個人知道的。第三個號，專門用來電腦上網，免得和正在通話的號碼衝突。此時手機響起，朋友在營業大廳給我一個一個報號碼，我心情淡定，指揮若定，挑三揀四，將我的三個寶貝宅電號碼最終圈定，痛痛快快地交了三份額外的選號費。那一刻，憶苦思甜，心中豪氣頓生，有報仇雪恨般的快意，有收復失地般的慷慨，有金屋藏嬌般的甜蜜。

手機的成熟乃至爛熟很快就徹底打掉了宅電的威風。昔日宅電可是像家庭成員一般，端坐在權貴人家客廳沙發旁的茶几上，或雄踞在專為它訂做的高人一等的電話架上。時代總喜歡這樣天翻地覆的折騰。我家的宅電？唉，我畢竟和宅電沒什麼感情，常常忘記她們的存在。我藏的那「三嬌」早變成「白頭宮女」了吧，如今我連她們的號碼都已忘得乾乾淨淨。

十八

手錶

中華商場「忠棟」一號

——楊照

多久沒有帶手錶了？費盡腦筋努力想，竟然都想不出答案來，只知道久遠到根本不記得最後一只戴在腕上的錶長什麼樣子，又是怎麼來的了。

勉強明確知道的，是自從有了手機之後，就沒戴過錶。女兒查看我的智慧型手機，找不到任何有趣的App，忍不住嘲笑我：「怎麼就只會拿來打電話！」我做個鬼臉回她：「還有其他更重要的用途，只是你不知道。」她不相信：「什麼功能？」「不告訴你！」

不能告訴她的答案其實是：「看時間。」而且，真的，我拿手機查看時間的場合，比接電話、打電話多得多。進到任何一個沒有時鐘的地方，我就必須帶著手機。開會時帶著、上課時帶著、演講時帶著，有時甚至連進錄音室錄電台節目都帶著。我知道在別人眼中看來，我像個「手機控」，片刻離不開手機，然而曾經試圖打電話找我的人就知道，絕大部分時間，我的手機是沒人接的。開會不能接、上課不能接、演講不能接，錄音中間當然更不能接。換句話說，絕大部分時間，別人眼中看來的手機，對我而言，其實只是手錶的替代品。

還滿高興有這樣的替代品。記憶中對於手錶留下最深刻的印象，是發臭的錶帶。最早戴的手錶，錶帶是金屬的，一節一節串起來，可以輕易撐開來，方便戴上取下。不過這樣的錶帶，放在十幾歲少年的手腕上，是恐怖的災難。稍微一流汗，汗水混著金屬發出一種溼黏的怪味，等到汗水乾了，就變成了介於腐敗與酸餿之間的味道了。更糟的是，戴了一陣子，一節一節的金屬縫隙間就開始累積怎麼清都清不乾淨的汙垢了，我每天花很多時間在洗錶帶，甚至冒著讓錶進水的危險，用肥皂反覆地洗，還要嘗試各種不同工具來刮挖那怎麼看都不順眼的汙垢。

後來換了皮製的錶帶，剛開始還好，濃重的人造皮散發出的味道，很容易就壓過了汗味。然而沒過多久，皮革的氣味會突然消失，整條錶帶變硬變脆，也變了一種讓人聯想起豬圈或馬廄的味道。

我不喜歡戴錶，也就不會對戴過的錶留下深刻印象。雖然明知不可能，但總覺得好像從國中一年級之後，就沒有買過手錶了。我彷彿看到自己剛剛理好了一個大光頭，從小學生正式成了中學生，為了標誌這樣的人生階段吧，爸爸帶著我上了朝向城裡去的公車。

車子經過台北車站後轉了一個彎，車窗裡出現了舊北門，我們就準備要下車了。下車的那一站叫「中華路北站」，一回頭，看不見盡頭的「中華商場」映入眼底。中華商場一共有八棟接連的建築物，由南到北，分別以忠孝仁愛信義和平命名，我們要去的，是最前端的「忠棟」的第一家店。

大招牌上寫著「寶島鐘錶」。一進店裡，爸爸故做內行地對店員說：「要買一只精工錶，只要 Seiko，其他的不要。」店員看了我一眼，說：「要學生錶？比較防震耐摔的？」爸爸點點頭，卻又加一句：「大人的也可以看看。」

我嚇了一跳，不知道爸爸也要換手錶啊！我們面前排了好多隻錶，明白地分成兩群，一群幾乎都是白底的學生錶，標價都在四、五百塊左右，另一群則是大人錶，款式就有各種變化了，從八百元起跳。

我心底有種怏怏的感覺，怨著爸爸破壞了我買錶選錶的期待。和大人錶相比，我能選的學生錶看起來如此單薄無聊啊！我勉強選了一只學生錶，店員拿起來跟爸爸確認：「就這只嗎？」爸爸猶豫了一下，出乎意外地搖了搖頭，指著一只有著寶藍色錶面，銀色錶框閃閃發亮的大人錶，說：「拿那只吧！」

那只，那是一只定價兩千兩百元的錶啊！那顯然是爸爸自己要的，但我的學生錶呢？要換到別家店買嗎？

狐疑中，等待爸爸付了錢，店員將表小心翼翼裝進紙盒裡，走出店門，爸爸順手將紙盒交給我，輕描淡寫地說了一聲：「換了新錶，小心不要弄丟了。」我驚訝地愣著，還沒想出該怎麼回話，爸爸已經大步朝公車站牌去了，好像什麼事都沒發生過似的。

我的腕上終究沒有勞力士

——馬家輝

好吧，讓我弱弱透露一個略帶尷尬的小祕密：曾有好多年月，每回前赴澳門，從香港搭船抵岸，在下船之後，在踏進賭場之前，我總會花上三、五分鐘站在押店門前細察那些被放置於玻璃櫥窗內的名牌手錶，我的注意力主要集中在金光閃閃的或鑲有鑽石或沒有的 Rolex 之上，香港人將這品牌譯為「勞力士」，內地，是不是一樣？

我猜自己在死命盯著那些勞力士時，雖未至於口水淌流，卻仍眼神曖昧，充分折射心底的複雜情緒，愛、恨、貪、怨、渴求、不屑。七情六欲都湧上心頭了，像波浪翻騰，像燒滾了的一鍋熱水，把心情燙得難受。這麼漫長的一段歲月，從十六歲到三十六歲，這習慣沒變，心情也沒變，所有和我一起去過澳門的親朋好友皆可為我做證。

為什麼對勞力士情有獨鍾？為什麼會是澳門？為什麼會有複雜情緒？

這可得從童年說起。

在二十世紀六〇年代的香港長大，身為草根階層的孩子，我的兒時志願當然不是「為國爭光」或「精忠報國」而是「高速發達」，用最短的時間，花最少的力氣，賺最多的鈔票，讓自己和家人能夠無憂無慮地、放肆揮霍地過日子。那麼，問題來了，到底怎樣才算「發達」？發財，固然愈多愈好，但又有沒有門檻？有沒有一個叫做「發達指針」的東西？

應該是有的。我兒時的香港有句口頭禪：「住洋樓，養番狗，坐奔馳，戴金勞。」這恐怕便是「發達指針」了。

香港上世紀六、七十年代的所謂「洋樓」，等於目前極為普及的公寓大廈，有電梯，有鐵門，而且高達十多層，相對於僅有五、六層高並須拾級而上的「唐樓」，意味著豪華、摩登、昂貴、舒適，是有錢人能承擔的高檔居所。

番狗，通常指大大肥肥凶凶的狼犬，每天吃量驚人，須由專人照料和訓練，故又非普通百姓所可寵玩。

奔馳（台灣稱賓士），即奔馳房車，乃身分地位的具體象徵，當一個人熬到了有資格駕駛這款歐洲名車的地步，便是「有錢人」了，而如果車子由司機所開，他只須翹起二郎腿安坐後座，更必屬於富豪級人馬。

好了，「金勞」，這便是我念茲在茲的勞力士，這款名錶喜以黃金作為製材，望上去，沉甸甸，極有分量，極有質感，也極為搶眼，遠於數百米以外亦可看見，而且售價昂貴，確是向人間炫富的最佳武器。我有好幾位長輩於賭錢得勝後，或從商成功後，尚未開奔馳，也未養番狗，更沒住洋樓，卻迫不及待地買一塊「金勞」戴到手腕之上，亢奮之色溢於言表，彷彿頓時提升了百分之三百的男子氣概，天大地大任縱橫，像入了催眠或中了魔咒，從未如此「英雄」過。

在這樣的環境成長，我難免鍾情勞力士，成為「勞迷」或「勞粉」。這牌子於一百年前原產於英國倫敦，只是替珠寶商做幕後代工，其後遷至瑞士，精研時間技術，瞄準高檔市場，屢有設計創新，終於打造出一個滴滴答答的豪華宇宙。說來頗具趣意，Rolex之名跟創建者漢斯．威爾斯多夫（Hans Wilsdof）的家族名字或出生地名完全扯不上關係，這位德裔才俊只是覺得這五個英文字母拼合起來非常容易發音，Ro與lex對比強烈，音節響亮，適合地球上任何語言文化背景的人唸讀，有助記憶，有助行銷。年少的我當然對此一無所知，純粹於耳濡目染下執迷於勞力士的金光燦爛，視之為最有可能企及的發達指針，尤其經常渴望在澳門的賭場裡贏得橫財，然後買錶，即使買不起全新的，亦可在押店選買一只二手貨，聊勝於無。

就是這個心願令我每次到了澳門必到押店門前張望瀏覽，先確認購買目標，什麼式號，什麼價位，心中有了大志，心底便有鬥志，踏進賭場後必可雄心萬丈地往前衝衝衝，若不贏錢便不回頭，誓要戴著一只金勞返回香港。

戰況如何？

必須招認：我在澳門賭場從未贏過。這肯定是賭徒們的變態心理，每進賭場，不輸得乾淨，是不願意離開的，即使贏了，亦不會走，總要待到手上籌碼全部離手，沒錢再賭下去了，才會心不甘情不願地回家痛哭或睡覺去也。賭徒都是被虐狂，不可救藥，更不值得同情。

所以這麼多年以來我從沒在澳門押店買過勞力士。也從未在任何地方買過勞力士。年少時的夢，從未實現過，只因其後我有了自知之明，徹底放棄了發達念頭，只願讀書寫作，安安靜靜地讀書寫作，已極滿足，勞不勞、力不力、士不士，再也跟我無相干。

而賭癮，亦於十二年前戒除了，說來好笑，如今偶爾陪伴朋友去澳門，儘管仍會於進入賭場前先到押店門前走一轉，卻只是慣性動作，望望，看看，儘管心底仍會泛起淡淡的曖昧情緒，卻只是懷舊，絕非貪欲，不會再對一只小小的手錶牽腸掛肚。

我愛勞力士，但僅止於看，用眼睛去愛，如同我跟許多女子的關係。

你終究要闖一次「手錶關」

——胡洪俠

翻舊信才知道，我買第一塊手錶，是在一九八一年的七月。天津產，海鷗牌，白色錶盤上有小小的藍色海鷗商標，下方是英文SEAGULL字樣，價格記得是一百二十元。此刻我依然覺得這是件匪夷所思的事。當時我剛剛畢業，在一所中學當教師，工資每月二十九點五元。七月是我參加工作的第一個月，我肯定還沒有任何積蓄。讀師範期間我家每學期給我提供五十元生活費都需要東挪西借，所以父母也不可能忽然豪情萬丈地說：參加工作了，去買塊手錶吧！然後魔術般搖身變出十二張面額十元的票子。完全不可能。須知那時一百二十元是巨款，再省吃儉用我也需一年才能攢夠。那麼，我為什麼著急要買手錶？

錢是借的，這我記得。是寫信向一位同班同學求援。同學姓徐，名志善，我平時喊他徐大哥。當時恢復高考沒幾年，即使是我們這樣的師範學校文科班，同學年齡也相差很大。我最小，十六歲，而最大的已經二十九歲。徐大哥年齡幾何我忘了，但肯定屬「三老」之一。這三位老大哥，在社會上已闖蕩多年，個個有一番人生歷練，在班裡儼然是三座高峰。我們這些小字輩，猶如綠水繞青山一般，自然而然各自投到一位老大哥麾下，晚飯後一起散步，星期天一起逛街。說是三個圈子，人員又互相交叉，界限從來都是模模糊糊。我喜歡跟著徐大哥「闖蕩江湖」。他個子不高，背已微駝。頭髮是自然捲，又梳成背頭樣式，天天一頭波浪流動在宿舍與教室間，相當引人注目。他出身牙醫世家，會拔牙鑲牙。他又心存大志，一直自學日語。自習課上他咿呀哇啦，唸唸有詞，我們都覺納悶：畢業以後教學也好，鑲牙也罷，哪裡用得著鬼子話？他毛筆字寫得好，課桌上擺著筆墨紙硯，平日上課或課餘聽日語廣播講座他常常是小楷行書邊聽邊記。我跟著他學習如何為人處世，如何立常志而非常立志，如何既要艱苦奮鬥又講江湖義氣。第一次下飯館兒喝啤酒，我也是跟著他學會的。遠離家鄉和父母，那兩年，徐大哥堪稱我的主心骨。有些事我急著要讓他知道，願意聽他的高見；有些事則要瞞著他，怕挨訓，比如談戀愛。

買手錶需要借錢，我自然也是首先向徐大哥伸手。我自知此事不靠譜，他必定反對，所以先設法把手錶買到手才給他去信。那年八月下旬，收到他從景縣老家寫來的回信。他寫道：

「……知弟已買手錶一塊，急需人民幣，今隨信寄去一百元。俠弟，本想去信批評你，但又考慮錶已買到手，再說也晚了。不過我還是要講幾句：以後不論購置什麼東西，要考慮自己的家庭實際經濟情況，切莫隨心而欲，不顧其他。可買可不買的東西，就不買。能以後再買的東西，就不要現在買，不然會給家庭增添負擔，會給自己帶來煩惱。愚兄雖能相助部分，但你若不自己克制，會滋長你亂花亂買、大手大腳的不良思想。一旦養成這種習慣，以後很難糾正。請弟細慮。儘管我不能要求你事事都要與兄協商，但凡事要三思而後行才對。」

他這最後一句話，當是另有所指。一個月前他來信一封，對我談戀愛一事頗為不滿。他說，此事一開始他並不同意，原因是兩人相距太遠，家庭條件不一樣，成功的可能性不大。他說，青年人感情容易衝動，往往隨時間與地位的變化而變化。「況且，」他說，「現在只是她本人同意，並未徵得家庭同意。家庭是否同意這很難說。可暫保持通信聯繫，但不宜過多，更不要一命追求。過一段時期，或者過一年左右，再看情況。」

他畢竟是大哥，料事如神。哪裡用得了「一年左右」，幾個月之後，那場沒有風花雪月也沒有生離死別的戀愛，就忽然結束了。結束得毫無戲劇性，似乎一切都是水到渠成，理應如此，像寫錯了收信人地址的信，收到的只是一張「此處查無此人」的白紙簽條。今天重讀徐大哥的這兩封信，倍覺他當初對我的勸誡真如藥石。可嘆我年少輕狂，哪裡聽得進逆耳忠言。我甚至也記不起，當初買手錶借徐大哥的一百大元後來究竟還他了沒有。和徐大哥的聯繫保持了很多年，來深圳後聯繫少了，只知道他還在北京做生意。

奇怪的是，那只海鷗手錶如今竟也下落不明。壞了？丟了？送人了？扔一邊了？一概不知。算是舊物了，睹物傷情，見不著也好。對啊，「睹物傷情」！當初寧可借錢也要買手錶，就是與「情」有關。也難怪啊，在那年月，談婚論嫁，需講「四轉一響」（手錶、縫紉機、自行車、收音機）。手上無錶，還算個手？還好意思握女孩子的手？沒有寶劍，英雄無奈；沒有手錶，戀人難當。沒有手錶墜住，你整個人輕飄飄的，像雞毛一樣，隨時飄出別人的視野。都說英雄難過美人關，其實，手錶這一關又豈是好過的？還好，很好，三十年前我已闖過「手錶關」，空手過了萬重山，至今左手空蕩蕩，右手亦復如是。

十九

電視

那個有《談笑書聲》的時代

——楊照

一直到現在，都會有陌生人對著我說：「我最喜歡你和張大春當年在電視上談書，用一個沙漏……」他們八成說不出來我們兩人這樣談書的單元叫什麼（哈，連大春自己都忘了），也說不出那個節目的名稱，當然也不可能在回憶中存留著我們談論的書籍是什麼，更別說記得我們兩人到底講些什麼了。

不怪他們，那已經是至少十八年前的事了，忘記是應該，比較奇怪的，反而是：他們怎麼會殘存有印象呢？

理由之一，大春設計的形式的確成功。在大春製作的《談笑書聲》節目裡，他設計了一個以「快」為核心概念的單元，兩個人談論一本書，但絕不是好整以暇、從容不迫地談，而是在兩人之中擺放一個沙漏，沙漏倒轉過來開始講話，漏完了，差不多一分鐘時間，就換另一個人講話。

說老實話，這是大春為自己，為凸顯自己腦筋轉得快、話說得快而設計的表演。不過表演要精彩，他得找個人陪襯才行。他先找了一位在中研院任職的朋友，那人書讀得也多，說話也快，看來是個適當人選。但真正進棚錄影，錄了兩次，人家就打退堂鼓了。要這樣一分鐘來、一分鐘去，比想像中困難多了，經常會瞬時腦袋一空，完全聽不見對方在說什麼或完全不知道自己要說什麼，那就錄不下去了。而一旦分段錄影，不是一鏡到底，不管剪接的技術再怎麼好，看起來就是不對勁。

那時候，我剛從美國回到台灣，上過兩次《談笑書聲》，接受大春別的單元訪談。工作人員整理字幕時，赫然發現我一分鐘可以講四百多個字，是他們來賓中講話速度最快的。大春知道了，就邀我跟他飆書，並且把那個單元重新命名為「張楊一本書」——張是他，楊是我，同時用這種形式「張揚」一本書。

他們會記得的第二個理由是，我們還真的卯足勁，用對的方式錄這個單元。所謂「對的方式」，指的是兩個人真正進入一種較量的情境中，錄影前絕不商量你講什麼我講什麼，而是豎起神經來，沒有退路地真正在對方講話的那一分鐘裡，才思考、決定自己接下來說什麼、怎麼說。

十分鐘，五回你來我往，統統是一鏡到底。中間若是有誰說不下去了，抱歉，即使是發生在第九分半，我們也都將錄好的部分廢棄，從頭來過。那是真正的臨場反應，靠自己的專注與兩人的默契，快速說出對書的看法。

有一次，談一本暢銷書，難得我們兩人意見極為接近，都認為那是邏輯不通，拼湊媚俗意見的「偽知識」，最後一輪，壓軸的大春講到激動處，突然將手中的書往地上一丟，同時挑釁地看看我，還真沒料到他來這一招，當時我以為自己沒事了，心情放鬆下根本無從有別的反應，直覺地就把我手中的書也往地上一丟。節目播出後，這一段竟然成了報紙新聞，暢銷書作者對記者痛罵我們兩人不尊重書，不配做讀書人云云。

他們會記得的第三個理由，可能是最重要的理由，那是台灣「三台時代」的最後尾聲。全台灣只有三家電視台，打開電視，頂多只有三種選擇。那樣的環境下，單一的電視節目可以有很大的影響力，因為大家看的都是那幾個節目，能談論的，也都是那幾個節目。

第一次上《談笑書聲》，我和太太在台灣還沒有固定的住所，在我長大的晴光市場附近，租了一個旅店房間。一個晚上，出去吃了宵夜，回旅店時，櫃檯前圍了好幾個歐巴桑，看到我，其中一個平常幫我們打掃房間的馬上說：「我就說是他，你們自己看！」

她們聚攏來看「電視上的那個人」，看得我渾身不自在。我試圖告訴她們，我不是什麼名人，那不過就是一個朋友做的節目，需要有人去談談話，如此而已。但她們聽不進這個，她們就是認定如果你不是特別有名的人，人家幹嘛讓你上電視？她們要知道，電視台究竟長什麼樣子，還有，她們更想知道，我跟其他電視上會看到的人，例如楊麗花或白嘉莉，有什麼關係嗎？

更糟的是，後來一直到我們搬離那家旅店，每次我要出門時，櫃檯的人一定諂笑地對我說：「又要去電視台錄影了啊？」

找你演電視劇，你敢嗎？

——馬家輝

第一回收看的電視節目當然是黑白的了，也當然沒有什麼電視節目可供選擇，那是上世紀六十年代中期的香港，只有兩個電視台，一個免費，一個付費，看不看，隨便你。

而那年頭的電視機是小小的，厚厚的，如果要打比擬，可以說是很像很像當下的一部微波爐，而且信號接收非常不穩定，視訊經常搖晃成一堆亂七八糟的橫條，「鬼影幢幢」，香港人慣把電視螢幕上的模糊影像戲稱為「雪花」，每回視訊晃亂，便笑道，「又落雪啦！冬天又來啦！」

冬天來時，怎麼辦？

須視乎情況到底是不嚴重、頗嚴重，抑或超級嚴重。

不嚴重時，可以靜待幾十秒，信號自然恢復，畫面重現，繼續收看。

頗嚴重時，亦即畫面於數十秒依然「下雪」，那便要勞煩你站起來，走上前去，伸出手掌或拳頭朝電視機頂敲捶幾下，直到視訊回復正常為止，而力道之大小重弱，視乎「下雪」情況而定，有時候輕輕撫拍已經有效，有時候卻須像對待殺父仇人般用力猛擊才行，啪啪啪，砰砰砰，你就是電視醫生，依靠自己的一雙手把病人治好。

至於在「雪況」超級嚴重的景況下（通常每三個月發生一次），亦即就算由成龍或李連杰出招敲打電視機頂亦無法收效，你便須找人幫忙，付出若干體力勞動，跑到大廈天台，調整天線方向，直至成功。

幹這碼子事兒必須有三個人，其一是站在電視機面前的「偵察員」，負責確認信號狀況是否如意；其二是冒險站在天台之上的「工兵」，負責具體操作，用手左右挪動那條直豎的、長得像魚骨頭般的電視天線；其三是往來於住戶與天台之間的「傳令兵」，負責傳達關乎電視收訊情況和天線挪動方位的指令，用腳奔走，協助達成「天機合一」，求取最良好的訊號接收效果。別忘了那是個手機尚未現身的口耳溝通年代（亦即「人肉溝通年代」），唯有倚靠「勞力密集」，始能有效傳送訊息。

第一回看電視，大約四、五歲，在家裡，在客廳，但那只是父親朋友的電視機，他租住了一個五十平米的小單位，我們一家四口分租一個小房間，他是二房東，我們是純粹租客，客廳亦由他和其家人所用，幸好這位長輩非常親切，買了電視亦讓我們共享，只不過何時開機何時關機由其控制，fair enough。

六歲之後，我們搬家了，「自立門戶」，一家人租住一個完整的單位，亦是五十平米左右，但妹妹出生了，而我父親是個超級負責任的男人，把我的外婆外公接來同住，舅舅們也常在這裡進出借居，加上偶爾前來短住的親戚，屋子經常擠滿了人，八個、九個、十個，簡直像大雜院，空氣中從早到晚充塞著兩種喧鬧聲音：麻將聲和電視聲。童年的我，少年的我，青年的我，被這兩種聲音像金鐘罩般重重包圍，我的生命基調，就此成形。

青年的我還真曾拍過TVB的電視劇，只不過演的都是現身兩三秒的群眾演員角色，有時候古裝，有時候時裝，滿過癮的，但也滿痛苦的，八小時工作，其中七個半小時都在等待，穿著厚厚的戲服，在攝影棚內無所事事，偶爾偷看幾眼萬梓良、苗僑偉、黃日華等人拍戲，再不就是躲在一旁抽菸睡覺，再不就是泡妞，講笑話，騙美眉，到了場務主任高喊一聲：「埋位啦！」連忙依照指示站到攝影機前，或從左邊走到右邊，或從右邊走到左邊，或左右方向來往走動，甚或躺在地上假扮死屍，直到導演喊：「卡！」才可站起來，專業如同電影《喜劇之王》裡的周星馳。

那是十七、八歲時的課餘兼差工作，大約做了三個月，某天，場務主任忽然對我說：「家輝，導演說可以考慮長期由你擔演某個角色，譬如說，站在老員外身旁的保鏢。你願意嗎？」

我回道：「願意！可是我沒空！我還要上課考試！」

那是實話，快要考大學了，沒法不減輕兼差工作，專心考試，升上大學，日後始有機會飛黃騰達；「發大財」一直是我的年輕夢想，直到三十五歲後有了自知之明，此夢始碎，以我的性格和能力，只要不把自己弄至潦倒破產，已很滿足，已算成功。

其後我赴台升學，畢業後，做記者，然後到美國讀碩士，畢業後，回台灣替電視台帶隊到中國大陸拍攝風土人情，某回吃飯，一位著名製作人忽然問我：「家輝，我可以考慮給你在電視劇裡演個角色，你敢嗎？」

我回道：「敢呀！但我的『國語』講得很差，能演嗎？」

製作人笑道：「當然能！現在有哪位港星不是用幕後配音的呀？你的五官長得好看，便可以演戲！」

我最後仍然沒演電視劇，只因選擇了去美國攻讀博士。近十年來倒常現身於兩岸三地的電視清談節目，據說電視裡的馬家輝比真實版的馬家輝長得好看；而我自己，當然兩個馬家輝都覺得長得不怎麼樣。這也是實話，我只因「怕醜」，才常「愛美」，底子裡，確實是醜。

水潭裡冒出一條龍

——胡洪俠

我們這個年齡的人，過去的日子多半可以斬釘截鐵地分成兩段：一段是沒有電視的日子，一段是有電視的日子。沒有電視的日子，少說也過了十幾年。那是貧苦、漫長、恍如靜止的時光，有夢，有閒，少遠慮，多近憂。一定會有那麼一天，一個方盒子突然包圍了你的生活。這方盒子據說叫電視，裡面有說有笑，也哭也鬧，又唱又跳。生活變得喧譁，變得聲色齊全，情節生動，變得遠方無限遠，似曾相識的人無限多。彷彿水潭裡冒出一條龍，牠吞雲吐霧，作浪興風，再深的水潭都因此陰晴不定、氣象萬千了。

八〇後，尤其是九〇後，和我們不一樣。他們降生之前，電視已在家中有了安穩的位置，日夜有人看守。他們看到的第一道光芒，或許就來自電視。他們很快發現，螢幕比媽媽的眼睛明亮，播音員的聲音也比爸爸的好聽。電視成了他們的玩具和保姆。從電視出發，他們的日子像扇面一般展開：小電視，黑白電視，大電視，大彩電，然後電腦，然後網路，然後手機。和他們的這把扇面相比，我們的日子像一把掃帚：沒有電視的日子是掃帚把，常捆得緊緊的，給抓得死死的，忽然掃帚苗就綻放開了，忽然電視就刷刷刷來了。

我們這代人，第一次撞上電視，都會有個故事。故事的開頭個個不同，但結局差不多，都傻乎乎地坐在了電視機前。我第一次看電視，要感謝毛主席。不是因為他派親人解放軍送來了電視機，而是因為他竟然與世長辭了。這是萬萬想不到的事。

一九七六年的秋天，哀樂聽了一遍又一遍，作文課上每個同學都寫「江河嗚咽，群山揮淚」。我們喊著「繼承遺志」的口號，發誓要將無產階級文化大革命進行到底。我們不再喊「萬歲萬萬歲」，我們改口說

「世世代代永遠活在我們心中」。那十幾天，停止一切娛樂活動。老師說，放學後不要回家，都去公社革委會門前的大街上去看電視。我們就愣了。我們都沒見過電視。我們都沒聽說過軍屯公社有台電視。老師說，本來也沒有，為了讓廣大革命群眾沉痛悼念毛主席，縣裡發下來一台。這還了得！電視！電視什麼樣？眾同學馬上三五成群衝出教室，跑向那個據說有電視的地方。老師說，不許跑，你們胳膊上戴著黑紗呢。我們不敢跑了。心蹦蹦跳，牙咬緊嘴唇，不讓興奮之情露在臉上。我們低著頭，儘量讓步伐沉重，但耳朵不爭氣，還是早早就聽見了哀樂聲。

終於，我們證實，哀樂不再從電線桿上的大喇叭裡撒下來，而是在一個小方盒子裡噴出來。不大的一個方盒子，很小的一塊發光的螢幕。畫面極不清晰，雪花飄飄，還有幾條黑線一會兒橫，一會兒豎，循環往復，不屈不撓。音量放到了最大，似乎電流聲和播音員的聲音是一路廝打著從方盒子裡殺出來。其實也不用聽清楚，他們說的話我們都背過了。我們要看！看電視！圍著電視的人太多，我們只能踮著腳抻著脖子遠遠地看，什麼也看不清。時間一長，我們慢慢練出了猜畫面的本領：如果是一群人的影子忽高忽低，那就是在三鞠躬；如果是一張臉的影子，那就是在哭；如果畫面上方是黑底白字的樣子，那肯定是靈堂；如果看著像花園，那絕不是花園，是花圈；如果畫面長期定格，有一個魁梧的人躺在畫面上，那就是毛主席……

毛主席走了，公社的電視也不知去了哪裡。有電視的日子像閃電，亮了一下響了幾聲就消失了。即使如此，電視這把明晃晃的刀，已經把我們的日子斬成兩截。後來的日子，腳步突然就快了起來。很快，開始在學校裡看電視；很快，晚飯後大家提著凳子在報社院子裡看電視；很快，家裡有電視了。有電視的日子，時間是用電視劇丈量的：《加里森敢死隊》、《大西洋底來的人》、《血疑》、《紅樓夢》、《渴望》、《外來妹》、《編輯部的故事》、《北京人在紐約》、《射鵰英雄傳》、《康熙王朝》、《走向共和》、《亮劍》、《潛伏》、《甄嬛傳》……

寫到這裡，我忽然想「看見」我沒有電視的日子。於是閉眼，回憶……是真的嗎？那時的白天比現在明亮。那時的夜晚比現在黑沉。那時父母健在，兄弟姐妹環繞在他們身邊。那時一家人常常守著一盞油燈聊天。那時全家人都不知有電視存在，也不知有「深圳」二字，更想不到許多年後，我會在深圳給家裡買一台深圳產的彩色電視機，千里迢迢捎回去。不是在「看」沒有電視的日子？怎麼又說到了電視。莫非真的是，有電視的日子離不開，沒電視的日子回不去？

二十

中醫

人去樓空的診療間

——楊照

李醫師拿出照片來，上面是她在南京中醫大學大門口。旁邊的劉醫師耐心地說明他們兩人如何一前一後到南京去，如何適應當地不同的生活，又在學校裡學到了什麼。

聽到後來，我的注意力有點渙散了。因為那些中醫、中藥名詞對我極度陌生。周圍充滿了生中藥材的氣味，引我想起小時候，三個姐姐先後進入青春期，好幾年的時間，家裡不是就會燉煮四物雞，那據說是男生不能吃的，但我還是每次會從鍋裡撈出一根雞翅、一塊雞肉，一邊忍住藥材苦味，一邊擔心會不會變得娘娘腔，帶點自虐地吃著。

我又想起同樣是小學時，曾經一度吃過「科學中藥」。褐色藥粉放在白色紙包裡，上面有綠色的字寫著：「免煎易服，順天堂科學中藥」。我怎麼也想不起來，到底是為了什麼病而吃科學中藥的，但有一個景象清楚在回憶中浮現，那是我打開房間的窗戶，撕開藥包，把藥粉倒到窗台的水泥欄杆上。當時極其幼稚的心裡還想著：既然這是「科學」的，那麼說不定藥倒到水泥上，還會發生強化水泥的作用，因為欄杆上的水泥已經出現了風化剝落的跡象了。

李醫師和劉醫師轉換了話題，把我的注意拉了回來。他們開始抱怨台灣的中醫教育和中醫執照考試。即使是叫做「中醫學院」的學校裡，教的都是古書上的老材料，一方面沒有臨床實驗內容，另一方面，更糟糕的，從來不承認、不吸收中國大陸在中醫方面的新知識、新發展。

這我有興趣，甚至，跟我的工作有關。那是一九九六年，幾個月前，我因為感冒拖延未治療，轉成肺炎，住院住了十天。出院後沒多久，就出現了氣喘的症狀。多次回到原來的醫院就診，拿了也吃了很多藥，頂多只抑制了我白天時的症狀，到了晚上，往往是一躺到床上，就開始大咳特咳，如此一來，睡眠狀況當然很差很差。那年的七月，我接受了「老許」許信良邀請，到民進黨擔任國際事務部主任，工作上精神不濟就成了嚴重問題。

於是才在朋友介紹下，找到了劉醫師和李醫師。那是在台北雙連，小巷子裡一間完全不起眼的公寓房子，沒有任何招牌。兩人是夫妻，都能看病開藥，住在公寓頂樓，將頂樓加蓋的空間拿來當診療間。

那時的民進黨，苦窮得常常發不出薪水來，我的主要收入是靠在電視台和廣播電台主持節目。劉醫師和李醫師當然認出我來，所以才會把我當作發洩不滿意見的對象吧！

當時的民進黨是許信良當家，老許常高喊「大膽西進」的政策口號，嚴厲批判國民黨基於「正統」，迴避中國大陸的鴕鳥心態。有了劉醫師和李醫師提供給我的專業經驗，我在電視台節目中找人討論過「中醫在台灣」的主題，邀到的專家來賓帶來了當時中醫考試的考卷，並仔細解釋題目的意思，我真的懂了，原來二十世紀都快過完來，台灣的中醫考試還都依賴死背古書古藥方才能過關。「這樣的中醫師真能治病嗎？」來賓慷慨激昂地問，我只能誠實地搖搖頭：「恐怕很有問題吧！」

所以後來我就又將這個議題提交給立法院黨團。黨裡的幾個立委輪番質詢，在新聞上製作過一陣熱鬧。不過很快地，別的事情一忙，也就分心沒再關心這件事了。再來，我認清了自己完全不適合在政治圈打混，快快辭去了主任的職務。吃了兩位醫師的幾帖藥，加上劉醫師幫我做過兩次針灸，神奇地，我的氣喘消失了。

好一陣子也就沒有再遇到兩位中醫師。過了有兩年吧，一個春天夜裡，突然咳醒，我覺得不像一般感冒咳嗽，為了保險起見，找出通訊本，撥電話給劉醫師。

咦，電話怎麼打都打不通。不甘心，我趁空跑了一趟雙連，劉醫師原來住的地方也沒有人應鈴。找到了最初介紹我去看劉醫師的朋友，聽到了驚人的消息，劉醫師和李醫師失蹤了，好像是一夕搬家就此消失。有傳言他們在樹林，卻怎麼找都找不到人。

我這才真正意會過來。原來他們兩人雖然在大陸學了一身中醫功夫，卻始終沒有通過台灣的中醫考試。他們沒有行醫執照，很可能是出現了醫療糾紛，被病人告了一狀，他們只好全家避風頭去了。

那瞬間，對這兩位治好我氣喘的醫師，心中油然生出了愧疚感。

你的糞便是啥顏色？

——馬家輝

大學時代有一位香港僑生忽然問我：「馬家輝，你昨天拉的屎是乜顏色的？」

我正坐在台北的新生南路的一間港式燒臘店內，吃著我最愛的三寶飯，一聽，幾乎把含在嘴裡的叉燒和白飯全部直噴出來。假如當時不是尚有另一位香港僑生坐在旁邊，我還真以為他是故意把話題拉扯到我的肛門，挑逗我，試探我。

我尚未回答，他已經正經八百地解釋道：「我看你今天的臉色不太好，肯定是五臟六腑出了問題，有病！你知道一個人的糞便可以反映出病源嗎？屎的顏色，有深有淺，有黃有黑；屎的氣味，有濃有淡，有酸有臭，都是很有價值的健康資訊，你今晚回家，上完廁所，先別沖廁，記得先蹲下來仔細觀察，然後打電話告訴我，讓我替你研究分析！」

我瞪大眼睛，叉燒和白飯仍然含在嘴裡，但已經吞不下了。另一位港仔亦是，他比我更反應激烈，開口罵娘，喝阻他別講下去。可是他全不理會，繼續道：「明天早上起床，尿完尿，也先別沖廁，先看看顏色，早上的第一泡尿簡直似化驗報告，能夠清楚顯示健康狀況，很靈的，沒騙你，騙你我是仆街（意即王八蛋）！」

這個欠揍的傢伙名叫大衛。真的叫做大衛，並不是英文David的中譯。他爸爸就替他取名大衛，還姓陳；最普通的姓氏，最普通的名字，彷彿一個在跑路躲債的人特意取這樣的名字以避人耳目。他讀輔仁大學，我第一年級時也讀輔仁大學，認識他，暑假後我以轉學考試第一名的資格跳槽到台灣大學，但仍跟他和幾個輔大僑生交往，偶爾相約飲茶和吃叉燒飯。後來我才知道，那一陣子他痴迷中醫，到南京東路的書店街買了一堆盜版書回家自修，因是初學，更覺無敵，不管何時何地都對人講解中醫道理，宛如「神醫」。

那個中午，那一頓飯，可真令我對中醫之事大倒胃口。

陳大衛後來沒有成為專業中醫，多年不見了，聽說他做過記者、編輯、保險經紀、地產經紀……各行各業幾乎都做過，不知何故，偏偏沒以中醫為業。但，才五十歲出頭，誰說得準呢？印象裡的中醫都是六、七十歲的老伯伯，可能中醫需要講究「造型」，太年輕，可以穿上白袍做西裝，俊俏醫生永遠加分，但中醫形象以資深穩重為宜，尤其最好穿上長衫或唐裝，下巴留些鬍鬚，白髮蒼蒼，皺紋滿臉，眉頭緊鎖，嘴角卻須掛著淡定的笑容，彷彿雖然察覺大事不妙卻又胸有成竹，有他在，萬事不憂。所以說不定再過幾年當我走在台北街頭，或會在某個街角轉彎處看見一面店鋪招牌，「中醫師陳大衛」，臨老出山，為時未晚，至於是否真的領有執業牌照（台灣中醫需要領照嗎？我其實不太清楚，有必要問問楊照），另作別論。

多年以來我雖極少看中醫，生活在香港，卻自小已常到涼茶店喝「二十四味」，亦算是吃了中藥；苦呀，真的苦，但每回感冒喝它，不知是否心理作用，總覺極有痊癒神效。

二十四味是廣東人最慣喝的涼茶吧，在嶺南地帶成長的孩子，應該沒有人沒喝過。小時候的香港到處都是涼茶店，有點像目前到處泛濫的糖水店，主要賣的是二十四味，也有夏枯草、葛菜水以至龜苓膏等其他飲料食品，若從「藥食同源」的角度看，這些也是藥，所以涼茶店等於另類中藥店了。一九六〇年代是兩毛錢一碗二十四味，店內播放著收音機或留聲機，機器播放著粵曲小調，後來甚至有電視機，等於小型的市民娛樂中心。《花樣年華》、《流金歲月》、《阿飛正傳》的風景人世盡在其中。

二十四味，顧名思義由二十四種藥材混搭泡製，可是沒有既定配方，各店不同，各區也不同，甚至可以跟隨天氣、體質和病情而臨時組合，有些店甚至推出「二十八味」，加料，升級，強調特效。但不管有幾「味」，大抵離不開這些基本材料包括水翁花、鴨腳皮、苦瓜乾、苦梅根、山芝麻、連翹、黃牛茶、九節茶、白茅根、火炭母等等，名字聽來離奇古怪，頗有幾分歐洲女巫施咒下毒的童話意味，卻又是徹頭徹尾的中國，累積著千年民間智慧。

小時候喝二十四味，因怕苦，總要用加應子之類甜味乾果配著喝，涼茶店免費奉送。長大後，不用配了，把碗舉起，仰頸把熱騰騰的二十四味咕嚕咕嚕地喝盡，不用五秒鐘，不覺其苦，反喜其甘，原來年紀大了，舌頭味蕾亦有嚴重變化，想必是硬了、粗了、麻木了，能夠忍受強刺激。

但亦不然。也或許是年紀大了，味蕾細緻了、複雜了、敏感了，能夠分辨出苦味裡的甘香。忽然，懂了，苦裡的甘才是真正的甘，是真正值得細細體會的好享受。

發舅之死

胡洪俠

倘若回老家過春節，大年初二上午，我們兄弟三人則必騎自行車趕往幾公里之外的一片墳地，給外祖父外祖母和舅舅們燒紙上墳。那墳地在軍屯村西，軍營村東。兩個村子相距雖不過一公里遠，卻分屬兩縣管轄，軍屯屬河北故城縣，軍營屬河北清河縣。外祖父就家住軍營，他和外祖母一九八〇年代初先後去世，可是，他們的小兒子，我的三舅，卻更比他們早離開人世十幾年。三舅名字中有個「發」字，我們都喊他「發舅」。發舅死於一九六八年，時值史無前例的「文化大革命」正如火如荼。每次上墳，祭拜到發舅墳上時，大哥二哥總是長吁短嘆，有無限感慨。他們說，發舅死得冤。他們說，當年就該驗屍，可驗出真相又如何？現在也驗不了了，沒人管了。他們又轉臉朝我嘆道：「你小時候發舅很喜歡你的。你都記不得發舅什麼模樣了吧。」

其實我隱約記得。記得發舅個頭不高，很瘦，留分頭，眼睛又圓又亮，說話慢聲慢語，舉止輕手輕腳。記得我四、五歲時，母親曾領我去發舅工作的鎮子去看他。那鎮子叫段蘆頭，但我們都說成「段頭」。段頭在軍營以西十餘里，逢集過節，街上熱鬧異常。當時發舅在段頭醫院當中醫，一天到晚給人號脈抓藥。我模模糊糊記得他宿舍的樣子：是一間平房，有床，有桌，有臉盆架；泥土地面掃得很乾淨，還剛剛灑過水。發舅讓母親和我在宿舍歇著，他則到集市上去給我們買吃的。吃的什麼早忘了，大概是油條燒餅豬頭肉之類。我一定也去發舅的診室轉了一圈，但如今在記憶中實在搜索不到他診室的畫面。其實，不用回憶，我很容易就能猜出他診室的格局：靠窗一桌案，桌上有一個診脈用的藥枕，還有一冊用來開藥方的小本子，桌下一定有一副研磨藥面用的藥碾子，靠牆則是一面寬寬大大的藥櫃，櫃面是許許多多方方正正的抽斗，斗內又分三格，各存放一味藥材……必定是這樣的。這一切我太熟悉，因為外祖父的家，其實就是一個中醫診所，藥櫃藥碾藥方藥材藥鍋，樣樣齊備。我從小耳濡之，目染之，不管過了多少年，都無法不歷歷在目。

發舅的醫術該是跟我外祖父學的。外祖父姓莊，是我們那一帶小有名氣的中醫。那個年代，農村實行合作醫療，赤腳醫生正紅，村村都有醫療所。所裡有中醫，也有西醫，更有一人而兼中西兩醫。這都屬於「體制內醫生」。我外祖父則不在此列。他更像傳統的中醫，醫術得自家傳，行醫獨來獨往，招徠病患不靠衙門，靠口碑。他早年一定是以行醫為生的，到了六、七十年代，村裡人看病都去找赤腳醫生了，他的醫家門庭也冷落了。到我記事時，他已不怎麼給人看病，家人親友有個頭疼鬧熱，他才肯開個藥方，囑咐清楚去哪裡拿藥又如何煎服。裡屋那面大藥櫃落寞已久，許多的抽斗早已空了。唯有那架鐵製的藥碾子，如常擺在正間屋的方桌下。我外祖父很不喜歡我，原因之一是每次去他家，我總愛玩藥碾子。雙手或雙腳握住或踩踏碾盤木柄，前推後拉，圓圓的碾盤在船型的碾槽裡東倒西歪，滾前滾後，叮叮噹噹，響成一團。那種鐵器相擊的聲音很獨特，很清脆，我在其他地方沒機會聽到。外祖父把臉一拉：「你這個窮孩子！藥碾子礙你什麼了？那又不是個玩意兒。出去玩兒去。」

現在我理解了外祖父為什麼不讓我拿藥碾子當玩具。那曾經是他安身立命的重器啊，怎麼可以遊戲輕慢。時代變了，他施展醫術的空間愈來愈小，內心又寂寞又焦慮。他給村裡那麼多人看好過病，可是，「運動」來了，他的病人們都變了。革命群眾挖地三尺羅織地富反壞右，東找西找，我外祖父就成了國民黨，大會小會，批來鬥去。父親是國民黨，兒子焉能不是？已經當了「體制內醫生」的發舅，於是也成了國民黨。聽二哥說，文革開始後，發舅每次從段頭醫院回到軍營村家中，總要和我外祖父同桌對飲。這一對戴著國民黨帽子的中醫父子邊喝酒邊說些什麼，我無從得知。不過聽二哥說，發舅曾多次對我外祖父言道：「日子不好過，但一定會過去，我不會尋死的，爹娘放心吧。」

發舅的醫術在段頭醫院最高明。一排許多診室，發舅這邊找他看病的人排長隊，其他診室卻空空蕩蕩。他之成為國民黨，正與此有關。平日早存嫉妒之心的同行，借「革命」之名，立「反動」名目，把發舅整了個死去活來。聽說是一九六八年七、八月間，段頭醫院突然來人報信，說發舅畏罪自殺了。外祖父說什麼也不信，可是革命委員會聲嘶力竭，言之鑿鑿，不許你亂說亂動，更由不得你質疑。親人們只好含悲忍辱，將屍首運回，草草下了葬。

關於發舅的死因，我也曾問過母親。母親哽咽道：「說是有人在你發舅的頭頂上釘了一顆鐵釘子，外表誰也看不出來。神不知，鬼不覺，人就沒了。唉！又沒驗屍，不明不白，都沒說清楚過。」

二一 保險

我的保險經紀人

——楊照

那一年，我們都只有十五歲，剛考上高中。開學之後，發現班上有好幾個同學是遠道從桃園來的，每天搭一小時火車通勤。在我的概念中，火車是遙遠且浪漫的交通工具，象徵著少年最嚮往的離家、流浪、漂泊，簡直難以想像身邊會有人和火車關係如此密切，也就很自然地和他們親近了起來。甚至還認識了別班同樣搭火車通勤的人，每天放學就和他們沿著「書店街」重慶南路走到火車站去，結成了死黨。

高中二年級，我當上了校刊社社長，也就理所當然地將死黨們都拉進了校刊社，一起請公假胡混。死黨裡有人原本就對文學、詩歌有興趣的，那就幹編輯；對文學、書刊壓根沒啥接觸的，那也沒關係，社裡還有總務、庶務一類的職務可以分派給他們。

樹哥（因為他名字裡有個「樹」字，所以得了這個外號）就是我們的總務，負責管帳，更重要的還有負責管公假。上任沒多久，我們開始慶幸竟然找到如此稱職的總務人選。

樹哥看起來很老實，說話帶著一點台灣土腔，很容易取得大人的信任。他還有不動聲色突然冒出幽默說話的「冷面笑匠」本事，對內，去和訓導處交涉；對外，去跟打字行、印刷廠討價還價，他都很擅長。尤其擅長我因叛逆、火爆個性和校方起衝突後，出面收拾殘局；以及跟年紀有大有小的打字行小姐每個都有特別交情，可以讓我們的稿子偷偷插隊，甚至可以額外免費幫忙打公文打信件。

更令社內上上下下服氣的，是樹哥處理公假的方法。高二社員可以自由請公假，學校基本不多加審查，但是規定公假的總時數，不得超過全學期課程的二分之一。以前的做法是社員一早到社裡填公假，選定這一天填哪幾堂課不到班上去。樹哥卻開發了新方法，每天第七堂課上完後，他帶著社員們簽好名的空白公假單，去到課務組，和管點名單的小姐套交情，一一查看各班風紀股長剛剛送進來的點名單，看我們社員這一天在班上有哪幾堂課被點名記了缺席，他就再幫他請那幾堂公假，至於沒被老師記缺席的另外幾堂，幹嘛浪費公假呢？這樣「精確」地運用公假，樹哥讓我們實質上可以一整個學期都不必上課！

剛考上高中時，樹哥原本認定自己就是會依照家裡的期待，追隨大哥的腳步，投考醫學院，將來當醫生的。應該是和我們這幾個生性不馴的朋友混久了吧，升上高三之前，樹哥已經對於從醫這件事，在心裡充滿了懷疑和反感。他迷上了拉胡琴、寫書法和刻印章。大學聯考前幾個月，他在台北補習班附近租了房子住，名義上是要省下通勤時間認真準備考試，然而考前三天我去找他，他正專心在綿紙上臨寫不知第幾次的《張猛龍碑》。

這種態度當然考不上競爭激烈的醫學院。鬧了一場家庭革命後，樹哥重考一年，如願考上了家人認定沒前途的中文系。

說老實話，那幾年我對樹哥常懷抱著矛盾的罪惡感，常常忍不住想，如果沒有認識我們，沒有發現自己的人文興趣，他會不會過得「正常」些，順利些？

去美國留學多年後，回到台灣，又和樹哥見了面，他還在寫書法，也幫我刻了一方閒章。不過除此之外，我們兩人有了一層新關係——他是我的人壽保險代理人，細心地替剛剛有了女兒的我，規劃了一套全家保險方案。

如果不是樹哥改行成了極能幹的保險經紀人，我大概不會生出要買保險的念頭。想起了少年時代他處理社內總務工作的模樣，保單簽約時，我心中油然生出一種安心安穩感受，過去的友誼和現實的家庭責任，在此美好地交會。

我於八歲已經懂得什麼叫做保險

——馬家輝

對於從八歲開始已經坐上賭桌的我來說，「保險」二字非常親切，但在我幼時的理解裡，這個詞彙跟成年世界的所謂「保險」是徹頭徹尾的兩碼子事兒，儘管它們的背後原理大抵相同。

我是從二十一點的賭局裡學懂什麼叫做「保險」的；英文叫做insurance，香港人慣將之音譯為「燕梳」，買保險，就是「買燕梳」。

二十一點的基本玩法是，莊家先翻看一張明牌，讓你看清楚點數，然後你根據自己兩張撲克牌的點數大小，決定是否繼續要牌。假如莊家的明牌是A，你便有權選擇是否「買燕梳」，而遊戲規則是，假如你原先押注一百元，又選擇了買保險，便須再押原注的一半，即五十元，到最後，如果莊家取到一張十或J或Q或K，得了Black Jack，你輸掉原注一百元，但可贏保險的五十元，而且可獲兩倍的保險賠償金，亦即一百元。

換句話說，買了保險，萬一莊家取得Black Jack，你便扯平，不必輸錢；但若莊家不是Black Jack，不管你的原注是贏是輸，你的「保險金」亦遭沒收。

聽不懂？沒關係，嘿，有機會坐到賭桌上，賭兩把，十五分鐘後自會明白。賭錢是為了贏錢，這就有了成就動機，當一個人擁有強烈的成就動機，不管學習什麼都會又快又易，世上無難事，只怕沒興趣。

所以我於購買生平第一份醫療或人壽保險的好久好久以前，早已學懂保險的原理和意義，是的，許冠傑於一九七〇年代早已在流行曲〈鬼馬雙星〉裡寫出歌詞，「人生如賭博，贏輸冇時定」，我是許冠傑粉絲，我相信他的生命哲學，既然在無常賭桌上要保險，在日常生活裡當然亦要保它一保，以防萬一，以防不測。所以我於二十來歲時已經開始購買醫療和人壽保險，保費雖然不高，卻亦聊勝於無，買它，是給自己買個安心，暗暗覺得在變動不居的城市裡從此有了一個隱形的安全網，縱即失足跌下，亦不至於粉身碎骨。

更何況，自從於一九九三年成為父親之後，我更對買保險這玩意兒有點「上癮」，因為我就只有那麼一個女兒，家族的其他成員亦「人丁單薄」，她幾乎沒有表哥表妹表姐表弟表這個表那個，那就是說，有朝一日，當我和她的母親不在人間，她將孑然一身，孤零零，獨立蒼茫，獨自面對自身的老病愁苦。到時候，我們幫不了她，唯一能做的，恐怕是於生前替自己多買幾份醫療保險，老來治病需錢，不必由女兒張羅承擔；另外也多買幾份人壽保險，治療無效，藥石失靈，我們故去，留下一筆充裕的保險金支持她好好過日子、過好日子。

難道她不懂得自己工作賺錢嗎？為什麼不能自己仗賴自己？

唉，世態無常，賺錢之事往往不是個人所能控制，先給她弄妥經濟依靠，讓她不必純為賺錢而辛苦工作，亦是我的善心表現，我是「慈父」啊，如果在香港這種商業城市裡連這份善心亦不懂得預先鋪排，那實在欠缺生活智能。我絕對不是這種人，我愛女兒，我愛保險。

我愛買保險，故有一段時間亦喜購買飛行保險。駱以軍的《經驗匱乏者筆記》書裡寫過這種的心情，太像我了：他每回獨自一人在台灣搭內陸飛機，總是儀式般到大廳一個保險公司買一項限時二十四小時的保險，八百多元台幣，很貴，但像賭徒下注，若是墜機，妻兒可獲一千五百萬元賠償。而每回，當飛機在顛簸震動的氣流中降落松山機場，他總是額抵舷窗，同時浮現兩種心情，一是，「嘻，沒事了，平安回來了。」另一種是，「唉，死不掉，保險又白買了。」然後懷著複雜情緒，撿起行李箱，回家吃飯去。

我正是如此，每回到達機場，做的第一件事便是買保險，好多年了，都如此，直到後來有一回忘了買而照樣飛來飛去，忽覺省下保費等同「賺」了一筆，於是，懶得再買，戒了習慣。

駱以軍的故事令我聯想到另一件跟保險扯不上邊的小事：話說我曾應馬來西亞文化部和《星洲日報》之邀，與梁文道前赴該國演講，穿梭於不同城市，搭了好幾程內陸機，而每當飛機遇上亂流，向來怕飛的我例必側臉驚問梁文道：「道長，你記不記得徐志摩當年如何死去？我們會否遭遇相同？」

一旦飛機墜下，他和我都死於徐志摩式悲劇，告別人間，不帶雲彩。

然而，在飛機安全下降之後（廢話！當然安全！否則我怎會坐在這裡替你寫稿？）我又會皺起眉頭對梁文道感嘆：「唉，終究沒辦法像徐志摩一樣死得浪漫！老天爺，為什麼你不肯讓我們成為徐志摩第二和徐志摩第三？」

梁文道被我煩死了，與我同行，相信對他來說必是一種修練考驗，忍無可忍，仍須要忍，只因我佛慈悲。善哉。善哉。

大時代的流浪者

——胡洪俠

一九七九年我去衡水上師範，同班同學中有一位姓賈名躍平。整個一九八〇年代，他是我在小城胡亂闖蕩的最佳夥伴。大陸的一九八〇年代像一所十年制的大學。這所大學的畢業生，似乎都不那麼安分。他們想改變，想闖蕩，想驚天動地。他們讀書如饑似渴，做事如狼似虎，戀愛如夢似幻，但最終也總難尋到個落腳處。他們是一群大時代的流浪者，每個人都有不同的方向，一路上只見熙熙攘攘的人，和紛紛擾擾的爭論。他們的錢包是癟的，但心是飽滿的，都有說不完的話和數不清的心思。躍平正是一個特別能折騰的人，這一點非常對我心思，我們成了好朋友。

我不喜歡四平八穩的人，我看不慣墨守成規的人，我討厭死氣沉沉的人。躍平先是在衡水酒廠當工人，後通過自學考上師範。畢業後當了幾天老師，又調到了縣委宣傳部報導組。我去《衡水日報》不久，他也調到了衡水廣播電台。沒過多久，他又折騰到了報社，和我成了同事。一九八八年，我倆在小城混得心不甘情不願，於是結伴跑到海南。當時《海口晚報》正招人，可是人家嫌我們學歷太低，職稱太低，不要。一怒之下我回了衡水準備考研究生，他不服氣，留在海口繼續戰鬥。他那一腔熱血也不知感動了誰，反正他終於還是成了《海口晚報》的記者。再後來，我去北京上學，他突然又覺得海南沒什麼好前景，夢圓終於又夢碎，乾脆殺回衡水。我決定來深圳時，他又迷上了保險。當時新成立的一家保險公司在衡水建辦事處，他好像是負責人。他給我大講「保險是一種生活方式」，抨擊中國人總抱著「養兒防老」的陳腐觀念不放。他那裡新觀念與唾星齊飛，我只有頻頻點頭的份兒。當時公司有汽車的不多，他卻有一輛北京 212 吉普。我問他有沒有駕駛證，他說在衡水開車還用得著駕駛證嗎？「誰敢查我？讓他們試試！」他自己駕車跑各個縣城，建網點，發展業務員，忙得不亦樂乎。我問他報社的事怎麼辦。「什麼怎麼辦？」他躊躇滿志地說，「停薪留職。我下海了。」

一九九二年正是無數讀書人下海的年份，他棄文從了保險，我未免覺得可惜，但是他不這麼想。他是勇於獨立時代潮頭的人。原本他文字功底扎實，讀書趣味甚高，經常說我讀的書都是垃圾。他和孫犁是同鄉，也最喜歡孫犁的作品。曹聚仁的《中國學術思想史隨筆》和《萬里行記》，還有徐鑄成的《報人張季鸞先生傳》，他都推薦我看過。離開衡水來深圳前，他說你那本聶紺弩的《散宜生詩》可以還你了。我說就送你吧。他說這可是好書，你不要後悔。

過去同學和朋友之間的友情，不管多深，表現出來總是淡淡的。即使十年不見，一朝見面，也像昨日剛剛見過一樣，該打的打，該罵的罵。有事或許打個電話，一懶起來，電話和書信都免。衡水別後，我在深圳編我的報紙，躍平在繼續跑他的保險。忽然有一天，衡水的朋友來電話，說躍平出事了。「什麼事？」我一驚，「他的公司經濟上有問題了？」

「是車禍。他醉酒開車，那破吉普和一輛拖拉機撞了。」

「人怎麼樣？」

「一開始不省人事，到處都在出血，大家都覺得他完蛋了。現在穩定住了，做了幾個大手術，總算撿了條命。」

這小子果然命大。八〇年代中期他的腦袋有一次突然莫名其妙劇痛不止，我背他去當時的地區醫院就診，結果也是動了手術才保住一條命。此次車毀人存，算是又躲過一劫。春節回家時看他，我大驚失色。這哪裡還是當年大有「老子天下第一」氣概的躍平?說話已不利索,滿嘴支支吾吾;腳也走不利索,磕磕絆絆,踉踉蹌蹌。反應明顯遲鈍了,身體也胖了許多。我罵了他幾句,就不知再說什麼。他倒開導我,說是找了什麼大師,只要堅持練氣功就能慢慢恢復。我悄悄問旁邊的朋友此話是真是假,朋友說:「就當是真的吧。這樣有個奔頭。」

大陸的保險業在一九九〇年代應算是個新興行業。既如此,躍平堪稱是對保險業做出過貢獻的人,儘管我不知他的貢獻到底有多大。起碼他是用性命搏過的。二〇〇二年秋季的一天,編輯部一位同事的親戚小心翼翼站在了我的辦公桌前。她常來閒逛,也算認識。「您如果不忙,」她說,「我想給您談談我的工作。」我就問:「你的工作為什麼要給我談?」「我是從事保險業的。」她說,「是壽險。我的工作和任何人都有關係……」她拉過一張椅子,正要滔滔不絕,我連忙制止她:「我知道我知道,保險是一種生活方式。」她愣了:「你認識這麼深刻?」我哈哈大笑:「我都深刻了十年了。」

二三

咖啡館

我的星期一咖啡館

——楊照

一九九六年年中之後，有一段時候，我過的日子最接近典型的台北人。有一份全職上班的工作，在民生東路的大樓裡分配到一間約莫三坪大的辦公室。換句話說，生活裡有了一個不斷引誘我逃離的、別人指定的中心。

逃到哪裡去？逃到哪裡才能不要看起來像別人希望要看到的國際事務部主任？逃到哪裡去才不需要接無窮又無聊的電話，對著原本不認識或不屑認識的政客們解釋一些他們應該知道卻又偷懶不去學習的事？逃到哪裡才能碰到真心，才能對還好奇想聽真話的人，說些不掩飾不躲藏不心虛的真話？逃到哪裡去才能整理自己的怯懦、恐懼、挫敗、憤恨，以及洶湧而來的愛怨情仇？

只剩下咖啡館。尤其是星期一，早上開完「主管會報」之後，我就格外想逃。一種沒有未來、沒有明天式的逃離衝動。覺得自己就要活不過這最最憂鬱、最最死氣、最後的星期一。

於是，每個焦躁不安的星期一，我造訪當時台北還沒有徹底連鎖化的眾多大大小小咖啡館。在咖啡館裡撿拾自我、尋找真心，並且，努力寫出星期二就要見報的副刊專欄稿。

因而我知道數以十計的，那個年代的台北咖啡館。

我知道一家冷氣永遠開得太強的咖啡館。裡面服務的小姐，自己都戲稱那個地方是寒帶。坐在那裡，總是可以比別人早一點察覺到要變天下雨了。外頭空氣中的溼度一升高，咖啡館面街的大片落地玻璃就開始結霧，水珠凝得夠大，到有了足以淌流的重量，雨就落下來了。屢試不爽。

我還知道一家燈光永遠太暗的咖啡館。灰黑的四壁及天花板都保留了最純粹的水泥原色，未作任何裝飾，純粹到也不掛任何照明工具。只有每張小桌上一盞十燭光左右的燈泡，甚至還不足以照亮台燈本身的燈座，乍看下像是一隻只飄浮在空中的螢火蟲，異常堅持地寸步不肯飛離開。我曾在那螢弱的燈光下讀完李敖的回憶錄，若干瞬間錯覺以為自己置身在每個社會每個時代都有的潮寒土牢裡。

我知道許多家總是味道濃重的咖啡館。菸味咖啡味混著某種雨季的黴意，一層疊一層沾黏在桌布和椅墊，以及一切紡織纖維上，把那些細微的空隙填補得滿滿的。甚至不需要經年累月。那種味道裡只有膚淺的歲月感，沒有時間滄桑。在努力維持簇新外表的咖啡館裡，就是會有那種不肯隨著店門開關而新陳代謝的嗅覺刺激，像是舊式搽髮油的浮華紳士，昨夜殘留在枕頭上的味道。

我還知道更多家音樂永遠不對勁的咖啡館。最主要是不用心，看待音樂的態度就是「有了就好」。標準就是一張理查·克萊德門蒙混到底。要不然就是那種翻唱版英文老式情歌，連原本最情緒化、最悲愴的小提琴聲音，在裡面都不客氣地擺出虛情假意的敷衍姿態。更不要提歌聲了。要不然就是逼你聽一次又一次，最近唱片行賣得最熱門的ＣＤ。聽一百次張惠妹。再聽一百次許如芸。然後是鄭中基、梁詠琪。從這館聽到那館。

還有一種不用心是拿音樂嚇你，干擾你的情緒。永遠猜不出來下一秒下一分鐘，會冒出什麼東西來。巴哈的〈雙小提琴協奏曲〉最後一個音符還繞在門柱間，就突然發現後面追來了用誇張美聲唱的〈雨夜花〉。至於比爾．伊文斯（Bill Evans）的爵士鋼琴，就被搭配了安室奈美惠蹦蹦跳跳的〈Can you celebrate?〉。還有還有，南美風的比爾．伊文斯新世紀音樂會毫不客氣地被接上一段金戈鐵馬、風急雨驟，琵琶演奏的〈十面埋伏〉。這些，都不是我的想像，是真真實實發生過的咖啡館傳奇。我知道一批風格彼此抄襲的咖啡館。我知道好幾家總是有人講話講得好像在吵架的咖啡館。我知道一堆咖啡作假的咖啡館，他們的卡布奇諾只是用普通綜合咖啡加上鮮奶油、巧克力粉和彩色糖粒。我知道另外一堆簡餐做得極其馬虎的咖啡館。

就在這樣的咖啡館裡，寫了一年的專欄稿件，因而稿子裡最常出現的主題就是：這個社會到底是少了什麼人文基底與背景，以致於不會有讓人自在在裡面讀詩、討論哲學、爭辯正義是非的咖啡館呢？

一年之後，這批稿件結集成書，書名就叫《Café Monday》，星期一咖啡館。

半島酒店側門的風景線

——馬家輝

許多台灣朋友或前輩都有過經營咖啡店的夢想，也想過開設書店；都是文學界或學術界中人，都有不可救藥的浪漫。

我當然也有浪漫情懷，但在我的開店清單裡，從未包含咖啡店三個字，或許理由非常簡單，只因為，我的成長歷程跟咖啡店從來無緣，少年時代，在我從香港赴台北升學以前，從來沒有什麼難忘的咖啡時光，甚至，剛相反，唯一有過的咖啡時光是隱隱帶著哀傷。

少年的我夢想過開設的店舖包括：大排檔，茶餐廳，麻將館，夜總會，以及，按摩浴室。從來不喜咖啡店。香港雖曾是英國殖民地，人口卻絕大多數是生猛世俗的廣東人，「一盅兩件」的茶樓遍地開花，可供享受英式下午茶的咖啡店少之又少，也幾乎全部集中在酒店內，是所謂上流社會的專用空間，譬如說，尖沙咀的半島酒店。

半島酒店大堂的下午茶我在八、九歲時去過一次，自此，沒法了，直到三十多歲，在美國讀完博士，回港工作了，才因公務之需而在那裡坐過喝過，而小時候那回我點的也並非咖啡而是冰淇淋，至於去的理由是，陪父母親向一位伯伯借錢。

清楚記得那是暑假的七、八月，不必上學，所以被爸媽帶在身邊。伯伯是父親年輕時的死黨，做生意，辦廠，發了大財，每年一度在尖沙咀鹿鳴春菜館包廂宴請老友及家眷，吃得非常豐盛，魚翅肥雞海鮮，要啥有啥，小朋友們吃得肚皮撐脹，他們則喝得臉紅耳熱，彷彿人世繁華的存在意義就在這幾個鐘頭，之前的都不算，之後的別再想它，唯有這小時的熱鬧才是最確實的歲月存在憑據，菜在，肉在，酒在，我們在，已經足夠。

半島酒店就在鹿鳴春附近，在一九八〇年代加建以前只樓高七層，大門前有噴水池，門外停泊著勞斯萊斯房車，面對維多利亞港和維多利亞式火車站，大英帝國的氣派威嚴牢牢鎮壓於此，我等庶民百姓連走在酒店門前亦要屏住呼吸，低著頭，用偷窺的方式看她，簡直像到聖殿朝拜。頭一回走進酒店大堂，亦即借錢那一回，在伯伯的帶領下，爸，媽，姐姐牽著我，一步步，緩慢地，好像稍為用力即會踩破地上的什麼地方，其實是擔心任何動作都會出醜丟臉。口袋沒鈔票的人，心裡通常都沒自信。

酒店大堂的燈光十分陰暗，於小時候的我，近乎鬼怪故事的發生場景，記憶中，地氈極厚極軟，我微微跌倒，幸好姐姐把我拉著，性格緊張的父親回過頭來瞪我一眼。我嚇得想哭。坐定之後，伯伯和父親點了咖啡，我記得非常清楚，因為伯伯笑著告訴我，喝咖啡，最好先加糖，用小匙攪和之後，才加奶，這樣喝起來才比較味道均衡，我心裡覺得他很講究，是英雄；父親則乾脆喝黑咖啡，什麼都不加，讓我輕嚐一口，苦澀得似廣東人的涼茶，我想吐。

媽媽點的是什麼飲料，我忘了，我猜應該是熱檸檬茶，她的口味非常庶民，平日只喝普洱和鐵觀音之類中國茶，酒店咖啡廳的餐單想必只有熱檸檬茶最為貼近，不會有其他選擇。我和姐姐則吃冰淇淋，巧克力味道，加了圓圓紅紅的草莓，看上去檔次很高，所以吃起來亦覺得特別美味。

其實那個下午爸媽和伯伯的談話內容我全不知曉，精神都集中在美味的冰淇淋上面，日月星辰皆在其中，成年人世界的距離過於遙遠。倒是離開酒店時，大小四人沿著彌敦道走向旺角，媽媽說的幾句話讓我難忘。她對父親稱讚伯伯，說他這個人很有義氣，對朋友很照顧，朋友跟他借錢，他要嘛不借，如果肯借，絕對不會向朋友追問借錢原委，更不會講明還錢的期限，這跟他對待員工的態度是一致的，「疑人不用，用人不疑」，行走江湖依靠一個「信」字。於是我明白了，他們剛才是向伯伯借錢，並且，成功。

不知道是什麼理由，我對於「義氣」呀「江湖」呀「信」呀之類詞兒特別敏感，聽進耳內便有強烈感覺，特別是那句「疑人不用，用人不疑」，許多年了，長記心中，偶爾亦於辦公室的現實生活裡派上用場，腦海同時浮現那位頭上抹了厚厚髮油、戴著四方黑框眼鏡的伯伯臉容。

也是許多年後我才知道半島酒店的歷史。一九二〇年代的老酒店，國際名牌，英國軍隊曾經把她用作臨時總部，日本鬼子占領香港時，亦是，把她用作戰時司令部，鬼子頭目磯谷廉介更曾住在此地兩個月，享受夠了，才遷往中環的港督府。半島酒店咖啡座曾有無數身影出入其中，或優雅，或綺麗，或堂皇，華人影星，國際明星，豪門巨賈，政治名流，都在，嗯，連張愛玲也來過，她很喜歡這裡的咖啡。

「到半島酒店喝咖啡」至今仍是高端生活品位的行為符號，但當然，已經不再是有錢人的專利了，這年頭，誰捨得付費，誰都不難享受「片刻高檔」。所以半島酒店大堂咖啡廳的本地顧客愈來愈少了。來此的幾乎全部是內地遊客，每天下午，酒店側門外都有一條長長的等候人龍，喧譁聒噪，仰望高檔，排隊時間大約九十分鐘，這是金錢以外的成本，也成為尖沙咀街頭的一道奇趣風景。

紅旗大街上沒有咖啡館

——胡洪俠

不用說我小時候，說一九八〇年代初我去衡水當記者時就好了。那時候我還沒見過咖啡，更沒喝過，但是，無數次地聽說過。一個女聲，天天在耳畔給你述說咖啡的故事，那聲音柔軟得似乎一吹就成柳絮，美妙得讓你不聽很寂寞，聽了更寂寞。只聽她不停地說：

美酒加咖啡，我只要喝一杯。／想起了過去，又喝了第二杯。／我並沒有醉，／我只是心兒碎。／開放的花蕊，／你怎麼也流淚。／明知道愛情像流水，／管他去愛誰……

我不「管他去愛誰」，我知道美酒會讓人醉，可是咖啡呢？原來我一直以為「咖」是讀jia的，原來不對，原來讀ka。聽著鄧麗君的歌我就想，咖啡既然能讓一個女人流淚又心碎，可見不是好東西，大概有點毒品的意思。可是，那世界變化快，沒多久我們就知道了，原來咖啡「味道好極了」。是電視上說的。電視上每天都在說。不過，那時候電視上說的事，大都和普通百姓的生活沒什麼關係，包括廣告。我們仍然見不著也喝不到咖啡。我們一如既往地喝白開水。又過了些日子，有的人開始用高高大大的即溶咖啡玻璃瓶子當水杯了。那曾是一件讓人羨慕的事：你用咖啡瓶子喝白開水，說明你可能喝過咖啡了，至少你認識喝過即溶咖啡的人，且能將瓶子弄到手，你和喝過咖啡的人關係這麼不一般，可見你也不是一般人。

那時候衡水剛剛由「鎮」升格為「市」。是縣級市，人口不過三萬餘人，稱得上大街的馬路數來數去也不過五、六條。街兩旁多的是機關，是工廠，是掛著各種牌子的單位。城市就是由一個又一個單位組成的。我們活在其中，日子是「兩點一線」：上班從宿舍到單位，下班從單位到宿舍。在這樣的城市格局裡，街角一定是牆角，而不會是咖啡館。生活在此格局之中的人，即使有能力、資歷或財力喝即溶咖啡，也都喜歡或者習慣躲在家中或單位裡享用。現在明白了吧，在沒有咖啡館的地方，即溶咖啡才大受歡迎。

聽說，咖啡館是用來放鬆身心、品嘗咖啡、消磨時光的，是可以呼朋喚友一起聊天討論問題的，是讓你可以有空間獨自發呆或獨立寫作的，也是供男男女女相約而至竊竊私語的。又聽說，有隱私權的人，才需要咖啡館；有參與權的人，才需要咖啡館；需要在公共空間談論公共話題的人，才需要咖啡館；空氣裡彌漫著創意、自由、藝術、浪漫、雅致等等生活氣息的地方，才會有很多很多的咖啡館。可是，那時候，我們沒有嘗試過世上的另一種生活，我們不需要和我們不一樣的生活方式，我們堅定不移地按自己的方式生活。一萬年太久，只爭朝夕，「革命生產兩不誤」，哪有多餘的時光用來消磨，誰又敢說自己身心疲憊需要放鬆？也沒什麼問題可以讓我們討論，組織上都替我們解決了，單位像大家庭一樣溫暖。我們要發奮，要發揚，要發揮，但不能發呆，否則就是發傻。什麼「自由、藝術、浪漫、雅致」，我們要的是「團結、緊張、嚴肅、活潑」。至於男女約會，君不聞「軋馬路」一說？是啊，夜幕降臨，路燈初上，男男女女就上了馬路。他們知道哪條路上人多，所以專去那人少燈暗的。除了馬路，他們能去哪裡說說話呢。家裡地方小，沒他們的空間。單位都下班了，處處「閒人免進」。公園收門票，還有專人用手電筒掃射花圃樹叢。他們只好在馬路上來來回回走到深夜。

那時候，好像也只有馬路，還有點公共空間的意思。晚飯的筷子一放，人們不約而同全上了街。與其說這是散步，不如說是散心。尤其在小城市，你出單位大門，肯定會走那條通往火車站的路。就那條街最寬啊！其他單位的人，亦復如是。於是，在這條路上，你有機會碰見你認識的所有的人。本來十分鐘不到的路，也許走一個小時，你都還沒看見火車站候車室門口飄著的紅旗。因為一路之上，你的腿很閒而嘴很忙：剛和昨天還見過面的老鄉聊了幾句，又碰見隔壁的老李。這時旁邊有一個人朝你樂，卻一句話不說，你扭頭一看，原來是老王。好不容易告別了老李老王，多日不見的老張夫婦帶著寶貝女兒走了過來。「女兒真有出息」之類的話還沒說完，老張就拉著剛走過來的一條漢子大聲說，來來來，給你介紹我們單位的老郭……就這樣「循環往復，以至無窮」。

以現在的眼光看來，三十年前衡水雖然絕沒有咖啡館，但那條通往火車站的路倒有點咖啡館的意思，只不過沒有咖啡而已。那條路叫「紅旗大街」。現在衡水有很多咖啡館了，不知有沒有一家叫做「紅旗咖啡館」的。若沒有，真浪費了一個好名字。

二三 開會

會中浮現的人生腳本

——楊照

後來知道了，人生的一個重要關卡，在於瞭解了開會有兩種，一種是有腳本，還沒開之前就曉得會發生什麼事的會；另一種是沒有腳本，為了要知道會發生什麼事才開的會。

最早的會，一定是朝會和週會。我只念過半年的幼稚園，來不及留下太多記憶。到現在還能記得的，不外四件事。第一、隔壁有一個開計程車的柯伯伯，她女兒跟我念同一所幼稚園，所以常常順道讓我坐他們家的車上學。第二、班上的老師，有個奇特的姓，藍色的藍。第三、幼稚園裡有一個好玩的大玩具，大家各坐一個小位子，坐好了，校工幫我們推轉，愈轉愈快，好像要轉到天上去了。還有第四件，早晨要開朝會，我還曾經被選去幫忙拉繩子升旗，換來一個「好寶寶」的紅色胸牌。

朝會、週會，是固定的會，到後來，基本上就連校長會說什麼、訓導主任要訓什麼，甚至邀請來專題演講的老師或來賓講的內容，都沒有任何讓人意外的了。日復一日，年復一年，算算到我上高中時，已經累積了九年多，三百多場週會，一千兩百多場朝會的經驗了。

真的不能怪我，也不用佩服我早在高中二年級，就說了一句在同學間流傳的名言。我只是比別人願意實話實說罷了。我說的是：大人給我們的演講，只有兩種內容——要嘛是我們已經聽過兩百遍的，不然就是我們一聽就知道講者自己都不相信的，只是拿來糊弄我們的。

當然那時候不會去想有一天自己會變成大人，更不會去想有一天換成自己去高中演講。真是報應。這些年，每次去高中演講，開頭時我都會懺悔地引用自己少年時的這句話，然後努力只講自己相信，而且應該沒有別人說過的話。

小學五年級開始有了班會。開始在班會中選舉班級幹部，然後一點一點增加班會中決定的內容。班級遠足要去的地點。班費繳交的數額。如何分配打掃區域。到了高中，又多增加一種會議內容：會有好學深思的同學，尤其是參加了班聯會或辯論社社團活動的，堅持會議的程序，例如選人時應該「先提名先投票」，選議題時應該「先提名後投票」。然後，還有更好學更深思的同學，認真地讀了國父孫中山的《民權初步》，慷慨激昂地用一種革命的語調教導大家開會的正確方式與正確精神。

我生平開的第一個「自由會議」，還真的有點革命意味。那是大學一年級下學期剛開學，在活動中心的自助餐廳。那天早上註冊時，才臨時通知，歷史系班上同學卻踴躍來了將近四十個。引發會議的原因——大家都受不了我們的英語老師。

剛開始眾人七嘴八舌發洩對老師的種種抱怨，突然，一個服完兵役才重考，年紀比我們都大上好幾歲的同學具體提議：我們不應該這樣忍氣吞聲，至少要寫一封正式的陳情信給外文系主任，讓他瞭解這位老師的種種行徑，讓他評估這位老師是否適任？

於是我自告奮勇起草陳情書，就在餐廳油膩的桌上，攤開一張我隨身攜帶的白報紙，一條一條整理：老師經常遲到、請假，讓同學在教室枯等；老師酷愛使用尖刻的語言辱罵學生，一個學期下來至少有二十個女同學被罵哭了；老師缺課時就叫同學聽她在某電台的深夜英文教學節目，節目內容和班上教學一模一樣……

我一條一條修正字句，一條一條唸給大家聽。然後來了最戲劇性的程序。我站起來宣告：「認為應該以個別簽名方式遞送陳情書的，請舉手！」大家面面相覷，沒有任何一隻手舉起來。我立刻再宣告：「認為應該用全班名義陳情，共同承擔責任的，請舉手！」三秒鐘內，每一隻手都舉起來了。再過三秒，有女同學被自己的義氣與承擔感動得哭了，我也忍不住擦了擦潤溼的眼角……

原來人間有這樣的會，不只有那種照本宣科的會。藉由會議，我們給自己寫了一個小小衝撞學校體制的人生劇本。一個開端。接著有外文系讓步撤換英文老師的事件，再過一年，有非國民黨籍學生當選台大學生會會長的事件，再過兩年，有學生在校門口抗議因政治立場遭到退學的事件，再過兩年，有台大的學運團體「自由之愛」成立，再過兩年，在中正紀念堂的大型學運爆發……

會議室內看見紅蘋果

——馬家輝

開會是一樁痛苦的事情？

如果你曾經主持會議或必須經常主持會議，便不會這樣覺得了。相對於主持會議，僅僅坐著參加會議其實超輕鬆，你可以低頭不語而在心裡詛咒主持或其他與會者，你可以假裝抄筆記但其實只是寫日記，你可以練習張開眼睛而發白日夢，想念舊情人，想念家中的老婆，或想念別人家中的老婆……總之你可以人在心不在，發揮阿Q式的幻想勝利法，暗爽一下，免得百分百浪費生命裡的半小時或一小時甚或幾個小時。

但假如你是會議主持，便沒此福分了。你必須一直保持清醒，眼看四面，耳聽八方，準確掌握會議出席者之間的「人際動力」，誰是敵人，誰是盟友，誰想害誰，誰想幫誰，皆須有個了然，否則不容易達成會議目的或獲得實效，至少，很容易大出洋相或惹禍上身，把同事或下屬之間的鬥爭怨氣轉移到自己身上。

簡單來說便是，參加會議的人有偷懶的空間，主持會議的人沒有；主持會議，累，是個耗神活。

抱怨了一堆，嗯，你猜對了，當然因為過去十五、六年來我的其中一項基本工作是主持會議，每週五下午的部門例會，每週三早上的工作例會，每週一傍晚的研討例會，我都由於工作崗位和職稱的理由而必須擔任主持。請注意，是主持，不是司儀，並非簡介出席者身分這麼簡單，而是要預想議程，分析狀況，引導討論，提出總結，什麼都要做，儘管有會議祕書在場負責抄寫記錄，我卻是master mind，會議主腦，必須投入精神心血，半分不可失神。

幸好這只需耗神勞心，但在開會技術上，絕對難不倒我，因為我早於二十多歲時已經編寫了一本叫做《如何開會》的小書，儼然「開會理論專家」，加上十五、六年的經驗累積，主持會議，有板有眼，有節有度，我極在行。

那本書的出版者是台灣「遠流」，那年頭，大學畢業後，換了兩三份工作，決定出國攻讀博士學位，申請了，留在台灣等候消息，編輯朋友找人幫忙，找上了我，那是一套叫做《How To 企業人手冊》的系列書籍，每本書針對一個具體的企管議題提供理論和行動指引，例如開會，例如行銷，例如人際關係，諸如此類，只需六萬字，連編帶寫（也就是看讀數十本相關的中英文書籍，搜集材料，融會貫通，用自己的語氣表達出來，所以叫做「編著」而不是「著」），稿費六萬元台幣，對年輕的我來說已屬非常吸引。我替出版社承包了兩本，《如何開會》是一本，《市場心理學》是另一本，編輯給我每本書四星期的交稿時間，但我前面三星期都用來陪女朋友吃喝玩樂，到了最後一週，始足不出戶，閉門趕稿，一口氣寫成編成，然後一手交貨，一手收錢，還得到對方表揚：「其他研究生交出來的稿子，要改；馬家輝交出來的稿子，隻字不動即可發刊，結構嚴謹，用字精準，厲害！」

這位編輯，姓蘇名拾平，是台灣出版界大老，早已自立門戶，有了自己的出版集團，兩岸三地的出版專業人士都知道他也尊敬他；他的意見，肯定準確。

話說回來，在編著那書以前我亦有過一些開會經驗，在雜誌社內，但不是主持而只是參與者，初出茅廬的小伙子，是初級記者，當然沒資格坐在主持的位子上。但那時候的我的快樂並非來自不必承擔主持工作，而是因為會議桌前亦有她，那時候的女友，多年後的妻子，我們是同事，每天在辦公室內見面，卻各有各忙，各自埋頭寫作，沒有機會四目相投，除了在會議室內。她非常害羞，開會總不發言，偶爾被迫說話，一張圓圓的臉孔會像卡通人物般於一秒鐘內變得紅彤彤，如蘋果，如火焰，我總是故意坐在她對面的位子，雙眼直刺刺地注視著她，看她，把她看得紅上加紅。她曾說小時候被老師和同學喚作「蘋果」，我起初不解，直到開會之際，才恍然，是的，果然是。

那應是我這輩子開過的最甜蜜的會議了。自此以後，沒有了，開會變成苦差，純為責任而開，毫無樂趣可言。喔，不，樂趣仍是有的，小小的樂趣，暗暗的樂趣，譬如說，在會議桌上看見文學界的朋友和前輩互相辯論、爭吵、調侃、對抗，都是五、六十歲的人了，卻像小孩子般鬥嘴，我便覺得好玩，重拾童心與童真，隱隱覺得生命美好。

生命的樂趣並非自存，而要自找，對這，我是專家，life is short，be happy，我懂。

那些年開的那些會

——胡洪俠

從小就開會。學會走路學會說話以後，我不學而會的事情就是開會。那時候的會真多；即使在華北平原一個偏僻的村莊，大大小小的會都很多。我先是當批鬥會的看客，和小伙伴們繞著會場喧喧譁嘩看熱鬧，反覆默記主席台下幾個彎著腰撅著屁股五花大綁著的反革命份子都叫什麼名字。會後照例是遊街，革命群眾興高采烈敲鑼打鼓，反動份子頭戴高帽低頭走路，我們則忽而在前忽而在後地一路小跑，指指點點，交頭接耳，吃吃偷笑，彷彿過年逛廟會一般。

等上了小學，不費任何氣力，我就變成了「會中人」。那時的教室內外，處處都是會場。若有幾天不開會，大家就心有不安，覺得一定是哪裡出大事了。不過，不用擔心，大事一定會出的，而且一定是一個接著一個。出了大事是一定要開大會的。開會的人，聚聚散散也就那些，可是會議的內容常變，橫幅常換，口號也是常喊常新。我開過「地富反壞右」批鬥大會，開過「憶苦思甜」控訴大會，開過「批林批孔」經驗交流大會。還有「評法批儒」現場會，「參軍光榮」動員會，「現行反革命份子」公判大會，「反擊右傾翻案風」揭批大會，「繼承毛主席遺志，將無產階級文化大革命進行到底」誓師大會，「深切懷念周總理」紀念大會，憤怒聲討「四人幫」萬人大會，等等等等。

這都是校外的大會。校內的大小會，就不用枚舉了，次數比校外的更多。還是校外的大會熱鬧又隆重：以班級為單位，排著整整齊齊的隊伍，依次入場。腳步雜沓，塵土飛揚，人影散亂，殺氣彌漫。行進之中，豈能鴉雀無聲，必須口號震天。我們都盯著領隊的班幹部。他那裡右手振臂一呼——「千萬不要忘記階級鬥爭」，我們就憋足了勁，齊聲跟著高呼一遍。喊著喊著，班級之間的競賽就開始了。這裡高吼「抓革命促生產」，那裡就大叫「備戰備荒為人民」。常常是會場未到，我們的嗓子先啞。可是，啞了的嗓子也還要繼續用，因為大會開始前照例要「會歌」：各班各唱自己的歌，務必要形成此起彼伏、東風壓倒西風、一浪高過一浪的大好形勢。等大會終於正式開始，我們早已出了好幾身汗了。現在想來，對學生而言，參加那時的大會，雖不用動腦子，卻算得上是一項體力勞動，練嗓子練走路也練肺活量。

開著大大小小的會，喊著長長短短的口號，唱著學習這個又學習那個的歌，我們長大了。長大了也還是要開會，只不過會議的內容和開法又花樣翻新了不知多少回。忽然有一天，我想，那些年我真的是在開會嗎？我不過是去參加集會罷了。那樣的會根本沒有議題，也不需要你參加討論，需要的只是你舉手和表態。那些會的真諦是教育你，震懾你，增加你的恐懼，堅定你的決心。會議的主持者經常用一個假設句式：如果你不怎麼樣怎麼樣，你就會如何如何。這是那些年刻在無數人心頭的句式，與會者都可以據此造出一個讓自己害怕的句子。比如，如果你不聽話，你就會受到處分；如果你不改變你的想法，你就會被批判和揪鬥；如果你不懸崖勒馬，你就會和剛剛槍斃的那些人是同樣的下場；如果你竟敢一意孤行，就叫你一輩子翻不了身……

一九八〇年代初期，批鬥會已經漸漸少了下來。有天晚上我和同屋李曉嵐神聊開會的趣聞，我說我們村裡的老支書太好玩兒了：逢開會他必端坐主席台，雙手捧著《毛主席語錄》，可是他不識字，手裡的語錄本經常是倒著拿的。大家都不敢告訴他，怕把他惹急了，扭頭就把你打成反革命份子。曉嵐說，你只知荒唐的一面，哪裡知道還有可怕的一面。「開會真要人命啊！」他嘆道，接著給我講了個故事：

「有一年我和我一個同事，一塊參加批鬥大會。會前先喊口號，那天喊的是『擁護毛主席，打倒劉少奇』，翻來覆去就這兩句。散會後那同事深夜來找我，說出了大事了。我見他滿頭汗珠，臉上沒有了一點光彩，一副魂不守舍的樣子，趕緊問出了什麼事。那同事說：『白天喊口號時，不小心喊錯了。我不是故意的，我向毛主席保證，我一千個一萬個不是故意的。』聽到這裡，我笑著扶他坐下，說不就是喊個口號嘛，錯了就錯了。同事說：『你哪裡知道是什麼錯？大錯特錯！罪該萬死！不是都在喊「擁護毛主席，打倒劉少奇」嗎？我生怕喊錯，千小心萬小心，結果還是有一句喊成了「擁護劉少奇，打倒毛主席」了。』我一聽，也有點緊張，就問他：『有人聽見你這麼喊嗎？有人找你了嗎？』同事說：『還沒人找我，可是一定有人都聽到了。我喊得那麼響，怎麼可能沒有人聽到呢？我覺得有人看我的眼神已經不對了。你是瞭解我的，我是無限忠於毛主席的……』我耐心勸他，說亂哄哄的會場，不會有人注意到你喊什麼的。他就是不信。他說天一亮他肯定會被揪出來。」

「後來呢？」沉默了一陣後，我問。

「沒有後來。」曉嵐說，「第二天早晨一起床，我就聽說他夜裡上吊自殺了。」

二四 小學語文第一課

「少了一個人」，什麼人？
——楊照

我小學一年級國語課本第一課的課文是：

「ㄉㄧˋ ㄧ ㄎㄜˋ ㄌㄠˇ ㄕ ㄏㄠˇ ㄒㄧˇ ㄠ ㄆㄥˊ ㄧˇ ㄡ ㄏㄠˇ」

因為課文是用「注音符號」寫的，上面沒有一個漢字。一年級上學，先上《國語首冊》，整本都是用注音符號寫成的，那主要是教注音符號的。要先學會了注音符號，才上《第一冊》，開始認漢字。

一直到今天，我女兒都還是從注音符號學起的，只不過她是幼稚園裡就學好了注音符號，小學課本一開始就有漢字了。

一邊陪女兒學注音符號時，我一邊抱怨著：為什麼不能淘汰掉這套笨拙的語音對應系統呢？就因為兩岸政治上的隔絕與衝突，我們就不能採用漢語拼音嗎？

漢語拼音比注音符號有道理多了。小孩可以早早先學英文字母，不需要另外記一套只在台灣通行，而且除了語音對應外，沒有其他功能的系統。注音符號三十七個符號要一一記得，對四、五歲的孩子，仍然是不小的壓力啊！

更麻煩的，學的是注音符號，等到要在電腦上打字時，就得記注音符號的鍵盤。注音符號的鍵盤，不同於英文字母鍵盤，所以練得一手快速準確注音輸入法，完全無助於英文打字。

二十多年前，我是先在打字機上學英文打字的，知道去美國留學一定得用到。練會了英文打字時，出現了中文文書處理器。那時中文輸入一般用「倉頡輸入法」，我一看傻眼了，不只要學會如何把字拆開來成為幾個符碼，還要重學一套「倉頡」專用的對應鍵盤。

我放棄了，沒學。去到美國，卻發現了原來大陸不用注音符號，是用漢語拼音。我很快學會了漢語拼音，同時也就學會了中文輸入，沒有多費一丁點力氣。漢語拼音所需要的鍵盤，就是英文鍵盤，當然比「倉頡輸入法」或「注音輸入法」有道理多了！

幾年之後，一個偶然的機會，告訴了老友張大春我的漢語拼音輸入經驗。他為之喜出望外，因為他跟我一樣也練過英文打字，一樣也深為「倉頡」或「注音」的另一套鍵盤所苦。當下，在他龍潭舊家給他的電腦灌了拼音輸入法的程式，經過半小時的試用，大春立即從手寫稿的作家，變身成了敲電腦的作家。

我仍然主張應該廢掉注音符號，讓台灣的孩子也學漢語拼音系統，但顯然，在台灣對注音符號有感情、對漢語拼音覺得陌生、甚至害怕的人，還是占絕大多數。

好吧，來給大家翻譯一下，前面那段注音課文，唸出來的話是：「第一課 老師好 小朋友好」，很簡短，也很好記的課文，所以四十多年後都還記得。

還記得，跟在後面的第二課是「起立 鞠躬 坐下」，第三課好像是「鐘響了 上課了 下課了」。

至於開始有漢字的《第一冊》，我今天已經記不得課文全文了，只勉強記得前幾課標題。我的老友唐諾有驚人的記憶力，至今可以把十二冊的國語課本內容從頭背到尾，只可惜他大我五歲，那五年間課本改版過，不能直接拿他記得的來當我念過的。

《第一冊》第一課是「我起來了」，第二課是「媽媽早」，第三課是「誰起得早」，第四課是「我的書包」，奇怪的是，接在「我的書包」後面的第五課，卻是「少了一個人」，我清楚記得這個題目，卻一點也想不起來究竟少了什麼人。是點名時少了同學嗎？如果記得起第六課，或許就猜得出少掉的是誰，看起來課文是前後連貫的。然而，不只是第六課，第六課以後的，連任何一點蛛絲馬跡都沒留在腦子裡。

有一段時間，回憶小學生活，一定想起「少了一個人」，一定為那究竟少了什麼人感到苦惱。好不容易有好些年，都沒再想起，不意為了寫這篇文章，又想起來了，真是的，到底為什麼「少了一個人」呢？看來我今晚要為了四十多年前少了的那個神祕不可解的人而睡不好了。

原來我曾叫做 Peter Chan!

——馬家輝

必須承認，我記不得小學語文第一課是啥東西了。

有兩個理由，一是課文肯定不會有何深刻的時代意義如胡洪俠之於中國大陸所曾經歷，二是我的記憶力遠遠比不上楊照他老兄經常能夠清楚記得四十年前讀過的一篇文章甚至一個句子。

所以我唯有以勤補拙，派遣研究助理到香港大學圖書館查考史料，終於，探子回報，據說上世紀六十年代的香港小學語文第一課很有可能是「我的家」，開首如下：

「我的家，有爸爸，有媽媽，有哥哥和弟弟，也有姐姐和妹妹。我愛爸爸，也愛媽媽。我愛哥哥，也愛弟弟。我愛姐姐，也愛妹妹……」

這麼平淡的表達文句實不容易引起孩子的語文學習趣味，但以這樣的篇章作為語文課程的起始，倒確切反映了香港社會「傳統性」的某個側面：對於家庭倫理的重視。家，父母親，兄弟姐妹，都是香港華人於殖民年代的核心關注。

會不會正因為那是殖民年代？會不會正因為那是浮華亂世？

不像中國大陸和台灣，香港人在洋人的管治統領下，許多年來一直把「政治」視為禁區禁忌，不談，不肯談，不願談，沒興趣談，沒心情談，沒動機談，這只是一個城市，沒有自己的領袖，沒有自己的主義，沒有自己的權威。有一句話說「暫來的時間，暫來的空間」，其實不僅對英國殖民者適用，對南來借居或定居的香港人亦有效，甚至與土生土長的香港人亦有關係，因為你永遠不知道睡醒之後，這個城市會不會被轉手被交換被歸還被送走被禮讓。在此城，你只能做一天和尚敲一天鐘，你誰都不能依靠，除了自己，以及你的血緣、你的家庭。

家之價值，正是我這一代香港人的核心價值，那年頭的香港尚未流行高喊什麼「我要民主！捍衛自由！維護人權！」之類的嚴正要求，大家都在掙扎餬口，連「富一代」亦少之又少，遑論「富二代」。在掙扎的汪洋裡，家人當然是最穩當的浮木，你抓住他們，他們靠近你，相濡以沫，相助以親，世上再沒有比這更溫暖更實在的事情了，而且英國人絕對不會前來干預，甚至反而透過教育宣傳推波助瀾，告訴香港人，愛家顧家，家庭便是你的一切和你所配有的一切，別想其他了，有家便夠了，千萬別談什麼「沒有國，哪有家？」之類的龐大空話。

所以小學語文第一課是家。所以上世紀七十年代最煽動人心的電視劇叫做《七十二家房客》。所以香港的所謂黑社會江湖義氣根本就是家庭倫理的傳統父權縮影。也所以，在香港，有許許多多男子都在名字裡有個「家」字，譬如說，家輝。是的，在香港，家輝遍地，我是其一。

我有姐姐妹妹，她們的名字都有個「嘉」字，跟「家」字同音，卻又偏偏不是家，或因在我父親心中，家庭責任應該由兒子承擔，男人才是家的主導主梁主宰，那就各有分工，她們嘉，我是家，把家庭重責放在我的肩膀上面；他日若我稍有成就，便是讓這個家庭有了光「輝」，責之所當，榮之所在，簡簡單單的兩個漢字寄寓了父親的期盼理想。

在香港成長，多年以來我當然有過英文名字，小學時叫做 Anthony，後因不懂發音，改為比較簡單的 Tony。中學時沿用此名，沒有改變，直到去美國念研究所，在威斯康辛大學，當了助教再當了講師，為方便跟洋學生溝通，取名 Mack，喜其跟我姓相近，然而當學生喊我 Mack 時我又總要延遲兩秒才懂得回應，洋名於我，終究不夠親近，我仍只喜歡家輝家輝。

一九九七年回到香港工作，完全沒用洋名了，除了偶爾在不良場所應酬玩樂，為遮身分，讓朋友們喊我為 Peter Chan；不僅改名，乾脆連姓也改了。其後連不良場所也絕跡禁足了，Peter Chan 又遭棄用，但有一回跟妻子走在鬧市街頭，迎面遇上一位妖艷女子，她瞄我一眼，對我笑道：「Peter 哥，好久不見了！」把我弄得尷尬異常。

低頭疾走。在西安。在玄裝法師埋骨之所的興教護國寺。但我不是孫悟空。

妻子盤問我，你什麼時候有個洋名叫做 Peter？我聳肩扁嘴，沒回答，以沉默對抗拷問，是為上策，只因我妻子很善忘，沉默兩天，她便不會再提。

香港近年流行把中文名字喚成簡稱，家輝的廣東發音是 Ka-Fai，簡稱便是 KF，逐漸有不少朋友喚我 KF，但仍然以「家輝」、「馬生」、「馬爺」、「馬老闆」為主流。我的家，我的輝，我的馬，注定跟我不離不棄一輩子，從小學語文第一課開始，便是我的生命烙印。

這一課，句子最短，歲月最長

——胡洪俠

有一個問題，這些年我一直感興趣，也問過許多年輕人。我問：「還記得當年小學語文第一課你學的是什麼課文嗎？」奇怪的是，問到的人差不多都給問倒了。他們總說記不得了。

我記得。我的同齡人也大都記得。我們總能脫口而出：「毛主席萬歲。我們第一課學的就是這一句。」

那麼，我們學「毛主席萬歲」的人為什麼都記得小學語文第一課，而你們為什麼就不記得自己當初學的是什麼？

是因為我們的這一課字數很少、句子很短嗎？

的確，我們的第一課，只有五個字，不僅字數很少、句子很短，而且字數最少，句子最短。據我所知，葉聖陶先生整整八十年前編印過一套《開明國語課本》，第一課雖然很短，但也有七個字：「先生，早。小朋友，早。」

一九四九年以後的十幾年間，第一堂語文課的內容驟然加長，而且都是順口溜一樣的「新詩」了。既然是「詩」，寥寥數字無法包辦，只能湊它幾十個字，變成短短幾行。比如五十年代第一套新型小學語文教材的第一課：「毛主席，像太陽，他比太陽更光亮。小兄弟，小姐妹，大家一齊來歌唱：太陽太陽永遠光亮，我們跟你永遠向上。」又比如五十年代後期人教版一年級的第一課：「爺爺六歲去放羊，爸爸六歲去逃荒。今年我也六歲了，公社送我上學堂。」原來大躍進時代學齡兒童的入學年齡是往下「躍」的，六歲就要上學了。若按今天的規矩，這首詩得改成「七歲去放羊，七歲去逃荒」之類才對。時過境遷，一年級的語文教材都已完成了從文字到文獻的過渡，想來堪驚。

如此說來，因為句子很短，所以印象很深，或許有些道理。可是，七十年代的第一課也有些很短的句子，比如前期的「我愛北京天安門」，比如後期的「你辦事，我放心」，比如七十年代末的「毛主席永遠活在我們心中」，你們怎麼也不記得？

所以，奧祕也許不在句子長短，而在「毛主席萬歲」這五個字本身。在我們這一代的童年，此「五字箴言」原是不需要等到進了小學教室才開始學習的。胡同裡追逐嬉戲時，牆上的標語寫的是這五個字；圍觀大人們開會時，聽他們一遍又一遍喊的是這五個字；廣播裡每天重複最多的句子，是這五個字；誰家不貼毛主席像？你天天在畫像下方或旁邊看到的，是這五個字；過年了，貼春聯，不管上聯下聯寫什麼氣壯山河的話，橫批總是這五個字；家裡的茶杯臉盆毛巾暖水瓶上，處處都印著這五個字。學習這一課，我們根本用不著語文老師；或者說，我們這第一課，數長城內外、黃河上下，看大江南北、塞外嶺南，走沿海邊疆、大都小邑……天下誰人不是我們的語文老師？這五個字，早已是我們做夢都不會說錯分毫的日常用語，是繞過大腦直接噴薄而出的穩定詞組，是「從來不需要學習，永遠也不會忘記」的語言基因，哪裡還用得著一筆一劃地學，一字一音地唸？

我的小學語文老師是鄰村人，姓王，個頭不高，又黑又胖，眼睛出奇地大，對我們常常露出凶光，嘴裡還鑲著明晃晃兩顆金牙。上他的語文第一課，我們的注意力全在他身上，反而對他寫在黑板上的「毛主席萬歲」無知無覺。我們覺得這小學的課程也太容易了；我們嘁嘁喳喳，交頭接耳，說的都是另一件事：我們這語文老師原來有個外號，叫「王牛眼」。我們爭相盯著王老師戴老花鏡的眼睛看個不停，心裡想起了生產隊的那頭黑牛，都想笑又都不敢笑。這稱得上是我們小學語文第一課上嶄新的收穫。

王老師的第一課確實是失敗的。儘管我們對課文極為熟悉，但最該講的內容——「萬歲」是什麼意思，王老師竟然沒有講，我們也沒有人想到要問。終日掛在嘴邊上的詞，我們既不會深究詞的意義，也不懂追究如此呼叫不止的原因，更不用探究這其中的奧妙。我們只會跟著喊，彷彿這句話是自動形成又自動發出聲音的，和我們的大腦與五官沒有任何關係。

已經說不清是誰把一句「毛主席萬歲」刻在我們的記憶裡。我們只知道，這五個字伴隨我們出生和長大，也注定在悠長歲月裡時時浮現，無比清晰，無法模糊。任你們把八十年代以後的第一課背得再熟，什麼「冰雪融化，種子發芽，果樹開花，我們來到小河邊，來到田野裡，來到山崗上。我們找到了春天」；或者「一去二三里，煙村四五家。亭台六七座，八九十枝花」；又或者「遠看山有色，近聽水無聲。春去花還在，人來鳥不驚」等等，其效力，其魔力，又怎能和我們的小學語文第一課相比。當然，最終還是你們贏了。珍惜吧。

二五 繁體字／簡體字

「氣」和「气」的差別

——楊照

我一直不瞭解，小學一年級的那位女導師，為什麼那麼不喜歡我？至少我現在還記得的，都是她處罰我的畫面。

讓我最覺得羞辱，有幾乎十年時間中，幾乎天天想起，恨不得忘掉卻怎麼也忘不掉的，是有一次女導師突然巡行班上座位，一邊走一邊叫幾個人站起來，一共有七、八個人被叫到了，我也是其中一個。接著女導師又叫了班上的一個女生，大家公認長得最漂亮、成績最好的那個，要她去檢查站著的同學，指出哪一個耳朵後面最不乾淨。女生看了一圈，怯生生地指了一個男生，沒想到女導師堅決搖搖頭，說：「不是他，你再看一次。」女生愣了一下，很認真地再轉一圈，換指另外一個男生。女導師還是搖搖頭，女生看著就哭了，反倒像是她做錯事了。女導師趕緊安慰她，叫她坐回位子，然後走到我身邊，惡狠狠地說：「他最不乾淨，真不知道什麼時候洗的。」

十年之中，每次只要洗澡，我就想起這件事。為什麼是我？為什麼要找那個女生來指認我最不乾淨？我怎麼想都想不通，只能拚命地搓洗耳朵後面，搓到又紅又痛，仍然擔心洗得不夠乾淨。

還有一次，老師沒有上課，讓我們自己復習。我拿著新買的紅色原子筆在紙上抄寫國語課文，寫得起勁，完全沒有意識女導師到了我座位旁，突然她凶惡地叫我的名字，嚇得我差點從椅子上彈起來。驚魂乍定，就發現老師高高舉起了我正在寫的紙張，近乎歇斯底里地對著全班說：「你們看，可以這樣嗎？」

我猜全班應該沒有人知道什麼是不可以的吧！女導師示意要我站起來，揚著紙，憤怒地說：「誰教你可以用紅筆寫名字的？你知不知道用紅筆寫名字代表什麼？」我當然不知道。「只有紅衛兵才用紅筆寫名字！」女導師給了如雷般的答案。

我還真不知道用紅筆寫名字是禁忌。我更不會知道紅衛兵是什麼，那應該是我這一生第一次聽到「紅衛兵」三個字吧！還有，我到現在都還不知道紅衛兵真的用紅筆寫名字嗎？長大之後，我曾經聽過另一個說法，說忌諱紅筆寫名字，是因為傳統上處決死囚時，要用朱砂筆將死囚姓名寫在令牌上。

不過，顯然女導師比較在意的，是紅衛兵，是政治上的禁忌，而不是傳統上吉利不吉利的問題。

沒有多久，另外一件事證明了這點。

奇怪，怎麼又是發生在我身上？一天早上朝會回來，女導師叫同學一個個到前面領回作業本，輪到我的時候，她鐵青著面孔，拿起竹棍，低聲說：「手伸出來。」我還來不及想自己到底犯了什麼錯，手上已經挨了兩記棍子。

我將發痛的手收夾在腋下，女導師揮揮手叫後面排隊的同學退遠些，將我的國語作業本攤開來，仍然是鐵一般冷涼的低聲：「誰教你這樣寫字的？字可以這樣寫嗎？」我忍住差點被疼痛激出的淚水，仔細看女導師所指的地方，那是一行生字，抄寫「氣」字，對，就是「生氣」的「氣」，可是最後三個字，大概是寫得恍神了，也有可能因為一邊看電視布袋戲一邊寫，字沒寫完整，變成了「气」。

女導師的話語似乎微顫著：「這是『共匪』的字你知不知道？你怎麼可以寫簡體字？如果別人看到你寫簡體字，以為是我教的，要怎麼辦？你怎麼能做出這麼可怕的事？」

女導師要我回座立刻將那三個「氣」字填完整，用同一枝鉛筆，不能讓人看出補寫的痕跡。接著又要我保證未來無論如何都不能寫簡體字，之後才放我走，惹得全班都用異樣眼光盯著我。

回座之後，拿出鉛筆，我看了一下那三個「气」字，怎麼看都是沒寫完的模樣，一方面懊惱自己在交作業前眼睛瞎了，竟然看不出這三個大剌剌的錯字；另一方面更疑惑了，為什麼女導師會把三個沒寫完的字看得那麼嚴重？

我急急地填寫了那三個字，並不完全是聽從老師的命令，而是自己真的覺得那沒寫完的模樣真醜啊！

抱歉，一直到今天，我都還認為「氣」比「气」漂亮、勻稱多了，也都還認為絕大部分的繁體字都比簡體字來得平衡、大方，美學上的差異，比政治上的差異，更強烈、也更重要。

王家衛排名在我後面

——馬家輝

在殖民歲月裡長大的孩子不見得全然對簡體字感到陌生，香港長久以來一直存在著所謂「左派學校」，辦學團體乃所謂「親中社團」，資金或來自內地官方或來自不知何處，總之是課室牆上掛著的並非我親愛的英女皇伊麗莎白肖像而是毛主席，它們的學生被其他人統稱為「左仔」，它們的父親則是「左佬」（但從來沒有「左女」或「左婆」的稱謂，男人代表了所有人，非常重男輕女），它們在課堂上除了教導港英官方採用的繁體字，亦規定學生必須讀懂簡體字；誰來述說香港的殖民光陰，誰都不應避而不提這個陣營，否則便是閹割歷史。

我的鄰居便是「左佬家庭」，父母親與三個兒子，家裡用的電器和身上穿的衣服都是「國貨」，都在裕華國貨之類的中資百貨公司購買，樸素，單純，卻也政治狂熱，家裡擺放著紅彤彤的《毛主席語錄》，據聞在六十年代中期其父曾經上街遊行「反英抗暴」，所以我家長輩曾經警告，「別跟他們的孩子玩耍」。長輩的警告當然無效，小孩子嘛，年齡相近，住房相連，不相約玩耍還跟誰玩耍。我們一起踢球，一起追逐，一起在街頭路上跑來跑去，完全沒有隔閡，亦完全不覺得彼此之間有著什麼所謂認同差異——直到某天我在鄰居家裡客廳桌上看見幾本書，隨手翻開，文字密密麻麻，但只知道是字，卻除了「人」、「天」、「中」之類簡單字詞，其餘完全看不懂。

於是鄰居好友笑了，笑聲和眼神都懷著優越感，彷彿是勝利者，懂得了一些我不懂得的本領，掌握了某些神祕的咒語，他在明，我在暗，他占了上風。我比他年長兩歲，平日他稱呼我為「家輝哥」，在身材高度和課堂成績上我都比他超前，然而此時此刻，他比我優勝。

「嘩，這些鬼畫符，你都讀得明白？」我瞪起眼睛問。

他也瞪起眼睛回答：「都明白！」

他上的正是左派學校，父親又是左佬，理所當然明白，只是我向來對此毫不在意，直到坐在用簡體字印成的書本面前，始頓覺彼此之間原來有著這樣的鴻溝。

我沒有要求他教我看簡體字，因為我討厭簡體字，一來覺得陌生艱難，沒法駕馭；二來更隱隱然覺得文字暗藏「殺氣」，彷彿籠罩著一陣恐怖的霧氣，有「毒」。別忘記在那殖民年頭，這些左佬家庭處於備受壓抑侮辱的邊緣位置，於所謂「正常港孩」如我眼中，即使不是「凡左必壞」，亦是象徵了潛伏危險。

可是我並未因此而跟鄰居疏遠，小孩子嘛，玩耍比天大，只要有機會共樂遊戲，管他左不左右不右，反而我久久難忘的是他當天掛在嘴角眉間的那份勝利者姿勢，讓我暗暗感到不服氣，或許也就更對簡體字敬而遠之。

其後我對簡體字開始發生感情，是在美國芝加哥大學攻讀碩士學位，經常在東亞圖書館的書架前瀏覽，找到了一大堆文革年代的香港出版品，有繁體字有簡體字，都跟「反英抗暴」有關，記錄了殖民政府如何打壓香港華人的反殖運動，如何抓人捕人打人甚至殺人，也有黑白照片，身穿白襯衫、眼戴黑框眼鏡的熱血青年們在街頭上或站或跪或坐或蹲，或流血或流淚，或吶喊或無語。我愣住了，怎麼以前完全不知道？怎麼昔日完全無視於香港曾經有過的抗爭歷史？怎麼以前完全不瞭解香港曾經有這麼些男女冒著這麼大危險對抗著殖民政權？站在圖書館的昏暗角落，我沒有落淚，但鼻子酸了，那一年，一九九〇，我畢竟依然年輕。

又其後，到了二〇〇四年左右，我已不再年輕，終於「愛」上了簡體字，理由非常簡單：它讓我的名字被排列在王家衛前面。

話說某出版人策劃了一本《網路與書》（*Net and Books*）書誌，先在台灣推出繁體版，接續在內地發行簡體版，找了兩岸三地數十位文化人列名書腰、誠意推薦。內地出版社寄贈了一冊創刊號給我，我的名字竟然排在第三位，之後才是王家衛，令向來貪慕虛榮的我既汗顏又亢奮，然後花了三秒鐘思索自己能夠「位列高位」的理由，原來，只因各人名字依照姓氏筆劃多寡排序，那是簡體字，「馬」字僅有三劃，「王」者則有四劃，故「王」輸了；在我前面的兩位創作人則都姓「丁」，故「馬」「贏」了。

我是第三名，我壓住了王家衛。

我不能不愛簡體字了。

我遇見了《我》

——胡洪俠

這一次的書房尋書很順利。我知道它在那裡，去翻了翻，果然就在那裡。我想它也許一直在等著我。它跟隨我二十多年了。書不大，或者說很小，四十開本的樣子。書也不厚，二百多頁。這樣一本小冊子按理說我該早讀完它的，竟然沒有。我書房裡許多書的命運都如此。不過，這一本略有些不一樣。

書名叫《我》，台灣商務印書館一九八四年二月初版，「人人文庫特七三二號」。「文庫本」算不上什麼稀見書，如今在台北的書店還經常能看到。書的總序說，人人文庫創始於民國五十五年七月，迄六十八年十二月底共出版兩千兩百多種；叢書原為王雲老所創，「今雲老雖已仙逝，不復主編本叢書，本館仍一本雲老遺志，繼續出版，按月發行，並力求革新內容，改進印刷，以副讀者愛護本叢書之雅意」。

這是我書房裡的第一本台灣版繁體字書。一九八〇年代我當然不可能去過台北。那個時候書店書攤上又根本沒有台灣原版書賣。那麼，我怎麼會有一本台灣書？

前幾年回衡水和幾個老同事相見，其中一位姓陳。推杯換盞中我突然想起這本書，就問他：「還記得你當年送我的一本書嗎？叫《我》，台灣版的。」

他想了想，一拍大腿，「他媽的，」他說，「什麼我給你的書啊，是你哭著鬧著要借去看看，到現在也沒還啊。」

「你也沒勁，到現在還記著。」我哈哈大笑，「可是，你又是哪裡來的這本書？」

「那作者姓鄭，老家是我們景縣的，八十年代回來探過親還是怎麼的，忘了。書是他家裡人送給我的，說是留個紀念，結果歸了你小子了。」

作者確實姓鄭，叫鄭無我。書上的簡介說，他是河北景縣人，一九一九年生，北平若石學院畢業，曾任晨光中學教師，原道中學訓育主任，天主教司鐸堂區主任，現任基隆益世電台台長。原來他是天主教徒。至於何時去的台灣，書上沒說，網上也查不到。他的原籍景縣，現屬衡水市管轄，改名叫了景州。說起來景縣也算是名人輩出，西漢大儒董仲舒、治軍名將周亞夫、唐朝邊塞詩人高適都出生在這裡。景州舍利塔最有名，河北中南部有歌謠說：「滄州的獅子，景州的塔，真定府的大菩薩。」景縣古有八景，名稱都很田園很詩意：古塔風濤，書台曉月，古廟寒雲，譙樓野趣，泮水琴聲，安陵漁唱，環堤秋雨，青塚春輝。除古塔偶有「風濤」外，其他古景大概今已不存了。出生在這樣的地方，卻信奉了天主教，這在景縣一帶不算少見。近代中國西方傳教版圖上，景縣屬於德國傳教士的勢力範圍。

當年對書真是如饑似渴，書攤上見了封面作者前面括號裡寫著「台灣」或「台」字樣的書，眼睛尤其發亮。何況又是一本台灣原版書，當時我一定是不由分說，強行把《我》從同事那裡借來。其實那時什麼都不懂，比如書總序中提到的「王雲老」或「雲老」，所指何人？一無所知。這對愛書人是莫大諷刺，甚至可以說不可饒恕。但又有什麼辦法？當年報刊書籍中沒人提過這個名字。「王雲老」或「雲老」是對王雲五先生的敬稱。王雲五先生，一八八八年生，一九七九年在台灣去世。廣東中山人，祖籍南朗王屋村。名鴻楨，字日祥，號岫廬。二十五歲時就當上北京英文《民主報》的主編，還是北京大學、國民大學、中國公學大學部的英語教授。他當過胡適的英文老師，後來胡適又推薦他到商務印書館工作。他是中國著名出版家，一九三〇年即已擔任商務印書館總經理。他發明了四角號碼檢字法，至今惠及學人。

現在想來，當年我對這本書一見傾心，書名是重要原因。將「我」從「我們」中抽離出來，是八十年代的標誌之一。到處都在喊「尋找自我，完善自我，實現自我」，年輕人紛紛「自我設計」起來。也可以說，八十年代就是從尋找自我開始的，里程碑就是一九八〇年五月潘曉發表的那篇文章。「我今年二十三歲，應該說才剛剛走向生活，」潘曉說，「可人生的一切奧祕和吸引力對我已不復存在，我似乎已走到了它的盡頭。」文章發出了「人生的路啊，為什麼愈走愈窄」的長嘆，喚醒無數青年人思考人生的熱情。但是，翻來翻去才發現，《我》原來並不是談人生道理的，是談「中華文化的科學宇宙觀」的。書中論「能」，論「物」，論「現象」，論「存在」，論「我意命行，物隨命動」之類，當年我看不懂，現在更沒心思去探究。即使如此，《我》在我的藏書中依然重要：它在我尋找「我」時呼嘯而至；它開啟了我搜藏台灣香港原版繁體字中文書的道路。有沒有讀完它，倒真的不怎麼重要了。

（二六）

日記

寫給老師批改的日記

——楊照

最難忘的，是國中二年級寒假寫的日記，我清楚感覺到面對這個世界，我又長大了許多。

讓我長大的，不是日記裡記錄的任何一件奇特、難得或戲劇性的事件，而是寫日記本身，寫要給老師批改的日記。

我們學校全面推動寫日記。從一年級入學，就必須天天交日記本給老師批改。一年級導師當時說的一番話，到現在我都記得，她解釋日記要寫生活上特別的事，不是天天發生的事，特別舉例強調：「就是不能寫起床、刷牙、洗臉、吃早餐和走路來上學。」

會記得這句話，因為當下認為不寫起床、刷牙、洗臉、吃早餐和走路上學，簡單得很。怎麼可能一整天找不到什麼不一樣的事來寫呢？不過真的天天寫日記，天天交日記，沒多久，這句提醒交代就愈變愈沉重了。

不是沒有不一樣的事，而是絕大部分不一樣的事，幾乎都有各種不同的理由，不適合寫在日記裡。身體上的變化，連不小心翻開《簡明百科全書》，看到關於男女生理器官差異的說明，都會有強烈的反應，這不能寫在日記裡給女老師看吧。上學放學過程中，和女生班擦身而過，突然對其中幾個留下特別的印象、產生特別的好奇，這也不能寫在日記裡。班上最要好的同學，擔任風紀股長的，藉著每天早上要去取點名簿的時間，偷偷搜集了一套全年級女生班的點名條，上面有所有學號和姓名的對應，如此一來，誰瞄到了哪個漂亮女生制服上繡的學號，立刻就能曉得她的名字，這種事，也不能寫。

還有更多跟同學有關的事。誰在球場上因為搶球吵架了，誰下課一口氣把飲水機的冰水喝光了，誰在學校牆外的麵店趁亂沒付錢……這些事，不會天天發生，但如果寫進日記裡，那麼，自己就變成了害人的「告密者」。

那時候，別的不清楚，對於「義氣」這件事，尤其是對於背叛、告密行為的鄙視，卻已經根深蒂固在心裡種下了。因為讀了很多武俠小說，每天花在傳閱武俠小說的時間，絕對超過做功課的時間。但就連怎麼去租書店，吸著那種潮潮的空氣，在密密麻麻的架上找出書來，如何把小說藏在書包裡帶進學校來，這種事都不能寫在日記裡。

原來日記那麼難寫，每天都儘量拖，拖到真的不得已，才勉強動筆敷衍幾行。養成這樣的習慣，到寒假就慘了。三個星期的假期，混混晃晃過去了，即將開學的前一天，才不甘不願地、再也逃避不了地想起——日記還沒寫。

二十天的日記，老天，除了起床、刷牙、洗臉之外，還有什麼內容能寫的？那一天，被日記弄得悲慘萬分。

不過，那是國中一年級的寒假。過了一年，二年級的寒假，要交日記的規定沒變，假期中不會浪費寶貴時間寫作業，這兩件事沒變。關鍵是，一件事改變了。坐下來攤開日記本前，我內心蠢動著一個前一年絕對不會有的念頭——老師真的會看我們日記裡寫了什麼嗎？班上有六十個學生，每個人都要寫三星期日記，老師會有那麼多時間，一本一本、一篇一篇讀？日記本會發回，老師會在上面用紅筆在我們寫的每個標點邊點一下，表示她讀過了。然而平常上學時，我就多次發現老師的紅點點得極其草率，幾乎都可以想像她不耐煩地拿著筆，只求趕緊點完的神態。

我決定一賭，賭老師不會真的看我的寒假日記究竟寫了什麼。有了這樣的決心，寫日記突然變成了那麼輕鬆、那麼有趣的事。我讓我自己在寒假的第一天清晨，在一個虛有之鄉的籃球場上，遇見了一個同樣早起打球的少女。兩、三天後，赫然發現她有一個姐姐，是當時台灣甲組女籃隊中，長得最甜美漂亮，經常讓我在看電視轉播時看得痴迷的球員。我竟然有機會和這個大女孩一起打球！再下來，我帶領少女去我新發現的一個好地方，免費辦借書證，就可以在裡面借古典音樂唱片來聽的「洪建全視聽圖書館」，館裡面還有一個專業錄音室，我們去的時候，剛好碰到正在準備出第二張民歌專輯的楊弦，拎著吉他要去錄音，他親切地告訴我們，這次他把楊牧的詩譜成了曲……

那一天，我寫了一長串虛構小說的段落，確切領會了小說的樂趣，儘管是以假設這些虛構情節不會有任何讀者為前提的，還是真樂。

有一本書，你以後不妨瞧瞧

——馬家輝

多年以來在我家走廊的書架頂上橫躺著一本「書」，一本我極想細讀卻又不敢細讀的「書」，淡綠的布封面，上面印著幾根草幾朵花，典型的上世紀七、八十年代的台式文藝設計風格。

翻至內頁，有由右至左的直立的手寫字跡，有年份，有日期，每段文字或長或短，字體娟秀，一看即知出自女子手筆，而在文字與文字之間，夾雜著不少標點符號，「！」「……」「？」折射著女子的跌宕心情。

這本「書」——寫到這裡，你不可能仍然不懂——其實是日記，是我妻子亦即我在大學畢業後所交的女朋友的生活日誌，她於接近四分之一世紀以前所寫下的字句，時到今天仍然對我是極大的閱讀誘惑，我很想很想緩慢地把每個句子讀進眼內，但有好幾回，把日記偷偷取下，翻開了，閱讀了，讀不到兩段便即放棄，闔上封面，將之放回原處，不再觸碰。

理由很簡單：我不願意直面自己當年所曾對她構成的情緒干擾，也就是說，我不願意讓當年的情緒干擾在今天前來干擾我的情緒，過去的種種猜疑、嫉妒、傷害、誤解甚至甜蜜，就讓它們統統過去算了，反正走到今天的這地步這境界，該成定局的已成定局，不該成定局的亦成定局，這一刻便只能是這一刻，且讓它自為自存，別讓歷史前來打擾當下。

千萬別誤會，對於昔之女友今之妻子，我全然滿足快樂而且自在接受，可是作為中中正正的金牛座中年男子，我沒法不自承意志脆弱兼八卦好奇，每回翻看日記前事，難免除了注意細節情節，更喜於舊事後面掛上一堆問號尾巴：what if? 假如當夜我沒對她說那句話，她還會傷心流淚嗎？假如她早點對我表白想法，我還會誤會難過嗎？假如當夜我沒有打電話給某個人，往後將如何？假如當時彼此在街角不曾遇上，其後又怎樣？假如那一天在雜誌社裡首先遇見的不是她而是另一個她，後來的境遇，會更好嗎？抑或更壞？會不會像許多許多年前所看的法蘭西斯・柯波拉（Francis Ford Coppola）電影《佩姬蘇要出嫁》（Peggy Sue Got Married）裡的男女主角，其實即使一切可以重來，即使回得去了，即使你知悉往後將會發生啥事及將承受什麼苦痛，你所做的抉擇仍必跟第一次相同，只因，你情難自禁，你命定如斯，你的性格令你不管選擇N遍仍然只會選擇眼前此人？

邊讀邊想，備受折騰，所以忽而領悟，不如不讀，不讀便不知道，不知道便不會胡思亂想，不胡思亂想便不會心煩氣躁；此水本自清，沒必要被一本陳年日記攪得混濁。

但我倒偶爾提醒大女孩，家裡有這樣的一本「書」，將來有機會，在某年某月某日，在你渴望對父母親的前世今生多有瞭解的時候，不妨翻開瞧瞧，將之當作「家族歷史」看待也好，將之當作文藝小說看待也罷，都可以，總之你將在「書」裡發現，此時此刻坐在你眼前的這兩個嚴肅中年男子女子，昔日，在比你年紀稍少的時候，在跟你差不多青春的時候，原來亦曾跟你一樣，對生命有

在台北大直拍的全家福。1997 年。打算在台灣教書，卻接到高信疆先生的電話邀請，返港到報社工作。臨行前，到影樓拍照記錄。

過百般想像萬般冀盼，他們也是，有過夢幻也有過夢碎，說過蠢話也說過夢話；甚至，你自己的故事亦始自這兩個男子女子的偶然相遇和愛怨糾纏，這是你的根你的源，你可以選擇不去瞭解，然而這一切確曾發生。

我自己有沒有寫日記？

有的，但九成都燒掉了。高中時代開始寫，大學時代寫得最勤快，記錄詳盡，做了什麼說了什麼，都寫，但也正因過於詳盡，某回不小心被當時的女朋友讀到了，惹出麻煩，狐狸露出的不僅是尾巴而更是真身，傷透了對方的心，直接導致分手，四年戀情，結束了。那堆厚厚的日記，四年的日記，就在關係拉扯的過程裡，在她眼前，統統燒掉。

我還記得那個早上，在我家，她和我站在一個鐵桶面前，把日記本一頁頁地撕掉，丟進爐裡，餵火。她流著眼淚，我沒有，只是閉上眼睛，彷彿站在火葬場裡，對著自己的骨灰默哀致敬。

從此我便不寫日記了。偶爾心血來潮，會在電腦內記上幾筆，但很快便找不到文件檔案，從不重讀。如今，微博是我的日記，專欄是我的日記，行事曆是我的日記，看著大女孩的日漸成長，亦似讀到我的日記。我的生命軌跡，都在裡面。

迷途中的迷失

——胡洪俠

忘了是同學送的紀念品，還是參加文體活動給的獎品，高中畢業時我終於有了一冊日記本。正是一九七九年，大事多得不得了：全國人大常委會發表了〈告台灣同胞書〉；中美兩國正式建了交；我邊防部隊在廣西、雲南邊境地區打響了對越自衛反擊戰；「三家村」不再是「反黨集團」了；《劉志丹》不再是「反黨小說」了；幾十萬人頭頂上的「右派帽子」開始摘掉了……而對我來說，那年的大事之一就是我開始寫日記了。

寫日記真的是大事。上學時聽老師說，寫日記可以鍛鍊革命意志，可以改造自己的世界觀，可以隨時檢討自己的缺點與不足。老師還說，革命領袖和英雄模範人物都寫日記，所以寫日記是向革命先烈學習的好方法。這還不是大事？雷鋒有《雷鋒日記》，王杰有《王杰日記》，歐陽海有《歐陽海日記》，劉胡蘭、董存瑞、黃繼光、丘少雲等等有沒有日記？忘了。那個年代的英雄好像都有日記。成了英雄如果沒有日記就有些麻煩：形象不容易高大，事跡也難以鮮活。

那個年代我當然還沒有讀過《魯迅日記》、《周作人日記》，更無從知道晚清有「四大日記」——《翁同龢日記》、《緣督廬日記》、《越縵堂日記》和《湘綺樓日記》。我讀的最多也最熟的是《雷鋒日記》，有些句子都能倒背如流。雷鋒說：「對待同志要像春天般的溫暖，對待工作要像夏天一樣火熱，對待個人主義要像秋風掃落葉一樣，對待敵人要像嚴冬一樣殘酷無情。」雷鋒又說：「人的生命是有限的，可是為人民服務是無限的，我要把有限的生命，投入到無限的為人民服務之中去。」

我開始記日記時，一定是先把雷鋒的這些名言抄到了我嶄新的日記本上。我一定還抄了奧斯特．洛夫斯基的那段話：「一個人的一生應該是這樣度過的：當他回首往事的時候，他不會因為虛度年華而悔恨，也不會因為碌碌無為而羞恥；這樣，在臨死的時候，他就能夠說：『我的整個生命和全部精力，都已經獻給世界上最壯麗的事業——為人類的解放而鬥爭。』」一定是抄過這些的。老師說，如果實在沒什麼可寫的，就抄報紙上的豪言壯語。

可惜，我的第一本日記已經丟了二十多年了，許多的事情再也難以證明。在北京逛潘家園時，我曾有個念頭：或許在某個舊書攤上，我會猛然發現自己當年的日記；果如此，花多少錢我也要把它買回來。我究竟還抄了哪些名人名言？那年到底是哪一天接到的入學通知書？又是哪一天去了縣醫院體檢？我敢沒敢在日記裡描述鄰村女同學的那雙眼睛？除了《甜蜜的事業》和《小花》，那年我還看過什麼電影？那本青年修養讀物《青春與理想》，我是借了誰家的自行車去七、八公里外的新華書店買回來的？沒有了日記，這一切永遠成謎。

自一九七九年起，我堅持天天記日記，幾乎一天不缺，一寫就是十年。到了一九八八年五月，我突然鬧起情緒來，覺得人生種種都一塌糊塗，對現實失望，對前途絕望，多年前抄的無數條名人名言都失去了魔力。去他的日記！寫了十年日記又有何用？於是懸崖勒馬，不再每晚睡前逼著自己在日記本上反思。日記大業遂從此荒廢。後來也想過要重建，要復興，都沒有成功。

當年和日記的告別真是決絕。我把三十多本日記封存在紙箱裡，深藏房中高處一個輕易不會觸碰的角落。然後，就把它們徹底忘了。搬家時整理書籍與雜物，目力所及的東西都細細檢點，獨獨忘了那箱日記。直到多年以後，我開始搜購名人日記，還知道了晚清有「四大日記」一說，先後在深圳古籍書店買了《緣督盧日記》和《越縵堂日記》等等，這才時時想起，自己記了十年的日記到底在哪裡呢？若整理出來，豈不是一九八〇年代火熱生活的一個見證？說不定還能據此寫出獨樹一幟的小說。我終於為自己寫不成小說找到了理由：因為日記丟了。我簡直要為當代文學痛失一部名著而惋惜萬分了。

當年我為自己的日記都編了號，計有「少字號」一本，「青字號」二十七本，無編號者四本。其中一本專記住院生活，另題為《病房日誌》。還記得，在某冊日記的最後，我要求自己應該每天少寫一點，因為沒有現金買日記本了。為了買書我常去報社財務室借款，打的欠條太多，當月發工資時全給扣掉還不夠抵帳。多年來我堅持用同一種開本、同一種裝幀風格的日記本。我不願隨隨便便找個本子，那樣就對自己太不負責任了。無奈當時兜裡只剩下一角二分錢，不夠買一冊新的日記本。曾經如此鄭重其事，我也就愈來愈不能原諒自己當年搬家時的疏漏。我相信我的日記尚存世間；我也鼓勵自己繼續相信：總有一天我要把它們都找到。

二七

蔣介石

蔣中正到底好還是壞？

——楊照

上週在武漢，陪著女兒去的。她生平第一場正式對外售票的協奏演出，三月九日在武漢琴台音樂廳和武漢愛樂一同合作。我們一家三口提早幾天，六日就到了漢口，入住熱鬧非凡的江漢路上酒店。

七日，早上女兒到了琴台和樂團進行了第一次排練。中午小休之後，樂團安排了一場簡單的發布會，會後得到愛樂樂團周克思團長的照顧，又讓女兒留在排練室多練了一個小時的琴。回到酒店，女兒難得露出了疲態，希望在房裡叫個room service（客房服務）的簡單餐點，就好好休息，儲備應付明後天更大陣仗所需的精力。

把她留在房內，我們夫妻下了樓，經過前台隨口跟服務人員問了句：「附近有沒有吃鄂菜的好餐館呢？」其中一位服務人員立刻認真地跟我們推薦，出了酒店五分鐘步行可到的一家餐館。被她的態度說服了，我們決定就去那裡吃晚餐。

走過去一看，好大好特別的一棟樓，我正想著：這樓應該有個來歷吧！眼前就看到牌子，寫著「吳佩孚故居」。我腦袋裡立刻浮上「汀泗橋」三個字，想起了國民革命軍北伐過程中，最艱難的一戰，就是在汀泗橋遭遇吳佩孚的軍隊，反覆爭奪這個重要據點，奪下汀泗橋，也就等於打入了漢口。

這是小時候讀董顯光的《蔣總統傳》留下的印象。那是在我閱讀起點上，最早幾本書中的一本。先讀了《愛迪生傳》，對他被火車列車長一巴掌打聾的經歷，留下深刻印象。應該是補習時把《愛迪生傳》帶到老師家吧，老師順理成章就把書架上的《蔣總統傳》拿下來遞給我了。

算算，竟然是差不多四十年前的事了！在台灣，很多人在課本裡讀過蔣介石幼時看溪中小魚逆流而上，因而立志奮鬥的故事，其實就是從董顯光的書裡傳抄出來的。在都市裡長大，少有機會看到溪中小魚的我，對這一段故事沒有什麼感受，奇怪的，也對書中記載蔣介石領導抗戰八年的事情沒有太深的感受，偏偏記得最清楚的，是他創辦黃埔軍校，靠著軍校有限的人力槍枝，一路北伐成功的故事。

九日晚上女兒完成了在武漢的演出，我們又多留了幾天，到處走走看看。十三日上午，我們待在武漢的最後一個半天，又有一件奇遇。我們信步在江邊閒走，突然發現前方一棟舊樓的陽台上，一位女子的黑白影像俯視著我們，那是宋慶齡啊！走近一點，有了招牌——「宋慶齡故居」。這應該看看，可是一靠近，門口站著的先生告訴我們：故居還在整理中，最快要到四月一日才會開放。女兒的媽媽對故居顯現了高度的興趣，流連在外拍照，還不斷探頭探腦望向裡面，不可思議的事發生了，守在門口的先生竟然好意幫我們去請示剛剛搭車到來的館長，而館長竟然也就看在我們遠道從台灣來的特殊身分，熱心地招呼讓我們先入內參觀。

我們成了「武漢宋慶齡故居」的第一批訪客，何等榮幸！

或許是受到這種特殊待遇影響吧，就連平常對歷史不甚了了的女兒，都對故居牆上展覽的史料仔細觀看。我藉機告訴她，一九二六年，在汀泗橋打垮了吳佩孚之後，國民軍如何進入武漢，國民黨中央如何決議定都武漢，蔣介石如何以總司令身分在南京另立政府，造成了「寧漢分裂」，又如何在一九二七年四月上海屠殺共產黨員，以及後來汪精衛在武漢也實施「分共」，迫使宋慶齡離開武漢……

聽得半懂半不懂，女兒的孩子氣回來了，問我：「蔣中正到底好還是壞？他殺很多人嗎？他不是帶領中國抗戰嗎？」這還真是個不容易回答的問題，然而在有一百二十年歷史的舊樓裡，我沒有辦法逃避不回答。

「他有好有壞吧！為了取得權力，為了維持權力，他做過很多壞事，如果沒有那樣對待共產黨，他大概也沒辦法成為中國的領袖吧！獲得了權力地位之後，因緣際會，遇到了日本人侵略中國，在抵抗日本，不讓日本人野心得逞一件事上，他倒也做了一件大好事。」

這是我給女兒的答案，也是我衷心相信，對蔣介石最簡單、最簡化的評價。

蔣家菜的八寶鴨和炒豬腰

——馬家輝

出生和成長於上世紀六、七十年代的殖民地香港，政治冷感，政治恐懼，因冷感而恐懼，因恐懼而冷感，不管先後次序和推理因果是什麼，結論都是，我對於蔣介石三字幾乎一無所知也一無所感，如同對於毛澤東。

僅從電視新聞或長輩嘴裡大概明白，蔣介石被毛澤東打跑了，從大陸跑到台灣，毛澤東是成功者，蔣介石是失敗者，而且，毛澤東的長相比蔣介石好看靚仔，如此而已，沒啦。

一九八〇年代從香港赴台讀書後，當然對蔣介石的認知加深了也拓闊了。報上每天提到他和他的子子孫孫，大學校園裡更有他的銅像石像，昂首遠眺，不可一世，或因受到李敖著作的深刻影響，我是打從心裡討厭這個傢伙。萬料不到的是，許多年後，我竟然跟他的家族成員合作做了一趟短期生意，並且，大虧，令我垂頭喪氣了好一陣子。

那是二〇〇三年的事情了。某天接到電話邀約吃飯，朋友作東，到銅鑼灣某人家裡，嚐嚐「蔣家菜」。「蔣家菜」？會不會跟《古惑仔》電影有關係？我摸不著頭腦，向朋友追問。

《古惑仔》系列電影裡有一位黑社會頭目叫做蔣天生，由任達華飾演，是洪興堂口的大哥大，頗有教父氣勢，我是該片的鐵桿粉絲，聽見「蔣」字，即有聯想。

朋友笑道，可能也確跟黑社會有關係，那個蔣，是蔣介石的蔣，他有一位親族晚輩煮得一手好菜，尤其八寶鴨和炒豬腰，江湖第一，不可錯過。

朋友沒騙我，八寶鴨和炒豬腰，味濃，肉甘，用筷子挾放到嘴裡，真的捨不得吐進胃裡，甚至於吐進胃裡以後亦恨不得能像電影片段倒轉般將之還原，再吃一遍，再享受一遍。下廚者是主人，六十多歲的女士，朋友們都喚她「蔣小姐」，從廚房走到客廳，邊走邊用手撥理頭髮，儀容優雅，笑容溫婉，讓我不由得聯想到白先勇《遊園驚夢》裡的貴婦人。她用帶著浙江口音的國語問我，好吃嗎？好吃就常來吃，沒關係的，今天認識了，便是好朋友，我就把你當作小兄弟，你就把我看成大姐，但不是「大姐大」啊。

那頓晚飯吃得心滿意足，當時我才四十歲，各式健康指數尚可，不必戒口，放肆無忌，任何食物都是福德，回不去了，那樣的流金歲月。

打聽了一下，蔣小姐確是蔣家成員，還有照片為證，小時候跟蔣介石宋美齡的合照，還有被她喚作堂哥們的蔣氏兄弟，小小的舊式的黑白照，述說著逝去的美好故事。約略得知，蔣小姐早年離婚了，跟兒子們在香港住了好幾年，住在港島半山，財力充裕，後來出了一點生意上的差錯，據說是錯信朋友，幾千萬港幣說沒就沒了，飛入尋常百姓家，從半山搬到鬧市，因這麼多年來享盡華衣美食，見過世面與場面，廚藝精湛，乾脆下海，想找幾個可靠的朋友合伙開設「私房菜」，既可謀利，也可消磨時間。就這樣，或因朋友覺得我靠譜，找我加入，五、六個人湊了幾十萬港幣，擇地設店，走高檔路線，食客必須預訂座位，每位收費三百元，食譜由蔣小姐親訂，也由她帶領兩位助手親自主廚；這家店，簡簡單單，名字就叫做「蔣家菜」。

「蔣家菜」籌備了不到一個月，高速開張，初時生意極佳，必須提前一週預訂始有座位，我看在眼裡，狂在心裡，在股東會議上請蔣小姐加油，待基礎打開，我們訓練廚師，殺回台灣，開設分店，我連宣傳字眼也預先想好了，未來的海報單張上就這麼印吧：國民黨倒台，蔣家菜仍在！

二〇〇三年的台灣是民進黨執政的綠色年代，國民黨下台在野，尚未出現馬英九的「第二次政黨輪替」，但台灣民心已經懷舊，蔣介石開始浮現成為商品消費符號。我的腦筋轉得快，嗅出市場商機，早做預謀，希望不到五十歲便發財退休。

可是，人算不如天算，我的腦筋快，壞運氣卻來得更快，那一年，香港多變，世界多變，地球上出現了一種叫做「非典型肺炎」的新細菌，香港人稱之為SARS，「沙士」是也；沙士一來，全城皆靜，香港頓變鬼域，所有食店同時遭殃，我們的蔣家菜，不例外，沒有半張訂單，沒有半個電話，沒有半個客人，蔣小姐每天苦哈哈地坐在店裡，努力保持雍容華貴的笑容，但任誰都看得出笑容背後的苦澀。

蔣家菜在沙士裡苦撐了三個月，資金耗盡，股東們開會，決議再投錢、再苦撐，我則止蝕離場，沒錢了，不玩了。又過了兩個月，蔣家菜終於關門大吉，聞說股東內訌，不歡而散。那一役我賠了不少鈔票，元氣大傷，由此我遷怒並更討厭蔣介石那老小子。

當我們談起蔣介石

——胡洪俠

我們村裡姓胡的人居多，姓呂姓姜的也不少，至於商姓、程姓、王姓、于姓等等，都是小姓了。沒有人姓蔣。好像也沒聽說過周圍村裡有人姓蔣。不過，我可是很小很小就知道這世上有很多很多的人姓蔣，那當然就是拜蔣介石所賜了。

在我幼時的見聞中，蔣介石這個名字出現的頻率，和林彪、孔老二、宋江、鳩山、胡傳魁、座山雕一樣高，甚至還高過他們幾位。我們很清楚地知道，「蔣家王朝」是哪一年在哪座城市覆滅的，「蔣委員長」又是如何夾著尾巴逃到台灣的。我們很容易在電影或小人書裡分辨出，那一伙讓解放軍打得丟盔卸甲、狼狽逃竄的大兵，有個共同的名字，叫「蔣匪軍」。我們常常警惕村裡來的陌生人，覺得他們形跡可疑，鬼鬼祟祟，東張西望，心神不定，個個都像「蔣該死」派來的國民黨特務。華北平原很少刮颱風，但是，海邊一刮颱風，電台就一遍遍播送大風暴雨警報，我們聽了都很緊張，心中暗想：既然叫颱風，那這風一定是從台灣刮來的；既然從台灣來，那一定是蔣介石興風作浪掀起來的。

那時候，我們對蔣介石其實並不瞭解，比如，他多大年齡，祖籍是哪個村子，上過什麼學，讀過什麼書，說過什麼話，乃至長得什麼樣，我們都說不清楚。我們只知道，他是國民黨反動派頭子，是「蔣宋孔陳」四大家族之首，是戰爭中給解放軍「送」槍炮的「運輸大隊長」，是美式武器裝備起來的「常敗將軍」，是「寧可錯殺一千，絕不放過一個」的劊子手，是和美國沆瀣一氣的「天下第一號」大壞蛋。一九七五年四月的一天，我們村小學五年級的語文老師拿著一張《人民日報》對我們說：「都別亂吵吵了！你們聽著！蔣介石死了。這報紙上都登了。標題有意思，就是五個字：蔣介石死了。」他自己嘴唇噏動默不出聲地唸了一會兒，又說：「知道為什麼不說『去世』，而是說『死了』嗎？好人才是『逝世』啊『去世』啊什麼的，壞蛋不能和好人用一樣的詞，死了就是死了。」當時他沒再多說什麼，我們心裡可是有點大惑不解。村西頭的同學說：「這蔣介石怎麼能死呢？我們還沒有解放台灣啊。他死了我們英勇的中國人民解放軍還去打倒誰啊？」村東頭的同學馬上反對：「他死了不更好嗎？省了我們的事了，沒準兒台灣自動就解放了。」

多年來我一直以為報紙上的那條消息就「蔣介石死了」五個字，剛剛查了查，發現足足有四百多字。不知為什麼，老師當年並沒有把這則消息給我們讀完。全文如下：

新華社一九七五年四月六日訊台北消息：國民黨反動派的頭子、中國人民的公敵蔣介石，四月五日在台灣病死。

據國民黨中央通訊社四月六日報導，蔣介石死後，蔣幫由偽「副總統」嚴家淦接任偽「總統」，以繼續維持其對台灣人民的反動統治。

蔣介石自從一九二七年背叛孫中山先生領導的民主革命以來，一直作為帝國主義、封建主義和官僚資本主義在中國的代表，堅持反共反人民，獨裁賣國。他雙手沾滿了中國革命人民的鮮血。但是他的血腥統治始終未能阻擋歷史車輪的前進。在偉大領袖毛主席和中國共產黨的領導下，中國人民經過長期革命武裝鬥爭，終於推翻了蔣介石集團的反動統治，建立了人民的新中國，開創了中國歷史的新紀元。

蔣介石逃到台灣後，在美帝國主義的庇護下苟延殘喘，繼續堅持與人民為敵。蔣介石集團的反動統治遭到台灣人民的強烈反對，內部矛盾重重。蔣介石死後，有著愛國光榮傳統的台灣省人民，必將進一步為解放台灣、實現祖國統一而展開鬥爭。懷有愛國心的蔣幫軍政人員也將更加認清形勢，積極為實現解放台灣、統一祖國做出貢獻。中國人民一定要解放台灣！

轉眼到了一九八一年，電影《西安事變》上映，舉國轟動。孫飛虎飾演的蔣介石廣受好評：光頭，長衫，拐杖，寧波味道的方言，口頭禪「娘希匹」，訓話的手勢，深遠複雜的眼神……我們都恍然大悟：原來蔣介石是這樣的！原來蔣介石長得像孫飛虎一樣。大陸的觀眾中，有幾個見過真的蔣介石呢？是孫飛虎讓蔣介石「死而復活」了。即使到了今天，一想起蔣介石，浮現在我腦海的，仍是孫飛虎的樣子。

「蔣介石」對我那代人而言已不是一個名字，而是躲不開的日常生活詞彙。一聽到有人說「我姓蔣」，我必先想起蔣介石，而不是眼前這個姓蔣的人。年前去台北，曾在一個場合聽過蔣家後人蔣孝嚴的演講。這是我見過的唯一的一位真正的蔣家人。看他在台上一會講台灣，一會講大陸，那麼濃的家國情懷，那麼深的故鄉眷戀，我想，我們對蔣家的瞭解，對蔣介石和蔣經國的瞭解，都太簡單了，也太膚淺了。

二八

毛澤東

我讀的第一本毛澤東著作

——楊照

我真是大膽，我知道。

二十四歲那年，申請美國大學研究院要寫研究計畫書，我準備了兩份完全不一樣的。一份是研究漢朝經學今古文的變化，不從經學內部哲學理路探討，而是研究其政治社會周邊因素。另一份，則是研究中國共產黨的興起。

膽子大，因為我在國民黨的教育體制中長大，那套體制視中國共產黨為最大敵人，儘量封鎖和中國共產黨有關的消息，馬克思、恩格斯、列寧的所有著作都是禁書，連魯迅、茅盾、巴金、丁玲的文學作品都在查禁之列，更不必說毛澤東、周恩來、鄧小平了！

大學時，靠著細心與運氣，在學校圖書館參考室找到一部漏網之魚的英譯本《資本論》（收在一大套「西方經典叢書」裡，封面上只有小小燙金的 Marx 字樣），又在法學院圖書館地下室日本人留下來、幾十年沒有編目整理的書架上找到一部日譯本《資本論》，算是讀過了馬克思，但毛澤東呢？除了幾本通過安全檢查的著作中的零星引文之外，完全沒有機會閱讀。

沒讀過毛澤東，有資格做和中國共產黨有關的研究？年輕時代的我，自以為有。我想用思想史的考察方式，來看共產主義運動，試圖解釋：作為一股思想力量，為什麼在民國初年眾多彼此競爭的思想潮流中，最終是共產主義脫穎而出呢？我不能滿意於從歷史結果反正推論：因為共產主義就是最好的真理，也不能滿意於光是將這個過程當作是組織、政治鬥爭的看法，相信內中一定有可以被更仔細釐清的思想變化脈絡。

當然，還有一個更大的動機，刺激我寫出這樣的研究計畫。既然要到美國去，既然可以擺脫台灣的種種限制，我當然要善加利用想像中的自由，認真地好好補讀在台灣讀不到、不能讀的書。最好是找一個題目，每天就浸泡在這些過去無緣的書堆裡，不需要在課外張羅時間讀。

所以研究中國共產黨的那份計畫，送去美國左派大本營，現代中國資料收藏最豐的加州柏克萊大學。沒有多久，入學許可通知寄來了，附帶的信件說學校願意給我一半的學費作為獎學金。這個條件，比我申請到的其他學校都差，別人至少給全額學費，更重要的，我就是不可能張羅到那麼大筆錢付學費、付生活費，當下就放棄了柏克萊，也放棄了研究中國共產黨的計畫。

卻沒有放棄要閱讀這些書籍材料的衝動。那年秋天，我去了美國東岸的哈佛大學，一住進宿舍，草草放了兩大箱行李，就迫不及待地出門找書去了。最想去的，是圖書館，尤其是收藏了四十多萬冊中文書的燕京圖書館，但那時連註冊手續都還沒辦，進不了學校的圖書館。退而求其次，去逛書店，按照記憶中曾經在哈佛留學多年的老師的描述，穿過哈佛廣場，朝向河邊去，看到了巨大豪華的「查爾斯河大飯店」，在街角右轉，真的就看到一個招牌，一個中文招牌，極易辨認的毛澤東書法寫著「革命書屋」，下面才是英文的

「Revolution Book Store」。

帶點惶然，更多點興奮，推開革命書屋的大門，在我眼前展開了各式各樣的革命書籍。說來諷刺，但再真確不過，我生平擁有的第一本毛澤東著作，是英文本的《*Selected Writings of Chairman Mao*》，我生平讀的第一篇完整毛澤東作品，是翻成英文的《湖南農民運動報告》。

說來更諷刺，但同樣再真確不過，到哈佛的第一晚，我埋首讀毛澤東，大部分讀到的內容，並沒有讓我有太大的驚訝，更沒有給我什麼樣的困惑，或什麼樣的啟發。印象最深的，是在一個句子上卡住了，毛的文章中憑空出現了「seeing flowers on a galloping horse」的描述，完全看不出來跟上下文有什麼關係，反覆讀了幾次，我才終於恍然大悟，啊，那原來只是「走馬看花」的翻譯啊！

那一夜過去，瀏覽了英文本毛選，我對自己沒有去柏克萊研究中國共產黨，變得沒那麼遺憾了，毛澤東，沒有國民黨說的那麼荒謬可怕，也沒有我自己在隔絕中想像的那麼神奇動人。

忽然出現於街頭海報上的臉容

——馬家輝

毛澤東在我視網膜上留下的第一個印象，是在一九六七年；那一年，我四歲。

記得的，真的記得，而且年紀愈大愈記得，恍如昨日。

那個印象來自牆上海報，從低到高，鋪天蓋地，整整的一條街道，每間店鋪的閘門外都貼著毛澤東的臉容。寬寬的臉，高高的額，深深的眼神，眼神裡含著笑意，笑意裡卻又含著一些其他說不出的訊息和心事，彷彿把你一眼看破，從你的眼睛出發一直看到你的腸胃，你無所遁形。當時四歲，我當然沒有這樣的聯想，這都是後來逐漸冒起的感受，歷史材料讀到愈多，聯想愈強烈；當時四歲，看進我眼裡的只是無數張一模一樣的臉，一位男子，一位老先生，一個人。

那是文革幾乎被帶來香港的火紅年代，許多人或被動員或自動自發地走上街頭，穿上白襯衫，舉起小紅書，高喊「打倒白皮豬！」和「英國狗滾出去！」之類的激昂標語，往前衝衝衝，誓要在這城市爭取中國人和中國勞動人民的榮譽尊嚴。彼時也，街頭上，有真真假假的炸彈，有人流血，有人流淚，有人橫躺，有人直闖，政府宣布宵禁，所以氣氛更緊張了，危城圍城，誰都不知道香港還有沒有明天或到底明天香港還再是不是香港。這段歲月，有人喚之為「六七暴動」，有人稱之為「反英抗暴」，視乎你站在什麼角度和用什麼觀點。

四歲的孩子不會懂得具體細節，但深刻地記得那緊張氣氛，大人們說話的語氣都變了，都焦灼，都急促，都整天扯開嗓門、彼此叫嚷提醒，我猜說的大概是「千萬別帶孩子出門！」「千萬要把窗戶鎖好！」「在路上要小心避開炸彈！」諸如此類。門外街上亦忽然出現了排山倒海、列陣而來的毛澤東海報，我成長後才明白，灣仔是不少中資機構的總部所在，報社、出版社、工會等等，都在這裡，這是所謂「左仔」的大本營，理所當然地成為抗爭運動的中心點。

所以亦是鎮壓的中心點。我居住的大廈面對修頓球場，某個半夜，我從深深熟睡裡被喧鬧聲吵醒，瞇著睡眼望往窗外，只見燈火通明，站滿頭戴鋼盔、手持盾牌和棍棒的「防暴警察」，亦有許多輛警車停泊在球場門外，隱隱然將有一場大廝殺、大對決。當夜稍後，球場附近傳來一陣接一陣的隆隆巨響，不知道是演習抑或真的施放了催淚彈。當夜是我生平首回感受到什麼叫做「恐怖」。莫名的驚恐，不知所以然的恐懼，彷彿有什麼大事將會發生，但年幼的我根本不知道發生了什麼事情，海報上的那位禿頭的老先生是誰？為什麼會於一夜之間占領了我們的社區街道？為什麼我的溫文的父親忽然變得如此神經緊張，惶惶不可終日？他在怕些什麼？他在迴避些什麼？這，我都不懂，也年幼得不會去想，但小小年紀確實感受到強烈的壓迫感，像睡覺時被厚厚的棉被壓住胸膛，在成年人的驚恐裡衍生了我的驚恐。

香港文革其後沒有擴大，據說是因為周恩來干預。中央文獻出版社的《周恩來年譜》即清楚寫道，在一九六七年五月二十四至二十七日間，周恩來多次公開強調，跟港英鬥爭要嚴格遵循中央方針，有理有利有節，但切勿有血；七月十日，他又指出，「香港不同澳門，在香港動武不符合我們現在的方針」。當時曾經有人建議派遣四百名紅衛兵到港開展解放活動，周恩來斷然拒絕。甚至，陳伯達曾經草擬方案，派兩師兵力殺入香港，再派一個師在邊境待命增援，周恩來當然亦力挽狂瀾，及時制止了冒進。

而據說把香港保留為殖民地、不急於收回的主意，雖出自周恩來，在背後撐持的人終究是毛主席；他深信留住殖民香港，等於替中國留下一道旋轉活門，在國家緊急時，可以發揮珍貴的接應價值。這是毛澤東的遠見，令香港延後回歸三十年，也讓我多做了三十年「英國人」，從一九六七拖到一九九七，我才終於變成了「中國人」。

而到了那個年歲，看書多了，思考多了，我也終於清楚明白，毛澤東先生到底是個什麼樣的男子。

那年那月，〈此時此刻……〉

——胡洪俠

一九七八年，我十五歲。那年的九月九日，我放下學校的功課，把來年的高考也拋到一邊，掌燈熬夜寫了一篇「散文」，題為〈此時此刻……〉。為什麼呢？因為：

日曆一張張撕下……九月九日，我們世世代代永遠難忘的日子來到了。

是什麼樣的日子呢？我繼續寫道：

黎明時刻，不知是怎樣，我睡也睡不著，心情像大海的波濤一樣，久久不能平靜。今天啊——今天，偉大的領袖和導師毛主席離開我們已經七百二十天。此時此刻……

別笑！那時候，我們認為這樣的文字，就是散文。我的數學很差，這從上面一段文字中已可看出。毛澤東一九七六年九月九日逝世，我寫這篇文章時，他「離開我們」應該七百三十天了，可是我竟然算錯，整整少算了十天。但是你不能給我算經濟帳，要算政治帳。那時候數學好不好又有什麼關係呢，張鐵生考試交白卷不照樣當了「反潮流英雄」？我對毛主席的感情是真摯的，那就夠了。有很多年，我每天的生活都是在〈東方紅〉歌曲聲中開始的。清晨六點，屋裡牆上掛著的小喇叭準時響起，裡面的人唱道：「東方紅，太陽升，中國出了個毛澤東……」平時我們不怎麼敢叫「毛澤東」，我們都說「毛主席」。

很小的時候，我曾經問過我母親：「誰是毛主席？」當時母親正做飯，一手拉風箱，一手往鍋灶裡填柴火。她看了看鍋蓋邊上冒出的熱氣，說：「毛主席就是毛主席。別瞎問。」其實不用問，我很快就知道毛主席是誰了，我都不可能不知道毛主席是誰。到處都是他放著紅光的頭像，到處都是那張大大的彩色的慈祥的臉，到處都寫著他的語錄，到處都精心地描摹他那龍飛鳳舞的墨跡。每一首歌都在歌頌他。每一張宣傳畫中的人和樹和花都環繞著他。他的「最高指示」在每張報紙的每個版面上都出現且都印成黑體字。每個「先進份子」發言時都說在夢中見到了他。我們不背《唐詩三百首》，但他的語錄我們都能如流倒背。買一盒新蠟筆，我們先學畫個天安門，因為我們相信，他天天住在那裡，放射著耀眼的光芒。開始寫作文前我們先翻遍報紙和語錄本，找出最適合引用的他的話。

他無處不在。他在任何空間看著我們。任何時間他都在我們耳邊嘴邊和身邊。我們天天喊著他「萬歲萬歲萬萬歲」，可是，突然有一天，他竟然離開了我們。這怎麼可以！沒有了他，中國怎麼辦？那不就天下大亂了嗎？

所以，他離開我們七百三十天的時候，我不再復習語文、地理或英語，我要寫一篇散文，投給《人民日報》、《河北日報》和《衡水日報》。我給大哥要了幾張複寫紙，這樣一次就可以複製三份。沒有稿紙，我只能用無橫線無方格的白紙了：

此時此刻，回顧兩年前的今天，怎不悲痛，又怎麼能不悲痛。

一九七六年九月九日，天空湛藍，白雲卷卷。突然，一聲噩耗傳來：偉大的領袖毛主席離開了我們。晴天霹靂，震撼山川。有多少人徹夜不眠，有多少人飯菜難咽，有多少人失聲痛哭，有多少人默默思念。八億神州，無比悲痛，山河肅立，大地嗚咽。毛主席，難道您真的離開了我們？不，您沒有！您不正在中南海的燈光下揮筆疾書繪製藍圖？您不正在祖國的大江南北視察觀看嗎？

2011年1月，我第三次去了韶山。

此時此刻，想起七六年紅色的十月，心情怎不激動萬分……

毛主席您老人家逝世以後，八億軍民的淚水還沒有擦乾，萬惡的「四人幫」就變本加厲，瘋狂地要篡奪黨和國家的最高領導權，一時「四害」橫行，雲捲霧罩。「轟隆隆」十月裡一聲春雷響，「四海歡，五湖笑，偉人出，紅日照」。就是您親自選定的接班人華主席，以革命家的雄偉氣魄，粉碎了「四人幫」的美夢，您老人家的遺願實現了。

此時此刻，放眼今朝大好形勢：我們的黨更加純潔，我們的國家更加繁榮富強，我們的軍士氣旺盛，我們人民喜氣洋洋。……

把稿子裝在信封，用漿糊黏好封口，在「貼郵票」處寫上「稿件」二字，再用剪刀在信封右上角剪個小口，投稿信就可以扔進郵筒了。此後幾天，每次看報紙，心情都有異樣的緊張，好像唯恐看見自己的名字出現在報紙上。可是，心裡又是多麼渴望報紙上登出自己的稿子。大概是收到了一份報紙的退稿信吧，所以我手頭至今還保留著一份當年的複印稿。謝天謝地，那時我的稿子沒變成鉛字，如今終有機會，讓我十五歲的文字重見天日了。再抄一段：

此時此刻，滿腹的話兒匯成了兩句：
懷念您啊，偉大的領袖和導師毛主席；
歌唱您啊，偉大的領袖和導師毛主席。
是懷念？是悲痛？是歌唱？是嚮往？不知是怎樣的心情，使我在室內無法抑制，便披衣外面，走到門外。

此時此刻，一輪紅日從東方躍出了地平線，光芒四射，驅散了黎明的黑暗。
望著蔚為壯觀的日出，默默地想：天空中的太陽有升有落，而毛主席——我們心中的紅太陽永遠不落，永遠放出燦爛的光輝！

你說，就這文字，全是套話，難怪報紙不會刊載。錯！告訴你，別說我十五歲，當時五十歲的人寫這樣的懷念文章差不多也是這些話。我們心裡只有毛主席。我們只會說這些話。

㉙ 退休

退不了的人生 ——楊照

未來，對我們這一代人，恐怕會很殘酷很可怕。

我發現周遭的友人們，甚至就連那些專門研究社會趨勢潮流的人，都還沒有準備好面對這樣的殘酷。我們都在逃避某些其實愈來愈清楚的發展，繼續一廂情願做著玫瑰色的幻夢。

好些同輩朋友從以前就想像自己四十五歲、五十歲就能退休，去享受生活、去實現自由。年歲過了四十五、五十，就稍微修改一下，將退休時間調成五十五歲、六十歲。這樣的期待不能說完全沒有道理，然而畢竟太天真了些。

說「有道理」，是因為如果我們相信歷史發展會照著原樣一直走下去，的確我們看到上一代、再上一代的人，他們在貧窮中長年掙扎，他們以勤儉作為生存的基本手段，沒有一點休息，沒有一點享受。幾十年來世代間的差異，就出現在愈後輩愈年輕的人，愈有條件有辦法擺脫這種苦勞命運。多賺了一點錢、多得了一點休息、多懂了一點享受，一代代這樣遞變，退休年齡愈來愈早，工作壓力愈來愈小，所以到我們步入中年走向老年時，當然可以有資格有意願又有餘裕「對自己好一點」。

大問題在：這種趨勢真的會持續發展下去嗎？有太多證據，太多被我們刻意忽略或曲解的證據，其實正在給我們否定的答案。

證據一，人口的年齡結構一直在改變，出生率降低，年輕人的比例愈來愈低。許多社會，包括台灣和大陸，都必然轉成「老年社會」。沒有足夠的年輕勞動力可以來支撐眾多的老人。

證據二，普遍工作性質正在朝「非勞動化」進展。服務性工作、知識密集工作在就業市場上所占的比例大幅提升，換句話說，上班工作對體力的要求不斷下降。

證據三，生物科技（包括基因工程）快速進步，不只是壽命會延長，而且病痛對生活的衝擊影響，也會獲得更大的控制可能。

這三項證據加在一起，應該得出怎樣的推論結論？最有可能就是一場殘酷的噩夢。我們慢慢老去時，根本沒辦法依賴下一代來養活我們，不斷減少的勞動供給、不斷萎縮的經濟規模，除了少數早早準備了退休保險的人之外，絕大部分的人眼前會只剩下一個解決辦法：延後退休、充分利用老年人力。

你想：人老都老了，早沒有用了，能怎樣利用？嘿嘿，未來世界裡不需體力、可以單憑腦力運作的工作多的是（活到超過九十歲才去世的管理學大師杜拉克最喜歡強調這點），你以為你沒用了，抱歉，人家不接受這樣的藉口。

你想：可是老年人不只體弱，還有多病的問題啊！三天一小病、五天一大病，這種不穩定的人力多沒效率。嘿嘿，別忘了，老年醫學在需求刺激下，一定會長足進步，到時候每天塞幾顆藥丸，你連生病的權利都沒有了，只好乖乖回到工作崗位上去。

我知道我和同輩的大俠、家輝，絕對沒有機會在五十歲時退休。二〇一三年我們就五十歲了，三個人多半還是會在各種工作奔波行程上聚會見面，不會是聯袂到處遊山玩水。光是聊天時扯到的要去新疆要去哈爾濱要去首爾，明年都不見得去得成。而且我有近乎十足的把握，我們三個五十五歲、六十歲也還是退不下來。不是因為我們特別有價值，而是因為我們沒那麼大的本事、那麼大的力量抗拒時代潮流。這一輩的人六十歲退下來，那就得預期會有將近二十年的退休後人生，不工作吃什麼？我們好意思把這二十年的人生，賴給我們的兒女嗎？就算胡元、馬雯和李其叡那麼好心願意承擔，他們承擔得起嗎？就算他們願意承擔，也承擔得起，我們忍心、好意思嗎？

台灣的前輩作家司馬中原，到現在還每天伏案寫作，幫兒女累積置產買房的錢，目標是要寫到每個孩子都有一間房。他出生於一九三三年，明年就整八十了。怎麼那麼勞碌？沒辦法，誰叫他是作家，動動筆這點勞力總是有的。

對於退休，我只有一個小小的期待——可以比司馬中原早一點，就好了。這點期待應該還有機會實現，畢竟我就只那麼個女兒，不需買那麼多間房。

正在前往賭場的路上

——馬家輝

香港於上世紀八十年代初和九十年代初分別湧現過移民潮，許多人為了這樣或那樣的理由選擇離開這個城市，賣房賣車，千方百計，或到美國英國加拿大，或到澳洲歐洲紐西蘭，總之務求取得外籍護照，努力變成「外國人」，日後始做其他長遠打算。

移民外國，通常必須於當地居住兩或三年甚至五年，始可取得國民身分，這段日子香港人稱之為「坐移民牢」，刑期滿了，便可返回香港，重出江湖，再拚事業，但於這段「坐牢」歲月裡必須把原先的工作辭掉，也就等於「提早退休」了，至少是短暫的退休，亦即「提早短期退休」，先把忙碌擱下，且把紅塵拋開，度過一些悠閒時光，嘗嘗跟香港極不一樣的異域滋味。

而在「提早短期退休」的群體裡，我只見過一個快樂的男人。

真的只遇見過一個。移民到外國的香港人，由於絕大多數並無長居異域的打算，故忍耐，沒有太積極找尋工作，或即使想找亦找不到工作，「寄人籬下」之感非常濃重，唯有每天或吃吃喝喝，或打打麻將，或唱唱歌兒，或遊遊山水，或種種花草，總之是想方設法把二十四小時消耗過去。剛開始時，譬如說，最先半年，或會覺得享受、過癮，但稍後，半年之後，漸有悶意，亦即香港人慣說的「好悶」；再後來，便受不了了，由悶而苦，由「好悶」變成「苦悶」，腦筋由於長期懶於運作而變得緩慢，說話亦是，語速由快變慢，變得非常「不香港」；到了最後，眼神便都流露著三分自憐，兩分哀傷，剩下的五分，是無奈，眼巴巴地望著日曆，暗盼時間加速行進。而我所曾遇見的那位男子，算是例外，他的眼神，日日夜夜帶著亢奮與激昂、熱烈與狂暴，情緒亦是喜怒強烈，甚至即使明明應該是怒的，亦在怒裡隱藏著幾分快樂，只因，他在「提早短期退休」的歲月裡以賭場為家、以賭博為樂，在輸錢贏錢的起伏裡，他忘記了時間的存在，甚至忘記了自身的存在。不知今夕何夕，退休於他，是另一種刺激生活的開始。

我是在美國大西洋城的賭場裡跟他認識的。我曾在大西洋城的酒店住了整整一個星期，沒日沒夜混在賭場，除了吃喝，除了拉撒與洗澡，其他時間都耗費在賭桌旁邊，但每遭手風不順，則暫停，走到賭場外的沙灘，找張空長椅，坐一坐，抽抽菸，鎮定情緒後，回頭再戰。

那天我在長椅上認識了他，他也休息，也抽菸，個子矮小，四十歲左右吧，五官長相一看便知道是華人，我還以為他是附近中國菜館侍應之類，這類人，最酗賭，豈料搭訕閒聊之後才知道對方跟我來自同一個城市，我在港島西之灣仔長大，他則在港島東之柴灣成人，我從小想在江湖打混卻沒成功，他卻從十四歲起已經混跡江湖，幹過不少壞事惡事。到了一九九一年，決定收山，金盆洗手，以置產移民的身分來到美國東部，有兄弟叫他到紐約唐人街另起爐灶，他拒絕了，把大部分時間放在賭桌上找尋刺激樂趣。他的注碼很大，我的是每注五十元美金，他卻是每注五百元，顯然家底豐厚，輸得起。那幾天不知怎的我幾乎扮演了他的「手下」角色，跟在他身邊，陪他賭錢，還自願替他買吃買喝，分享了他的輸贏刺激，也就是在那幾天裡，我暗暗許下願望，將來到了退休的日子，不上班了，不工作了，我將把時間精力都花在賭場裡，把賭場看成宇宙，在此宇宙，我是王，由我來決定賭什麼或不賭什麼，輸贏成敗，都由我自己獨力負責。

工作了那麼多年，都是由別人說了算，只有在賭桌上，我做主，我自己說了算，勝負不是重點，重點是在過程裡我把命運牢牢掌握手裡，把錢押到哪門牌上，是我的決定；押多少注碼，是我的決定；何時收手或繼續放手一搏，是我的決定。廣東人有一句非常粗俗卻又非常現實的俚語，「有強姦，冇焗賭」，意思是說，你可以使用暴力把一個人強姦蹂躪，卻沒法強迫一個人坐在賭桌旁投注押注，所以，賭錢必然是自願的行動，你的心驅使你的手，你掏出金錢，你押下注碼，你跟自己的運氣拚搏對奕；賭桌可能是世上最自由民主的空間。

在大西洋城那一年，我才三十歲出頭，如今，「奔五」了，若你問我有沒有改變退休後的生活計畫，我不願回答你，而只肯說，有點耐性，走著瞧，到了將來，如果你在家裡找不到我，我或許正在前往賭場或從賭場回家的路上。說到底，退休之事其實誰說得準，最重要的是，有命活到退休之年，再說吧。

如果有一天，我老有所依

——胡洪俠

前些日子聽說有人吵著要讓中國人推遲退休年齡，也不知吵出結果沒有。現在很多事情都吵不出結果，說著說著話題就爛尾了。如果延遲退休的事也爛了尾，那麼，再過十年零十個月，我就該退休了。

說句實話，我很盼望自己早早退休。上白班夜班，開大會小會，如履薄冰出門去，提心吊膽回家來，這樣的生活說起來好聽，過起來一點也不好玩，真該早早結束。當然這都是眼下的想法，果真到了退休時刻，是否我還會這麼想，也難說得很。

如果——現在寫退休生活，當然只能是如果——如果十年之後，我的想法沒變；而且，如果那時候，我老有所依（應得的退休工資如期到手，醫保與養老保險之類如數兌現，我買了多年的商業養老保險、大病保險等等也都不落空），那麼，下面的故事，就極有可能是真的：

霜降已過，天氣果然涼了下來。深圳雖說四季常青，但到了這個季節，落葉翻飛的場面也是有的，尤其在第五園附近的。那兒的樹種都是多年前從外地新移栽過來，年輪裡難免殘留著秋風掃落葉的記憶。

一輛紅色的士停在了手造街北口。一位高個子老男人很輕巧地把自己從的士車後座上挪了出來。正是下午三點多，天很藍，陽光又純又亮。街兩旁的店舖都開門營業。「唉！」高個子男人看了一會兒街景，嘆了口氣，「十幾年沒見，這條街愈發不像個樣子了。先是手造街，後是美食街，現在呢，嘿嘿，乾脆什麼也不是了。」他由南向北，一家接一家店看過去，邊東張西望嘴裡邊唸叨：「一九八四。開個書店，叫什麼名不好，偏叫一九八四。聽著有點怪，看著有點二……」正搖頭晃腦間，仰臉一看，一九八四書店到了。門臉不大，牆白瓦青。門關著，而且鎖著。櫥窗很大，也很亮。還裝飾著冰裂紋，是假假的皖南風格。門上方懸掛一小塊木匾，陰刻「壹玖捌肆書店」墨跡，書風暗通何子貞，落款是「董橋」。

「我就知道，果然是董橋。開這麼家店，不找他題寫店名那才奇怪。」高個子男人掏出菸斗，填滿菸絲，又亮出閃閃發光的打火機，叮叮噹噹點著菸，又唸唸有詞地踱到櫥窗前。

這櫥窗前原本站著一位女孩，正靜靜地盯著櫥窗裡的書看。說是櫥窗，其實更像是個書架，裡面擺滿了各種文字、各個年代的《一九八四》版本。有初版，有新版，有精裝，有平裝，有插圖本，有中英文對照本，有台灣繁體字本，有香港翻印本。女孩正一一看得出神，忽聽旁邊有人說出「果然是董橋」的話，好奇心大發，轉臉便問：「你認識董橋？」

「不認識。」高個男人掃了女孩一眼，見她一身牛仔服，清秀的臉上公然寫著睡眠不足，就猜出她一定是位記者。眼下各行各業中，睡眠不足的愈來愈少，唯記者行業一如既往，寫不完的稿，睡不夠的覺。想到自己是剛剛退休的媒體前輩，對後輩應該熱情點才對，於是又多說了一句：「但是我認識開這家書店的人。多年的老朋友了。」

「你是說胡洪俠？」女記者很驚訝，「我是奉命來採訪他的，可是大白天的，他竟然關門不營業。都說你這朋友不靠譜，我看也是。」

高個子男人很想說一句「你懂個屁」，但怕人家罵自己「為老不尊」，忍住沒說。他也想起當年這位胡老兄如何發洩對香港學津書店老闆的不滿，說人家想開門就開門，想關門就關門；顧客選好的舊書，那老闆挑挑揀揀，想賣的就賣，想不賣的就不賣。如今，他弄個一九八四書店，也染上這毛病了。有什麼關係呢？

反正是自己的店，別人管不著。退休了嘛，自由了嘛。

「小朋友，此人既然不靠譜，你何苦還要採訪他？」高個子男人問。

「這不深圳讀書月又來了嗎？」女孩說，「組委會提供線索，說這個人退休前搞過很多年十大好書評選，所以想問問他心目中好書的標準。我上午打他電話，聯繫採訪，他甩出一句『別煩我』就把電話掛了。我不甘心，只好跑來碰運氣。退了休的人是不是都很怪啊。老先生，您是不是可以幫我聯繫一下這個人稱大俠的人？對了，忘了問了，您是……」

高個子男人本來想說，他叫陳也肆，和胡洪俠是老同事，十幾年前離開深圳去了天津，剛剛也辦了退休手續，這次是回來看看老朋友，聊聊陳年舊事。「算了！」他心裡長嘆一聲，「多說無益。許多事，年輕人不會懂的。」

「上午大俠沒有給你提個問題嗎？」也肆問那女孩。

「問了。」女孩不以為然地說，「他問：你讀沒讀過《一九八四》？我說我是一九九九年出生的。」

「那就對了。」也肆說著，從包裡掏出一本書，「你看，我都帶了舊版的《一九八四》，這才敢來騙他的好酒喝。你連書都沒讀過，他怎麼會給你打開『一九八四書店』的門？他現在可是誰也不怕了。」

三十

張愛玲

絕對無法改編成電影的小說

——楊照

曾經，阿嘉莎．克莉絲蒂的小說，教會我什麼是不怕被電影改編的小說；後來，張愛玲的小說，讓我明白了什麼是絕對不能被改編成電影的小說。

最早讀克莉絲蒂的小說，是《東方快車謀殺案》。書會被翻譯在台灣出版，因為有好萊塢大投資、大卡司的改編電影要上演。本來是因著對電影的好奇興趣所以先去買書來讀，讀完卻徹底失去了買票看電影的衝動。

光憑我當年對電影及其有限的理解，我都立刻察覺到——哇，這樣的小說改編成的電影，一定、只能跟小說長得一模一樣，不少也不多。讀過小說的人會瞭解我的意思，《東方快車謀殺案》小說中，克莉絲蒂展現了巔峰的控制力，從頭到尾沒有出現一個多餘的角色，也沒有任何一段多餘的情節。每一個角色、在漫長火車里程中發生的每一件事，最後證明要麼和凶殺案情有關，不然就是跟偵探解謎有關。省略掉任何一個敘述元素，都將影響、破壞環環相扣的推理，這裡面沒有改編可以動手動腳的空間。

多年之後，我才在美國看了電影《東方快車謀殺案》，果然，除了演員的精彩演技發揮之外，這部電影不折不扣就是小說的翻版，絕對可以當選影史上「最忠於原著的改編電影」。不是編劇、導演那麼尊重原著，而是原著寫到滴水不漏，沒給他們一點偏離的空間。

和克莉絲蒂剛好相反，張愛玲的小說卻是讓再想忠於原著的編劇導演，都拍不出「張愛玲式」的電影。我是在看《傾城之戀》電影時，痛苦地領悟了這個道理。看看，那是什麼樣了不起的陣容——我最欣賞的華人導演許鞍華，找了演《上海灘》和《英雄本色》讓我看得如痴如狂的周潤發，再加上《恐怖分子》之後就被我視為最迷人的演技派女星繆騫人！還有他們的深厚香港背景，來演發生在淺水灣的無奈愛情故事，再對不過了吧！

但，不對，不對就是不對。我可以清楚感受到許鞍華對張愛玲的喜愛，也可以清楚感受到她對於原著的高度尊重，小心翼翼不隨便增刪原著內容，然而，拍出來的電影，就不是《傾城之戀》，就不是張愛玲。

最簡單、也是最根本的，電影裡沒有了瀰漫在小說每一個角落的無奈反諷。香港的淪陷造就了白流蘇的愛情，但白流蘇和范柳原心中卻都沒有「得之我幸」的狂喜，只有一種被大時代作弄的不得已與啼笑皆非。張愛玲沒有要感動我們，讓我們在小說結尾處為了這兩個人的結合而感到熱淚盈眶，她一貫的態度，都是送一份冰冰的觸感在我們背脊上，逼我們正視生命的無從掌握。

即便是許鞍華加周潤發加繆騫人，都拍不出那樣深刻的無奈與不得已。步出戲院，我久久無法從失望中回復過來，因為我知道，關鍵不在對許鞍華、周潤發、繆騫人失望，而在更徹底一點的失望。捨棄了公車，一路從西門町走了快一個小時回家，到家前，我想懂了，真正的失望，是這部電影讓我看透了，沒有人可能拍出張愛玲筆下的那種華麗與蒼涼並存，互依互證的情緒。她是靠高度主觀的文字製造出這樣效果的，小說中的景物與情節沒有獨立於她主觀控制之外呈現的可能。她寫來充滿時間感的胡琴聲音，在電影裡出現時，就是不可能給人白家的時鐘過得比別人慢的聯想。

我失望了，因為不能不承認：就算我的電影夢實現了，就算我來拍，也不會比許鞍華拍得更好，也一樣拍不出對的張愛玲氣氛、張愛玲情緒的電影來。

十多年後，有了李安的《色．戒》。坐在電影院裡，我幾度在不該笑的時候差點笑出聲來。在大學裡演戲那一段我笑了，最後梁朝偉繞進空房間裡撫摸空床的那個畫面我笑了，唉，即使是李安也拍不出張愛玲來，張愛玲拿來諷刺女主角太過入戲被自己的救國情緒感動的情節，被李安拍成懷舊的天真熱情；張愛玲筆下現實得猥瑣的男人，則被李安賦予了一點愛情的高貴。

是的，誰都拍不來原汁原味的張愛玲的。

夢中人

——馬家輝

十八、九歲時有一段沒上學，也沒工作，留在家裡，每天清閒，讀書寫作，過著至今以來唯一的「零負擔」日子。

白天家裡沒人，父親出門上班，母親出外打牌，在黃昏來臨以前，家中客廳變成我的「書房」，臥躺沙發，翹起雙腿，愛翻什麼書便翻什麼書，看累了便不知不覺間睡去，有時候執起望遠鏡偷窺對街住戶，隔窗看女孩子換衣服或洗浴；形而上與形而下合為一體，是生命中最快樂的歲月。

睡覺，難免做夢，夢中常現各式人物。我是個多夢的孩子，小時候經常夢遊，夢中跟不知名的人打麻雀，啥事情都做過。到了青春期，夢中場景更為多樣，能說的不能說的，所在多有，但已沒有夢遊了，只有腦海影像而沒有肢體動作，省下不少力氣。

那時候迷上台灣作家的書，故常入夢，作家們現身夢裡跟我談笑論事，夢過白先勇、夢過王文興、夢過李歐梵、夢過林文月，後來，也夢過朱天文、朱天心以及張大春。不太記得跟誰做過什麼了，只見過夢中的隱約臉容以及歡喜心情，如粉絲見偶像，不，不是「如」，真的是粉絲見到了偶像，影像是假的，強烈的感覺卻是千真萬確。

還有一張臉容，是張愛玲的，那仰起的臉，那傲氣的眼，那淺淺的笑，仍然記得，或因當時看過她的照片所以夢見，日後也常見到相同的照片，故把照中人和夢中人合而為一，就算不是一樣，亦當作一樣。

閱讀張愛玲的起點是《心經》。在灣仔的藝術中心看過榮念曾改編的舞台劇，沒有劇情，只是照例地非常榮念曾式地有一群人在舞台上緩慢地從左邊走到右邊，再從右邊走回右邊，有音樂，有投影，卻沒有太多對白。然而仍是感動的，有浪漫而哀傷的力量。離場後我亦緩慢地走回家，平日很短的一段路途，忽然覺得好長好長。

看完《心經》，理所當然地往《半生緣》、《紅玫瑰與白玫瑰》、《傾城之戀》的方向探索過去，從此迷途，在張小姐的文字花園裡千轉百盪，不肯走出，並由文字迷上臉容，由現實迷到夢境，好多回於午睡的恍惚裡見到她，她朝我笑笑，我很緊張，每回都很緊張，然後，通常轉醒過來。再看過對街住戶，再誘人的胴體亦已變成庸脂俗粉，不屑一顧。

那時候買的張愛玲的書多年以來一直在我身邊，加上借來的，家裡書架有了一個「張愛玲專櫃」。她寫的，寫她的，都有。十年前在香港的一趟飯局上遇見幾位台灣來客，說正在籌備張愛玲電視劇，我一時慷慨，把幾本難得的參考材料借給他們，對方答應要還，過了兩三年卻未見消息，我忍不住厚著臉皮託台灣朋友追討，終於討回部分，心始釋然，儘管並未全部釋然。此乃老子生平首次亦是唯一一次把書借出去了卻仍主動索還並且是隔山越海地索還，只因，跟張愛玲有關，不可失，不應失。

曾有一段日子我在地理雜誌擔任記者，專駐東南亞，在泰國、老撾、緬甸、越南等等國家之間遊走，飛機於我如巴士，並且常要坐在候機樓內作漫長等待。所以隨身行李裡必有一本張愛玲小說集。耐看，不必擔心看不下去，不必擔心很快看完，隨手翻開一頁，都可讀之再讀，如見熟悉的朋友，如有朋友作伴，心情頓然寧靜沉著，或可用「舒服」二字形容。像遊走得累了，回到家裡，見到親人，最強烈的感受總是舒服。

以前寫過一篇文章說某回在旅途中遇見女子，她約我晚上見面，我心動了，卻沒去，夜裡獨躺在酒店床上，不無後悔與遺憾。那是不可救藥的濫情與浪漫，卻又是惋惜於某種技藝之浪費，如同《紅玫瑰與白玫瑰》裡那位嬌蕊，她與振保坐在陽台，喝茶，調情——

嬌蕊道：「說真的，你把你從前的事講點我聽聽。」振保道：「什麼事？」嬌蕊把一條腿橫掃過去，踢得他差一點潑翻手中的茶，她笑道：「裝佯！我都知道了。」振保道：「知道了還問？倒是你把你的事說點給我聽罷。」嬌蕊道：「我麼？」她偏著頭，把下頦在肩膀上挨來挨去，好一會，低低地道：「我的一生，三言兩語就可以說完了。」

半晌，振保催道：「那麼，你說呀。」嬌蕊卻又不做聲，定睛思索著。振保道：「你跟士洪是怎樣認識的？」嬌蕊道：「也很平常。學生會在倫敦開會，我是代表，他也是代表。」振保道：「你是在倫敦大學？」嬌蕊道：「我家裡送我到英國讀書，無非是為了嫁人，好挑個好的。去的時候年紀小著呢，根本也不想結婚，不過藉著找人的名義在外面玩。玩了幾年，名聲漸漸不大好了，這才手忙腳亂地抓了個士洪。」

振保踢了她椅子一下：「你還沒玩夠？」嬌蕊道：「並不是夠不夠的問題。一個人，學會了一樣本事，總捨不得放著不用。」

就於惘惘遺憾之中，我睡去。

但那夜出現夢中的不是張愛玲而是另一位遠在花蓮的台灣女子。

她走了，我們開始對照

——胡洪俠

一九九五年九月三日，深圳商報「文化廣場」週刊創刊，我任創刊主編。在我的策劃案中，這個週刊另有其名。我一直都不喜歡「文化廣場」這個詞，它讓我想起一群濃妝艷抹的老太太鑼鼓聲中扭秧歌，或一群疑似慷慨激昂的人鬧哄哄搞合唱比賽，又或者幾位初學乍練的退休老幹部假戲真做辦書畫展。可是，我起的刊名在一次策劃會上引起哄堂大笑，我至今也不明白笑聲為什麼那麼整齊。當時我說，刊名不妨叫「思想者」，刊徽正好用羅丹的同名雕塑。「思想者」很好笑嗎？也許。那是一段思想和思想者都讓人覺得好笑的日子。

創刊之初的局面，是「萬事俱備，只欠東風」的反面，即「東風俱備，只欠萬事」。我天天扎進資料室翻報紙，找線索，尋作者。忽然有一天，發現台北的《中國時報》和《聯合報》都在說張愛玲去世的事。張愛玲？是作家柯靈在〈遙寄張愛玲〉一文中濃墨重彩描而繪之的張愛玲？那篇文章我在北京上學時讀了不止一遍，從開頭一直喜歡到結尾。開頭是開門見山的典範：「不見張愛玲三十年了。」結尾則是詞淺意深、句短情長的佳例：「我在北方湛藍的初冬，萬里外，長城邊，因風寄意，向張愛玲致以良好的祝願，親切的問候。」那時起開始留意張愛玲寫的書和寫張愛玲的書，到深圳後，更買來安徽文藝版四卷本《張愛玲文集》，躲在黃木崗又一村安置區的一棟鐵皮頂屋內，讀《金鎖記》，讀《傾城之戀》，讀《沉香屑：第一爐香》，讀《紅玫瑰與白玫瑰》，邊讀邊感嘆，驚為新天人，自愧永不如。這樣的一位大作家，去世了？

原本是在準備「文化廣場」第三期的專題，如今海外新聞來了，「張愛玲去世」，不管內地報紙報不報導，如何報導，「文化廣場」必須折騰一番了。

剛剛我找出了一九九五年九月十七日的「文化廣場」。報紙已經發黃變脆了，翻起來嘩嘩作響，像歲月深處傳來的咳嗽聲。首頁的右下角，赫然是那篇我綜述的〈張愛玲：悄然離世，文名長存〉。文中寫道：

……中秋節前一天晚上，張愛玲被發現死於美國加州洛杉磯城她獨居的公寓裡，享年七十四歲。此前，張愛玲已患病很長一段時間，但並無請人照料。她平時絕少與人來往，同住公寓的人也不知道這位不大出門也不接待訪客的華裔老人就是名滿華人文學界的一代才女張愛玲。只是因為公寓經理發現兩三星期都不見「獨來獨往東方老太太」的身影，才在九月八日進屋查看，發現張愛玲躺在一塊精美的地毯上，早已氣息全無，準確的死亡日期無人能知，警方推算約在發現之日的六、七天前。消息傳出，華人文學界為之震驚。……張愛玲的遺囑中說，遺體火化，不舉行喪禮，骨灰撒到任何廣闊的荒野中。生前孤絕避世，死後甘居荒野，但她的文學成就早已在中國「文化天堂」中落了戶。不讀張愛玲，對中國現代文學的瞭解就不會是全面的。

我在文章左邊配了三張張愛玲圖片，分別呈現她的童年、中年和老年。童年和中年的照片，是從《對照記》中直接複印的，老年的那張則是採自台灣報紙。另配有一幅插圖，是柯靈先生的墨跡，寫的是：「一代才女，從此永訣。廣陵散雖成絕響，遺著長留天地。愛玲老友，魂兮歸來。95.9.9. 柯靈病中。」這幾句話並非柯老先生為「文化廣場」而寫，而是從上海的報紙上複印下來的。侵權？慚愧慚愧。不過，更大的侵權是在當期「文化廣場」第二版。我當時無知者無畏，竟然未經許可即轉載了一篇張愛玲的文章。

編者按如是說：

……張愛玲的作品大部分已在大陸結集出版，但仍有部分散文作品大陸讀者未及看到。今天，我們從這部分作品中特選一篇張愛玲談家世的文章，介紹給大家。張愛玲在文章中談到了她的外曾祖父李鴻章和祖父張佩綸，此二者在近代史上都是赫赫有名的人物。這篇文章原是張愛玲「解說」一張舊照片的文字，收在皇冠新近出版的《張愛玲全集》第十五卷《對照記》中……

嘿嘿，躲躲閃閃，吞吞吐吐，我最後才招認文章的出處。當時，台灣皇冠陸續印行《張愛玲全集》，凡已上市的，我書架上都齊全。多虧有了《對照記》，我方能連文字和圖片都瞞天過海運到「廣場」之上。那期「文化廣場」第三版，還有一篇我們約來的上海陳思和教授的文章〈讀《對照記》〉。他說，在從新加坡參加完文學活動回國的飛機上，他一直在讀剛買到的張愛玲《對照記》。文章最後一段說，「收起《對照記》，我默默走下飛機，在回家的途中買了一份晚報，上載：張愛玲孑然一身孤獨遠行。」

十八年前的事了。那時我們當然讀不到《小團圓》之類，那時候，我們都在讀她最新的《對照記》。很多年以後，台北、香港和深圳的三個老男人合寫一個專欄，起名字時，鬼使神差，竟然還是《對照記》，只不過書名號內多了「@1963」。

【代後記】

「她們仨」對照「他們仨」

「太太團」認定電影這樣拍：
楊照編劇，家輝主演，大俠導演

提問：晶報「對照記@1963」專欄編輯汪小玲
回答：彭秀貞（楊照太太，以下簡稱楊太）
林美枝（馬家輝太太，以下簡稱馬太）
姚崢華（胡洪俠太太，以下簡稱胡太）

《所謂中年所謂青春：對照記＠１９６３Ⅲ》付梓前，楊照出主意，以三位作家太太答記者問為後記。訪問的任務落在晶報「對照記＠１９６３」專欄編輯汪小玲頭上，理由很簡單，她是專欄所有文章的第一讀者，熟悉三位作家筆下的每篇故事每個細節。

本次訪問採取電郵形式，由三位太太分別作答，而後整理成文。這樣的訪問更像是一次聊天，三位太太的回答親切、真誠，讀者自可一窺三位大叔「另一半」的真性情，也可瞭解到三位作家鮮為人知的另一面。

訪問的最後一個問題是：如果三位作家合拍一部電影，您認為誰會是編劇，誰會是導演，誰會是演員呢？這一次，楊、馬兩位太太給出的答案驚人的一致：楊照編劇，家輝主演，大俠導演。而胡太則認為三人都是絕佳的編劇、導演和演員。二比一，或說「太太團」意見相仿，角色安排毫不犯難。

這三家人的友誼還真是非同一般。

問：您清楚三位大叔是怎麼認識並熟悉起來的嗎？三家人第一次見面是什麼時候，是什麼情形？後來多次見面交流的時候感覺到成長背景不同帶來的差異嗎？

楊太：我們一家早在二〇〇二年就在家輝邀請下到過香港，和美枝（馬太太）、馬雯（馬家輝之女）都認識了，楊照、家輝參加城市大學活動時，我們四個女生就去逛水族館，那時馬雯才九歲，其叡（楊照之女）更只有三歲多不到四歲啊！對大俠（胡洪俠）有比較明確印象，是楊照去深圳參加了評書活動，回來描述了大俠和止庵鬥嘴的場面。二〇一一年，《對照記@1963》出版，終於在大春家中遇到大俠和小姚，那晚，大家聊得很愉快，也見識到了大俠的酒量。

馬太：和楊照在台北碰面是在好幾年前吧。我還記得家輝說楊照請他在一家飯店吃好貴的牛排。後來，我們到台時，都會帶著女兒一起碰面，或是在外，或是在楊照家裡，還有在張大春家。小孩們玩兒，我們大人就坐著喝酒聊天。很台式的聚會。

家輝和胡洪俠碰面，我想是因為好久之前他們一起參加了一個活動，而家輝也開始為深圳的報紙寫專欄，記得我們有次見到洪俠，他送我們一本他的毛邊書《給自己的心吃糖》，那都是二〇〇三年的往事。

他們的交情，都有十年以上的光陰打著底的。雖不是常見面，但後來寫《對照記@1963》，有時三家有時兩家出遊，洪俠豪爽，家輝精靈，而楊照儒雅。三人性格不同，隨時互補打氣。人到中年，交友都知進退，也珍惜這樣的緣分。

胡太：其實大俠與馬家輝應該認識很早，二〇〇〇年左右。與楊照先神交，後才見面。三個日常安排滿負荷的人，能每週把文章湊到一起並幾年堅持下來，沒有彼此信守承諾、互相配合，根本是難以企及的。

三家人聚到一起，是後來的事兒了。我記得先在香港與馬家輝見過，再在台北與楊照及其太太、女兒見面，後又在馬來西亞見到家輝太太林美枝（筆名張家瑜）及女兒馬雯。去年底，三家人才終於在深圳相聚，馬雯沒來，很遺憾。每次見面都很親切，像是多年老友，完全沒有文化背景不同、成長環境不同的隔膜。如果說，楊照太太是大理花，馬家輝太太就是百合，前者熱烈、活潑、開朗；後者知性、內斂、細心。我從她們身上感受到巨大的能量，能學到很多東西。

問：三位大叔同題作文「對照」了那麼久，三位太太不妨也對照一下吧，您什麼時候第一次到另外兩地，印象如何？

楊太：香港的第一印象是好熱，因為去的時候是夏天。第二個印象是置地廣場好時髦，比當時台北所有的購物中心都時髦。第三個印象是老店的食物真美好，「陸羽」和「鏞記」像夢一樣好。深圳只去過一次，待了一天，來不及有太深的印象，只覺得明明應該是個南方的城市，但走來走去遇到的好像都是北方人。

馬太：太太們呢，因先生兄弟情惺惺相惜，但每次碰面三人都沒什麼時間好好坐下來細談。只記得有次和洪俠夫妻到新加坡，小姚人低調、溫馨，把我當姐姐看，我後來才知她看的書多呢，但沒機會說說書，因為洪俠一喝上來，她就在旁招呼客人。我只看到「這個」小姚，很小鳥依人，很溫柔。

而秀貞很開朗活潑，我不太說話，不容易帶動氣氛，她就可以把氣氛帶動起來。她是個很有條理、理性的人。

胡太：是談談香港、台灣的印象吧。香港，與我們太近了，每次到香港，買的多是書。大俠去香港回來送我的手信是書，我去香港幫同事帶的也是書，香港的朋友來深圳談的也是書，香港在我們家幾乎成了與書相關的代名詞——二樓書店、神州舊書店、天地圖書、牛津、三聯……

台北只去過一次，印象很好也很特別。帶著我父親的照片去的。父親生前遊歷過很多地方，但沒來及去海峽對岸的台灣。他於二〇〇九年去世，台灣成了生前遺願。所以，我是圓父親的夢去的。感覺很親切，古蹟保護得很好，人斯文有禮，辦事靠譜。

問：華人傳統社會要求女人會做菜、會做家務才稱得上賢妻良母，您所在城市現在的情況是怎樣的呢，對女性還有這樣的要求和期待嗎？

楊太：至少我們家、我周遭的大部分朋友都不是這樣了吧。我們家以前我還下廚時，楊照負責準備食材，後來他就抱怨為什麼他沒資格動爐動鍋做菜，我也就樂得把幫女兒準備學校便當的事交給他負責了。很長一段時間，我有自己的室內設計工作要照顧，常常一整天都在工地，當然更不可能回家做飯了，從那時起，我們就基本養成了外食習慣，這樣也好，知道了許多台北的特色餐廳。

馬太：我想，每個家庭或每個男人的要求不同。而女性的性格和對自我的要求也很重要。

胡太：我身邊菜做得好的，好像都是男主人，從我父親開始，到我先生，還有我女朋友們的老公，都下得廚房的。賢妻良母可以體現在很多方面，而非僅僅做菜。當然，如果非要拿做菜衡量，我想，我也能做得很好。哈哈。

問：在您家裡誰做飯做家務多些呢，先生對您這方面有無期望，是否認為男人在外面打拚，太太應該把家裡的一切搞掂？

楊太：兩人做得差不多吧！早上一起送女兒上學，下午通常我去接，因為楊照的時間比較緊。換來的，是家裡的瑣事，洗衣服、收衣服啦，就由楊照負責。

馬太：因為家裡有工人，所以家務都是工人在打理。他就是因為我家務能力太差，所以才請人幫我啊。哈哈。

胡太：此問題與前一個有點雷同。家務有鐘點工大姐幫忙。不過，日常瑣事安排應該是女主人分內的活吧——日常購物、起居飲食、迎來送往等等，對女主人來說，這個是逃不掉的雜役。

問：關於婚姻，關於男女關係，我們一直在尋找答案，社會上也有不少暢銷書講如何經營婚姻，但是婚姻也罷，男女的情感也罷，好像並沒有比從前更好，您認為什麼樣的婚姻是好的婚姻？

楊太：到今年，我們結婚滿二十五年了，到現在還維持每天一起吃早餐、吃晚餐的習慣。高興也好、吵架也好，時間到了，還是一起好好吃頓飯，對我而言，這就算是難得的好婚姻了。

馬太：沒有好的婚姻這回事。以前我信，現在我只能說，所有完美的關係皆不存在。即便是模範夫妻，都要犧牲、要容忍、要珍惜。在關係裡面，就像天上的雲一樣變化無常。

所以，不要想著你的婚姻是好的壞的，不要界定你是幸福的或是不幸的，不評斷不期待，維持樂觀的想像，並打算最壞的可能。

胡太：互相吸引、互相欣賞、互相依賴、互相理解，應該就是婚姻的最佳狀態吧。「經營」二字有點可怕，一旦需「經營」，也就意味著婚姻彆扭牽強，時日無多了。

問：《對照記@1963 I》的其中一個主題詞是談「初戀」，三位大叔講述了自己的初戀故事，之前先生跟您講過他的初戀嗎，和書上寫的一樣麼？

楊太：他小學同學的那一段啊！我早聽過了，後來他在《迷路的詩》裡也寫過一點，這兩年又跟女兒說過一次，聽得都快膩了。女兒都笑他真可憐，喜歡人家，人家卻拿他當「閨中密友」跟他說其他男朋友的事，好悲慘。

馬太：他的初戀情人不是我，但他的初戀故事我聽過很多次，很動人的。尤其是講有次他在重逢前女友時，對著登上計程車的她追著的情景，我都感動了。他們兩人的愛情故事，可以叫馬家輝寫個小說，很精彩惆悵的。

胡太：每個人都有自己的情感經歷，這些是伴隨個人成長的印跡。如果沒有前期的積澱，人生必將顯得蒼白和平庸。我對我先生的青澀年代興趣不大，卻是欣賞他「不惑」以後的人生。

問：先生最吸引您的特質是哪一點？透露一下多年前求婚的那一幕吧。

楊太：沒有什麼求婚的戲劇性場面，兩人在美國異地互相取暖，時間久了就在一起了。我認識他的時候，楊照是個像活百科般的人，似乎什麼事他都知道都懂。但奇怪，年紀愈大，現在問他事情，愈來愈多機會他回答：「我怎麼知道？」真是的！

馬太：愛讀書。有毅力。他有金牛座堅定的性格，且有行動力。
沒有特別求婚。那時他拿了芝加哥大學的碩士學位回來，等著申請去讀博士，後來申請到了麥迪遜的社會學系，我要跟去的話，只能依親，故就自然要拿張結婚證書。婚紗照是有照的，但傳統宴客就沒有，連婚戒都不知準備。

胡太：從相識至今，我先生一直是我的「精神導師」，我人生的「引路人」、「燈塔」和「座標」，我思想的重要伴侶。這完全是肺腑之言，而且還深深引以為豪。哈哈。難得和可喜的是，我們有共同的愛好和興趣——書。這一點也要感謝他，沒有他的指引，也沒有我今天在讀書這條路上的「一意孤行」。

問：這次收錄的三十個主題詞裡，寫到了「抽菸」和「喝酒」，您怎麼看男人常幹的這兩件事？

楊太：楊照不抽菸，酒量也不太好。至少他的好朋友初安民、張大春酒量都比他好。不過遇到對的人、高興的事，他會放開來喝，喝到一定程度就開始大聲說話，有時候說些平常不會說、有點肉麻的話。他的好處是，這麼多年來不曾喝悶酒，他只有高興時才喝酒。

馬太：我們台灣人說人生海海，他是成年人，而且我觀察他知道節制，所以抽菸喝酒我並不反對。現在也有很多女人都抽菸喝酒。凡不傷害他人的事，我都覺得該給個人自由。

胡太：以前大俠抽菸時，我這個二手菸民非常習慣菸的味道，但自從他下決心戒菸後，我對身邊抽菸的人開始反感，對菸的忍耐度也隨著降到最低。至於喝酒，大俠現在還有這個樂趣，那麼，只要酒德酒品不太差，也就可以容忍吧。哈哈。

問：「錢」也是這次的主題詞之一，俗話說「柴米的夫妻，酒肉的朋友」，在家中誰主管錢財大權，您的金錢觀是怎樣的呢？

楊太：楊照沒有什麼金錢觀念，也懶得管錢。說老實話，我也不太放心他管錢，他是那種會一時衝動就亂花錢的人。我的金錢觀很簡單，就是別花冤枉錢，錢該花就花。但要用點心，找到最好的東西，最划算的花法。

馬太：我們家除了必要的花用，各自的錢自己管理。我不善理財，對錢財亦沒什麼概念，認為只要夠用，可以維持一定的品質就可以。

胡太：雖說我是家中管錢的「財神爺」，但至於錢有多少，錢花哪裡，錢還剩多少，我心中沒有數的。大俠更是一問三不知。但他有個優點，向來以為錢進來了，就沒出去過，數字永遠在那擺著，只有加法沒有減法。而那些柴米油鹽的花銷，他向來不關心，也相應的就沒概念，以為不需要也沒必要。我們對金錢的看法是，不能一點錢都沒有，但不能為錢而活著。有什麼樣的錢過什麼樣的日子，睡安穩覺，開心過活，如此足矣。

問：先生跟您談過他小時候的理想啊夢想之類的嗎，是怎樣的呢？

楊太：我認識他時，他想要在學院裡努力做學問，想要教一群學生，開創特別的歷史知識。回台灣後，很快對台灣學院環境失望，轉而投入社會評論與改造工作，也曾因為新聞事業給自己惹來許多麻煩。這幾年，他的夢想又回歸知識與文學創作，每天埋頭寫小說，是他最自我也最快樂的事。

馬太：他想做的角色太多了：黑社會、導演、賽車手和泰拳手……他很多夢想都未能實現，但他現在最想做一個「寫小說」的作家。

胡太：年輕只是妄想加幻想，不切實際的。只有長大了成年了碰壁了經歷了，才知道自己想要的是什麼，目標在何方，樂趣在哪裡。我們的夢想很簡單也很統一，就是書。讀書，寫書，以書會友，老了還可以開個書店，幾個書友聚聚，玩玩書什麼的。

問：三位大叔都是愛書之人，您覺得「書」對先生來說意味著什麼？

楊太：唉，書是家中最占空間的東西。我也喜歡書，但像楊照這樣隨時買書讀書的人，還是有點不正常。基本上離開了書，一天不讀書，他就不知道怎麼過下去，那是一種生命中自己無法控制的執迷。

馬太：對一個讀書人和學者的他而言，書本是維「生」的工具，這個生，是生命，也是生活，就如空氣一樣，不能少。他最恐懼的其中一件事，就是眼睛再不能看東西。

胡太：哈，書對大俠來說，就是生命。所以，我們家有一樣開支是不需要商議的，就是買書。只要這筆錢是用來買書的，完全合理合法，而且理直氣壯。他生日，我送的禮物，肯定是書。我經常送他書，所以他一年要過很多次「生日」。有時三天過兩回，有時一天過兩三回（一本書算一次生日禮物，嘿嘿）。

問：先生寫的一系列《對照記@1963》回憶文章實際上也構築了個人成長史，讀了之後對先生有一些新鮮的認識嗎，具體有哪些？

楊太：原來他小時候熟讀瓊瑤，真是個怪胎，哪有男生那個年紀讀瓊瑤的！竟然還因為讀瓊瑤而放棄一段愛情，這是我以前不曾聽他說過的。要不是我也認識他文中提到的那個高中死黨，我都要懷疑這故事是不是他現在才編出來的了！

馬太：看到他的這個專欄，並不是重新認識他，而是重溫很多他說的舊事舊夢。

胡太：說實在的，剛開始特別有興趣看，每期跟著，看三個人不同的成長方式。但後來，慢慢的有點審美「疲勞」了，尤其是河北老家黃土地的人與事，離我這個地道的南方人真的有點遙遠。我會每期把報紙收好，存放起來。可能某天會系統地看一遍吧。

問：一般來說，作家都比較敏感，這在生活中也能感覺到嗎？作家這一身分對家庭生活有什麼影響？

楊太：以前一要寫稿就怕人家吵，寫好的稿子也不准人家批評，若是說了比較負面的意見，會氣得把剛寫好的稿紙撕掉。尤其對於寫出來的東西格外敏感、格外自我保護。這幾年好很多了，沒有再把寫作當成是那麼了不起的事，也改掉了很多以前寫作會有的怪僻毛病，比較能平常心看待。

馬太：我個人倒是覺得作家對生活或者敏感，但是家庭生活就跟作家身分沒太大關係，面對兒女問題、日常生活，都以父親、丈夫的身分來反應。

胡太：我沒覺得家裡有個作家。哈哈。而且，「作家」這詞於當下有點罵人的味道。出本書就是作家，也太廉價了。對於大俠來說，寫文章第一是自得其樂，第二如能對讀者、對社會有點小啟發小作用，那將是十二分之滿足。

問：三位大叔合寫「對照記@1963」專欄兩年有餘，配合默契，私下也是好朋友，熱眼旁觀，您覺得三人在哪些地方性情相投呢？

楊太：楊照在家裡排行最小，後來在台灣出道早，認識的朋友也多半年紀比他大，所以他心中其實有一種想當老大的衝動。家輝和大俠在這點上最配合他，明明同年，卻能滿足他當老大的感覺，好像真的多了兩個有趣又有義氣的弟弟。

馬太：這其實是因緣，若太早，他們的性格可能會互相衝突。但剛好在四十多歲，成熟了、見過世面了，理解許多生命種種無奈與各類的得失，故可以相互看到彼此的優點，並予以保存欣賞。

這是年輕之時得不著的友情。溫度適中。

胡太：三位大叔，真的是弟兄楷模。我常熱眼旁觀之，發現不同文化、不同背景、不同成長、不同經歷、不同地域，對三人基本微影響，他們竟能很好地互相包容、互相忍讓、互相理解、互相維護，真的了不起。第一次三人台北打書，大俠首次參加，東道主楊照特別緊張，很為他站台；馬來西亞書展，大俠也是首次與會，馬家輝因而細心呵護。深圳活動，大俠是主場，會反過來在意楊照、馬家輝。他們仨，一個眼神一句話，無比默契，太難得了。

問：「看電影」是前一本《忽然，懂了：對照記@1963 II》主題詞，三位大叔都多少有點電影情結，如果三位合拍一部電影，您認為誰會是編劇，誰會是導演，誰會是演員呢？說說理由。

楊太：楊照一定搶著當編劇，事實上他就正在寫一齣大型電視連續劇，其中一個重要角色，是用馬家輝當原型寫的，所以家輝會被他指定當演員，那麼，看來大俠就只好當導演了。

馬太：不用說，馬家輝一定會搶著在鏡頭前面做演員的。至於幕後，楊會說故事，所以做編劇。而胡指揮若定，做導演最好。

胡太：這個問題太好了，三人本來就是一台戲。這裡邊，每個人都是絕佳的編劇、導演和演員。

國家圖書館出版品預行編目(CIP)資料

所謂中年所謂青春：對照記@1963 III / 楊照, 馬家輝,
胡洪俠合著. -- 初版. -- 臺北市：遠流, 2013.07
面； 公分. --（綠蠹魚叢書；YLK56）

ISBN 978-957-32-7230-4（平裝）

855 102011568

綠蠹魚叢書YLK56
所謂中年所謂青春
對照記@1963Ⅲ

作者	楊照、馬家輝、胡洪俠
全書照片提供	楊照、馬家輝、胡洪俠
封面前折口作者肖像畫繪者	顏振淮
出版四部總編輯暨總監	曾文娟
資深副主編	李麗玲
企劃經理	金多誠
封面・內頁設計	一瞬設計

發行人	王榮文
出版發行	遠流出版事業股份有限公司
地址	台北市100南昌路2段81號6樓
客服電話	02-2392-6899
傳真	02-2392-6658
郵撥	0189456-1
著作權顧問	蕭雄淋律師
法律顧問	董安丹律師
輸出印刷	中原造像股份有限公司

2013年7月1日 初版一刷
2013年8月20日 初版二刷
行政院新聞局局版臺業字第1295號
定價 新台幣340元（缺頁或破損的書，請寄回更換）

ISBN 978-957-32-7230-4
YLib.com 遠流博識網
http://www.ylib.com E-mail ylib@ylib.com